눈물 속에서

피어난 기적

눈물 속에서 피어난 기적

발행일   2022년 3월 10일

지은이   권영모
펴낸이   손형국
펴낸곳   (주)북랩
편집인   선일영   편집   정두철, 배진용, 김현아, 박준, 장하영
디자인   이현수, 김민하, 허지혜, 안유경, 신혜림   제작   박기성, 황동현, 구성우, 권태련
마케팅   김회란, 박진관
출판등록   2004. 12. 1(제2012-000051호)
주소   서울특별시 금천구 가산디지털 1로 168, 우림라이온스밸리 B동 B113~114호, C동 B101호
홈페이지   www.book.co.kr
전화번호   (02)2026-5777   팩스   (02)2026-5747

ISBN   979-11-6836-189-8 03810 (종이책)   979-11-6836-190-4 05810 (전자책)

(주)북랩 성공출판의 파트너

북랩 홈페이지와 패밀리 사이트에서 다양한 출판 솔루션을 만나 보세요!

홈페이지 book.co.kr   •   **블로그** blog.naver.com/essaybook   •   **출판문의** book@book.co.kr

작가 연락처 문의 ▸ ask.book.co.kr

작가 연락처는 개인정보이므로 북랩에서 알려드릴 수 없습니다.

권영모 에세이

눈물 속에서 피어난 기적

조현병 및 양극성 정동장애 환자 가족의 수기

북랩 book Lab

머리말

나는 지금 가보지 않은 길을 걷고 있다.

그것도 아주 험하고 어두운 길을…

나는 지금 모르는 길을 가고 있다.

그것도 지도나 나침판도 없이…

나는 지금 전혀 경험하지 못한, 무지의 황망한 길을 걷고 있다.

그것도 눈이 먼 상태로…

내가 지금 쓰려는 글을 독자들은 절대 따라 하지 말라고 하고 싶다. 오직 하고 싶은 말은 응용하라는 것이다. 환자의 체질, 환자의 환경, 환자의 병증에 맞게 응용하여 내 것으로 만들라는 말이다. 정신질환뿐만 아니라 다른 질병도 마찬가지다. 사람은 각자의 체질이 다 다르기 때문에 어느 한 방법이 모든 불특정 다수에게 똑같이 적용되지 않기 때문이다.

또한 매사에 긍정적인 사고방식과 '나는 할 수 있다'라는 신념으로 전력을 다하여야 한다. 어차피 찾아올 불행이라면 이 불행도 어쩌면 다행이다. 만일 불행을 긍정적으로 생각하면, 극복하여 행복의 기쁨을 배로 만들 수 있기 때문이다. 그러면 불행이 얼마나 즐거운지 느끼게 될 것이다. 알고 즐기는 것과 모르고 즐기는 것은 하늘과 땅만큼이나 그 길은 멀다.

여기서 '나는 할 수 있다!'라는 신념과 긍정적인 사고방식은 불행도 쉽게 행복으로 이끄는 원천이 된다. 매사에 '나는 할 수 있다!'라는 긍정적인 사고방식은 빛으로 다가올 것이다.

그래서 오늘도 '나는 할 수 있다!'라고 외친다.

고로 나는 나를 나라고 외칠 수 있다.

2022년 2월
권영모

목차

2부 ㅣ 약리작용(藥理作用)

3부 ┃ 12계(十二誡)

4부 | 부록(附錄)

1부

동병상련
(同病相憐)

유뎅이의 증상은 점점 악화되기 시작하였습니다.
첫째로는 약을 먹으려 들지 않았습니다.
둘째로는 자기는 "아무런 이상 없다"라고 하면서 "왜 내가 약을 먹어야
하느냐!" 하고 따졌습니다.

1. 유뎅이의 발병

엄마 아빠도 모르는 사이에 우리 유뎅이에게 정신질환이 찾아왔습니다.

발병 시기가 2020년 2월 16일경인데, 회사에서 상사의 갑질로 인한 스트레스로 발병한 것으로 추정됩니다. 이와 같은 상황은 회사 출근하고 3주차였는데 유뎅이 대학 친구가 카톡으로 알려주어 인지를 하게 되었습니다. 처음에는 이해가 되질 않았고, 정신질환에 대해 아는 것이 전무하였기 때문에 더욱 대처하기가 힘이 들었습니다. 그냥 일반인들처럼 '병원에 가면 되겠지! 입원하여 치료하면 더 잘 낫겠지!' 하는 막연한 생각만 가지고 있었습니다.

그러나 하루하루 지나면서 도저히 이해할 수 없는 일들이 발생하였습니다.

이치에 맞지 않는 말을 하고, 윗집에서 무어라 한다고 하고, 누가 자기를 도청한다고 하고, 횡설수설하면서도 유뎅이는 아무 이상 없다고 하며 약을 먹으려 하지 않았고, 심지어 몰래 입안에 감추었다가 내뱉어버리거나, 약이 자기를 죽이려 한다고 하면서 성질을 내었습니다.

또한 입원하여 치료하는데도 코끼리를 잠재우는 주사를 놓는다며 울어대고, 독방이 좋다며 독방으로 보내달라고 하는 등 이상한 행동을 하여도 나는 이해를 할 수가 없었고 그저 "네가 병이 심하여 그런 거니까 간호사님, 의사 선생님 말씀 잘 듣고 주는 약 잘 먹으면 의사 선생님이 집에 보내줄 거야!" 하는 말밖에 할 수가 없었습니다.

부모의 가슴은 타들어갔지만, 햇볕이 쨍쨍 내리쬐는 사막 한가운데서 오아시스를 찾는 마음으로 기다릴 수밖에 없었습니다.

그러나 2차 입원 이후 "유뎅이가 악화되었습니다"라는 주치의의 전화를 받고 이해가 되질 않았습니다. 아니, 병원에는 간호사와 주치의가 상존하여 우리 일반인보다는 간호를 잘하고 더 치료가 잘될 것이라고 굳게 믿고 있었기 때문에 이번에는 도저히 이해가 가질 않았습니다. 또한 주치의는 **"나는 모른다. 왜 악화가 되었는지!"**라고 하면서 약을 더 세게 복용시켰습니다. 그러니까 증상이 악화되면 그 원인을 찾는 것이 아니라 안정제인 주사를 놓아주고, 약을 강하게 처방하고, 심지어는 독방에 가두는 것이 전부인 것 같았습니다.

당시에 유뎅이가 입원실에서 공중전화기를 붙들고 살다시피 하였고 전화를 하도 많이 해서 통제를 하였는데, 그 주 일요일(23일)에는 전화를 못 걸게 되어 환우에게 카드를 빌려 집에 있는 아빠에게 전화를 하였습니다. 유뎅이는 그저 울기만 하였습니다. 마냥 울기만 하였습니다. 얼마나 가슴이 아프던지, 저는 "조금만 참자! 그러면 좋은 날이 올 거야!"라는 말밖엔 할 수가 없었습니다. 그날 유뎅이는 말 한마디 못하고 울기만 하였습니다. 옆에서 듣고 있던 유뎅이 엄마도 울기만 하였습니다. 저도 눈물을 흘리지 않을 수가 없었습니다. 그땐 얼마나 슬프고 가슴이 무너지던지!

그러다 도저히 참을 수가 없어 3일이 지난 2020년 5월 26일, 유뎅이 엄마에게 무조건 퇴원시키자고 상의하고 퇴원을 강행하였습니다. 그때 간호사와 주치의는 안 된다고 하고, 이번 증상만 완화되면 퇴원하자고 권유하였지만 저의 인내심에 한계가 다다랐음을 깨우치게 되었습니다.

2차 퇴원 후 우리 유뎅이의 상태는 반송장이나 다름이 없었습니다.

2. 우리 딸 이야기

우리 딸은 2000년생입니다.

우리 딸이 태어났을 때 첫 만남은 정말 기적이었습니다. 코도 큼직하고, 얼굴은 뽀얗고, 게다가 파마를 한 것 같은 머리카락을 가지고 태어났기 때문입니다. 아기 방에 빛이 환하게 밝혀졌습니다. 그래서 어릴 때 다들 머리카락을 자르곤 하는데 우리 딸의 머리카락은 자를 수가 없었습니다.

모든 부모님들이 자기 자식이 최고로 멋지고 예쁘다고 생각할 것입니다. 저 또한 마찬가지였습니다.

아니! 다른 게 있다면 저는 대놓고 팔불출이라고 자랑을 하였습니다. 그만큼 저에게 있어서 우리 딸은 보배였으니까요.

어느 날 매장에 손님이 오셨는데 우리 예쁜 딸을 보고 "앗! 예술인데!" 하며, 참으로 잊을 수 없는 찬사를 하였습니다.

또한 아내가 유뎅이를 데리고 밖에 나갔는데, 지나가는 어느 낯선 할아버지가 쫓아와 "우와! 예쁜데! 이렇게 예쁜 아기는 처음 본다" 하며 신기해하시던 모습이 아직도 눈에 선합니다. 그리고 외할머니는

"복덩이가 태어났다"라는 말을 입에 달고 사셨습니다.

그도 그럴 것이 내가 하던 일이 무척이나 바쁜 나날로 지속되었고, 지금까지 살아오면서 사랑하지 않은 적이 단 한순간도 없었습니다. 정말로 우리 딸은 아기 천사였습니다.

3. 유뎅이 병력 및 진단 이력(의증 및 확진)

① 부모는 [2020. 2. 16.] 유뎅이 대학 친구가 유뎅이 증상을 카톡으로 알려와 처음으로 인지

② H 대학병원 응급실 내원 [2020. 2. 18.] 퇴원 시 진단명: 급성 스트레스에 의한 반응 또는 정신질환(Acute stress reaction)

③ M 병원 외래 [2020. 2. 20. ~ 3. 15.] 상세 불명 조현병(의증), 양극성 정동장애(의증)

④ 심리검사 소견서 [2020. 3. 9.] 단기 정신질환과 의증은 편집증(Brief Psychotic Disorder R/O SPR, paranoid). "직장 상사로부터 '갑질' 당한 것에 대한 '피해의식'이 가장 크게 두드러집니다"라고 하고 있다.

⑤ M 병원 1차 소견서 [2020. 3. 16.] 정신병적 장애: 급성 증상 치료 중

⑥ M 병원 1차 입원 [2020. 3. 16. ~ 4. 6.] 헛소리를 한다. 상사를 악마라고 하는 등.

⑦ M 병원 의무기록 [2020. 4. 6.] 상세 불명 조현병, 양극성 정동장애, 조현 양상 장애, 공황장애(우발적, 발작성 불안): 의증

⑧ M 병원 1차 퇴원 [2020. 4. 6.] "죽을 것 같아서 잠을 잘 수가 없다."

⑨ M 병원 2차 소견서 [2020. 4. 6.] 조현 양상 장애: 의증

⑩ CH 신경정신과의원(외래) [2020. 4. 10.] F252 조현 정동장애, 혼합형

⑪ M 병원 외래 [2020. 4. 6. ~ 4. 16.] 의심을 많이 한다. 윗집에서 무엇이라고 말을 한다는 등.

⑫ M 병원 2차 입원 [2020. 4. 17. ~ 5. 26.] 의심이 많다. 자기 병이 다 나았다고 확신한다. 자기는 이상이 없으며, 자기 병증을 인정하지 않는다. 현실감 없는 말을 많이 한다. 어느 이슈, 사건, 단어 등에 집착을 많이 하는 등.

⑬ 근로복지공단 자문위 [2020. 4. 27.] 단기 정신병적 장애 진단

⑭ M 병원 1차 진단서 [2020. 5. 4.] 조현 양상 장애: 확진

⑮ M 병원 [2020. 5. 26.] 2차 퇴원. 눈이 풀리고, 어눌하게 말을 하는 등

⑯ M 병원 3차 소견서 [2020. 5. 26.] 상세 불명 조현병: 의증

⑰ M 병원 2차 진단서 [2020. 6. 2.] 조현 양상 장애: 확진

⑱ 대학병원 전원 [2020. 6. 22.] 양극성 정동장애(31.9): 초진

⑲ 대학병원 1차 진단서 [2020. 11. 2.] 양극성 정동장애(31.9), 주 질병
   Bipolar 1 disorder, rapid cycling

⑳ 대학병원 2차 진단서 [2021. 3. 4.] 양극성 정동장애(31.9), 주 질병
   Bipolar 1 disorder, most recent episode

㉑ 대학병원과 강남 병원 합동 진료 [2020. 10. 23. ~ 2021. 5. 21.]

㉒ 강남 병원 진단서 [2021. 12. 21.] 기타 양극성 정동장애(F318)

㉓ 강남 병원 전원 [2021. 5. 22. ~ ?] 치료 중

4. 정신질환 발병 경위

유뎅이는 대학에 2018년도에 입학하여 2020년도에 졸업을 하였습니다. 대학졸업 예정 전, 교수님의 추천으로 A 회사에 면접을 보고 합격하여 2020년 2월 3일부터 출근하라는 전화를 받았습니다.

입사 후 3주간 아래와 같은 '갑질'을 당했습니다.

유뎅이는 상사나 선임자에게 인수인계받은 것이 하나도 없었고, 탕비실이 있는지도 몰라, 물 한 모금 마시지도 못하였으며, 중국어로 된 도면을 주면서 그 평면도를 하루 만에 모두 파악해 여러 가지 동선을 짜는 작업을 시켜 야근을 하게 되었습니다. 여전히 탕비실이나 물 마시는 곳 또한 안 알려주고, 야근시키는 동안 밥 먹는 시간 또한 따로 알려주지 않았고, 맛없는 샌드위치를 유뎅이의 야간 식권을 사용해 마음대로 가져와 그거 하나 주면서 저녁 아홉시 넘게 일을 시켰습니다.

회의 시간에 예정에 없던 생리가 갑자기 터져나왔는데, 생리대가 없어서 긴급으로 화장지로 대처하였고, 상사에게 질문을 하면 "야! 그것도 몰라?"라고 하며 핀잔을 주었고, 질문을 안 하면 "야! 왜 질문을 안 해!"라고 또 핀잔을 하였습니다.

상사가 자신의 물건(파란색 박스라고 칭하는 것)을 로비 1층에서 가져 오라고 시켰는데 1층 로비에 혼자 내려가 아무리 찾아보아도 파란색 박스 같은 것은 보이지 않았습니다. 왜냐하면 나는 파란색 박스가 서류박스처럼 생긴 파란색 박스를 상상하고 내려갔습니다. 그래서 찾다 찾다 없어서 파란 파우치가 눈에 보이길래 혹시나 해서 가져갔는데 "맞어! 맞어!"라고 하면서 좋아하셨습니다. 알고 보니 상사의 화장품 들이 가득히 들어 있는 화장품 파우치를 가져오라고 시킨 것이었습니다. 이때도 "야! 1층에서 물건 좀 가져와!" 하고 반말로 지시하였습니다. 오늘 급히 해야 할 업무가 많이 쌓여 있는데, 상사의 화장품 파우치를 가져오는 심부름을 하는 처지가 이해가 되질 않았습니다.

하지만 알지 못하는 업무를 알려주지도 않은 채, 세부적인 사항 없이 신입인 알바가 알아서 그 관별로 쇼케이스 크기나, 유물의 크기도 모르는데도 레퍼런스를 찾게 하는 업무를 시켰습니다. 또한 회의할 때 상사가 레퍼런스 파일에 넣어놓은 것들 중 상사가 실수한 것이 있었는데 저에게 물으며, "야! 이게 왜 여기 있니?"라고 저한테 떠넘겼습니다.

그리고 "신입인 알바가 질문을 너무 많이 한다"라고 핀잔을 주며, "야! 신입 때문에 업무의 흐름에 방해가 된다"고 하였습니다. 그리고 업무 이외의 일을 맘대로 시켰는데, 한 예로 상사의 자리에 자신이 다니기에 걸리적거리는 폼 보드 판을 커터칼을 가져와 직접 자르라고 명령을 하였습니다.

상사는 출입카드를 출근 후 제대로 챙겨주지 않아서, 로비 1층에서 방문객증으로 계속 찍고 출근을 하였습니다. 상사는 몰라서 그러는지 업무에 대하여 가르쳐주려고 하지도 않았습니다. 회사는 학교가 아니라며 가르쳐주는 곳이 아니라고 했습니다. 한번은 과장님께 질문하러 가는 나를 상사가 불러세워놓고 "야! 질문을 그만 좀 해라", "야! 너는 기본이 안 되어 있다"는 등 폭언을 하며, "야! 너 때문에 업무에 집중이 안 되고 흐름이 끊긴다"라고 반말을 해가며 핀잔을 주었습니다. 억울했던 점은 "질문을 안 하면 의사소통이 안 되어, 안 된다"라고 했던 상사였습니다.

질문을 해도 욕을 먹고, 안 해도 욕을 먹는 처지가 서러워서 눈물이 계속해서 나왔습니다.

또한 중국어로 되어 있는 파일이 오역이 되어 '꺽쉘' 등의 외계어로 표기되어 있는데, 파일에 일일이 들어가서 CAD 파일을 찾고 평면도를 찾아서 업무를 계속 진행하였는데, 외계어처럼 보이는 파일명을 한낱 알바생이 모르는 것은 당연한 것인데도, **'반말'**과 함께 **"모른다"**라고, **"기본이 안 되어 있다"**라고 반말과 핀잔과 폭언을 들어서 너무 슬프고 벅찬 하루였습니다.

상사는 출근 1일차부터 알려주는 것 하나 없이 "야! 너는 기본이 안 되어 있어!", "야! 너는 이런 거 할 줄 아니?", "야! 너 때문에 팀원이 집중을 못 해!", "야! 너 때문에 일하다 흐름이 끊겨!", "야! 넌 기본이 안 되니, 생각 좀 해!", "야! 너는 그런 것도 모르니?", "야! 파일

다 열어보고 네가 알아서 해!", "야! 네가 알아서 좀 해!" 하는 등 유뎅이에게 첫날부터 항상 조그마한 것에도 '반말'과 함께 '핀잔'을 주었습니다.

상사의 눈치도 봐야 하고, 너무 힘들고, 낯선 회사 분위기에 상사도 모르는 일을 신입인 알바생에게 시켜서 알아서 척척 해야만 했던 게, 너무 숨 막히는 일상이었던 것 같았지만, 그래도 어려운 것들에 부딪쳐도 굴하지 않고 열심히 해보려고 노력하였습니다.

그동안 아래와 같은 증상이 발현되었습니다.

"회사가 다 보이네", "선배님들의 마음이 다 읽히네", "아빠가 회사를 차려야 하네", "배반은 하지 말아야 하네", "경청이 중요하네", "신중해야 하네", "말을 하지 말아야 하네", "선배님들의 마음을 다 알 수 있네", "중국어가 보이네" 등등의 말을 하였습니다.

출근 3주차에 도저히 회사를 나갈 수가 없었는지, '출근이 두렵다'라며 상사에게 카톡을 보냈고 그 내용은 유뎅이 친구가 알려주어 알게 되었는데, 그 카톡 내용을 보고 눈물이 쏟아졌습니다.

그 내용을 요약하면, "일주일만, 내일 하루만 쉬고 와도 될까요", "저 너무 머리가 터질 것 같아서 회사 못 나가겠어요", "자꾸 저한테 결과물을 보여달라고 채찍질하면 전 버거워요", "계속 오늘 끝내려고, 저 요즘 수면제 없으면 못 자요", "귀신이 보일 것 같아요", "진짜 회사 못 가겠어요", "중국어가 보이니까 너무 무서워요", "제 생각이 없어져요", "제가 허탈해서 죽을 것 같아서"라고 하고 있습니다.

또 친구와의 카톡 내용을 요약하면 학교생활을 할 때는 그러지 않았는데 비속어(욕)를 많이 사용하고, 술 먹고 말하는 사람처럼 말끝을 흐리고, 자기가 공황장애가 온 것 같다고 말을 하는 등 회사에 다니면서 멘탈이 약해진 상태라 하며 병원에 꼭 데려가보라고 당부하고 있습니다.

그러다 증상이 갑자기 악화되어 2020년 2월 18일 경찰관 입회하에 구급차량의 도움으로 H 대학병원 응급실로 가게 되었습니다. 유뎅이가 회사 출근 후부터 잠을 잘 못 이루고 있었는데, 아마도 사나흘 내리 한숨도 못 잔 것 같습니다.

H 대학병원 응급실에서는 **스트레스에 의한 급성 반응**이 보여 입원을 해야 한다고 하였습니다. 그 입원 병동은 폐쇄 병동으로 면회가 제한되고, 외부인 출입이 통제되는 곳이라고 하고, 또한 유뎅이가 너무 불쌍하고 가련해서 도저히 입원을 시킬 수가 없었습니다. 그래서 의사 선생님이 통원 치료를 하려면 집에서 간호를 잘해야 한다면서 곁에 항시 사람이 붙어 있어야 한다고 하여, 유뎅이의 엄마는 그날로 직장을 그만두게 되었습니다.

종합하면, 아래와 같은 증상을 보입니다.

말이 많아짐, 헛소리를 함, 잠을 못 잠, 상스런 욕을 함, 몹시 덥다고 함, 중국어가 보인다, 코로나를 두려워함, 정치를 욕함, 윗층에서 이상한 소리가 들린다, 귀신이 보인다, 자기 몸 상태에 대해 자각을 못 함 등등입니다.

5. 발병 초기 이야기 1

    우리 가족(부모와 언니)은 발병 초기 이전까지 살면서 정신질환 관련 병을 앓거나 치료받은 적이 단 한번도 없었습니다. 그리고 유전적 소인도 전혀 없었구요.

    또한 우리 유뎅이도 마찬가지로 지금껏 살아오면서 아무런 이상 없이 일상생활도 잘하였고, 초등학교, 중학교, 고등학교 및 대학교 생활을 할 때도 마찬가지로 건강하였고, 대학 공부도 잘하던 멀쩡한 아이였습니다. 다른 아이들과 마찬가지로 친구들과 잘 어울리는 아이였습니다.

    중학교, 고등학교 들어와서는 부모보다는 친구와 더 잘 어울리던 아이였습니다. 대학(전시디자인학과) 진학하여서도 부모는 뒷전이었습니다.

    그러다 대학 졸업을 앞두고 교수님의 추천으로 2020년 2월 3일 한 회사에 취직을 하게 되었습니다. 그러나 회사 출근 3주차 만에 **정신병적 장애**가 발병하게 되었습니다.

    이와 같은 상황은 2020년 2월 17일(월요일) 저녁에 대학 친구 S가 최초로 유뎅이의 증상을 인지하고 카톡으로 알려주어 알게 되었는데, 그 내용은 **학교생활을 할 때는 그러지 아니하였는데 비속어(욕)를 많이 사용하고, 술 먹고 말하는 사람처럼 말끝을 흐리고, 자기가 공황**

장애가 온 것 같다고 말을 하며, 숨을 헐떡거리고, 맥락 없는 이야기를 하고, 설리가 왜 죽었는지, 코로나가 왜 왔는지 알 것 같은 느낌이라고 하고, 중국어를 모르는데 갑자기 중국어가 보인다고 하고, 회사에 다니면서 멘탈이 약해진 상태라 하며 병원에 꼭 데려가 보라고 당부하고 있었습니다.

이때까지도 엄마나, 아빠나, 유뎅이 언니까지도 유뎅이의 상태를 전혀 눈치 채지 못하였습니다. 응당 사회 초년생이 겪어야 하는 당연한 과정인 줄 알았습니다.

그러나 동년 2월 18일(화요일) 저는 다니던 회사를 하루 쉬기로 하고 유뎅이를 병원에 데려가기 위해 대기하고 있었는데, 갑자기 상태가 급격하게 너무 안 좋아져서 경찰관 입회하에 구급대를 불러 H 대학병원 응급실로 내원하게 되었습니다. H 대학병원 응급실에서는 '**급성 스트레스에 의한 반응**(Acute stress reaction)'이라고 진단했습니다.

그리고 M 병원에서 2020년 3월 16일부터 입원 치료를 받았는데, 당시 유뎅이의 상태는 ① 잠을 못 잔다 ② 좋았다 싫었다 하는 등 심리의 기복이 심하다 ③ 상사를 악마라 한다 ④ 평소에 생각나지 않은 일들이 자꾸 떠오른다 ⑤ 이상한 말(헛소리, 상스런 욕)을 많이 한다 ⑥ 윗집에서 이상한 소리가 들린다 ⑦ 다른 사람이 유뎅이를 감시한다고 한다 ⑧ 자꾸 덥다고 한다 ⑨ 얼굴에서 열이 난다고 한다 ⑩ 자기는 정상이라고 한다(자기 증상을 못 느낌) ⑪ 코로나가 자기 때문에 온 것 같다고 한다 ⑫ 자꾸 안 좋은 일을 떠올린다 ⑬ 자주 운다 ⑭ 약이 나쁜 것이라며 먹지 않으려 한다 ⑮ 약이 잠을 못 자게 한다고 한다 ⑯ 죽을 것 같아서 잠을 잘 수가 없다고 한다 ⑰ 말이 많아진다 ⑱ 누가 나를 도청한다고 한다 ⑲ 귀신이 보인다고 한다 ⑳ 난폭해지는 경향 등 30여 가지 이상의 이상한 말과 행동을 하고 있었으며, **특히 자기 몸 상태에 대해 자각을 하지 못하고 있었습니다.**

청천벽력도 유분수지! 위와 같은 상황을 일반인이 어떻게 이해할 수가 있겠습니까? 저는 도저히 현재 이 상황을 이해할 수가 없었습니다.

6. 발병 초기 이야기 2

유뎅이의 증상은 점점 악화되어갔습니다.

첫째로는 약을 먹으려 들지 않았습니다. 둘째로는 자기는 아무런 이상이 없다고 하면서 왜 내가 약을 먹어야 하느냐고 따졌습니다.

그러나 유뎅이의 상태는 부모가 보기에도 매우 부자연스러워 보였고, 정상적이지 않았습니다. 기분은 들떠 있었고, 매우 흥분된 상태였으며, 남을 의심하는 등 이상한 소리를 지속적으로 하였습니다.

윗집에서 무어라고 한다고 하고, 자기 핸드폰을 도청한다고 하고, 누가 자기를 노려본다고 하고, 친구가 성폭행을 당했다고 하고, 약이 자기를 죽이려 한다고 하고, 코로나가 자기 때문에 온 것 같다고 하는 등 헛소리를 많이 하고, 말이 많아지고, 사업을 해야 한다고 하면서 자꾸 밖으로 나가려고 하고, 책이며, 옷 등을 한 가방 담아서 나가려고 하고, 잠을 자지 않으려 하고, 창고 방에 언니가 왔다고 하고, 귀신이 보인다고 하고, 상사가 악마라 하고, ○○○ 대통령이 보고 싶다고 하고, 의심이 많고, 낯선 사람에게 인사를 하고, 과거를 잘 기억하지 못하고, 현실감이 전혀 없고, 냄새에 예민하고, 낯선 사람을 째려보는 등, 이치에 맞지 않는 행동과 현실감이 없는 이야기를 마구

해댔습니다.

한번은 경찰(112)에 친구가 N번방에서 성폭행을 당하였다고 신고를 한 적이 있습니다. 그래서 형사와 인근 파출소에서 7~8명의 형사분과 파출소 직원분들이 출동한 적도 있었습니다.

그리고 이상하리만치 잠을 못 자는 것이 특징이었습니다. 하루에 1시간 내지 2시간만 자고 일어나도 멀쩡하였습니다. 기분은 더 상승되어 무엇인가를 하려고 하고, 밖으로 나가려고만 하였고, 아마 이 시기에 초등학교 친구며, 먼 옛날 친구며, 조금이라도 생각나는 친구는 무조건 전화하여 만나자고 하여 만나곤 하였습니다. 그리고 고3 때 과외선생님까지 보고 싶다며 전화를 하였습니다. 그 대신 저는 집 주변에서 만나라고 권유하였습니다.

심지어는 명함을 만들어 명함을 돌리기 시작하였습니다. 의사 선생님뿐만 아니라 만나는 사람마다 자기는 사업을 할 거라며 건네주었습니다.

또한 의사 선생님 앞에만 가면 엄마는 말도 못 하게 하였고, 화를 내면서 유뎅이가 말을 다 하려고만 하였습니다. 그래서 이때는 잠자코 가만히 있는 것이 제일 좋다고 생각을 하였습니다.

그리고 밖으로 나갈 때면 짐보따리를 한가득 가방에 담고, 책이며 노트며 한 보퉁이를 만들어 카트에 싣고 나가곤 하였습니다. 이때 저는 카트를 끌고 동행하였습니다. 유뎅이 혼자서는 밖으로 내보낼 수가 없었기 때문이었기도 하였지만, 짐이 너무 많아 유뎅이가 혼자서는 감당이 안 되었기 때문에 항시 따라다녔고, 몰래 숨어서 감시를 하고 쫓아다니면서 될 수 있으면 집 주변에서 놀며 친구를 만나도록 유도를 하였습니다. 특히 이때 친구들이 찾아오면 노래방으로 많이 가려고 하였습니다.

유뎅이의 마음은 항상 들떠 있었습니다. 기분이 상승되어 있었습니다. 그래서 저는 무슨 방법을 강구해야만 했습니다.

최대한 유뎅이를 이해하자! 그리고 이해시키자!

윗집에서 무슨 소리가 들리고 도플갱어가 있다고 할 때면 윗집 중학교 3학년 여학생을 대면시켜주면서 이해를 시키니 고개를 갸우뚱거리더라구요. 그래서 윗집에 이사를 가도록 양해를 구하고 5~6개월 이상 집을 비워두었습니다.

윗집에서 무슨 소리가 들린다고 하면 평소에는 막 문을 열고 들어가려고 하였지만, 윗집이 이사 가고 난 후에는 몇 번이고 올라가 문을 열고 직접 아무도 없음을 확인시켜주고, 언니가 창고 방에 와 있다고 하면 창고 방으로 데리고 가 또 확인을 시켜주고, 누가 자기 핸드폰을 도청한다고 그러면 핸드폰을 가지고 나가 인터넷이 되나 안되나, 대문 앞의 커피숍까지 가서 확인을 시켜주고(와이파이가 대문 앞에서 끊김) 누가 자기만 쳐다본다고 하면 유뎅이에게 "그건 네가 예쁘기 때문에 그러는 거야. 아빠도 남자로서 예쁜 아가씨가 지나가면 한 번 더 쳐다보게 되거든. 너같이 예쁜 아가씨를 안 쳐다보는 게 비정상인 거야!" 하고 말하고, 또 대문 앞에 담배꽁초를 버리는 사람만 보면 째려보고 싸우려 들면, "봐! 옆집 커피숍에서 다 쓸어주잖아! 그리고 아빠도 휴지나 쓰레기를 길거리에 버리는 경우가 종종 있어! 유뎅이가 이해를 해줘야지!"라고 하면서 될 수 있는 대로 유뎅이가 하고 싶은 것이나 궁금한 것이나 의문점 등을 긍정적으로 이해를 시키려 노력하였습니다.

특히 유뎅이는 낯선 사람에게 인사를 하는 증상을 보였습니다. 그래서 "아는 사람이니?" 물으면 "몰라요. 아는 사람 같아서 그냥 인사하는 거예요"라고 하는데, 저는 그때 말하였습니다. "그래, 인사하는 것은 좋은 거야! 그러나 모르는 사람이 인사를 받으면 무척 당황해할 거야! 그러니 아는 사람을 살펴 인사를 하는 것이 더 좋지 않을까?" 하니 수긍을 하면서 인사하는 모습이 줄어들기 시작하였습니다. 하루는 제가 출근을 하려고 하는데, "아빠, 직장에 안 나가면 안 돼?" 하면서 자기와 같이 놀아달라고 하였는데, 저는 유뎅이 심정은 이해하였지만, "아빠가 돈을 안 벌면 우리 가족은 어떻게 생활을 하지! 유뎅이의 병은 어떻게 치료를 하고! 아빠는 돈을 벌어야 해!" 하고 이해를 시켜주니, 더 이상 고집은 부리지 않았습니다. 그래서 저는 칼퇴근을 하여 유뎅이에게 보답을 하였습니다. 이렇듯 유뎅이를 이해시키려고 노력하였습니다.

그리고 발병 초기에는 정신질환 관련 아는 상식이 없어서 '병원에 가서 진찰하고 약을 잘 먹으면 낫겠지! 아니! 상태가 심하면 입원하면 되겠지!' 하는 안이한 생각을 하였습니다. 이때는 다른 생각을 할 겨를이 없었습니다. 더 솔직하게는 아는 게 하나도 없었습니다.

7. M 병원 1차 입원 이야기

2020년 3월 16일 1차 입원. 유뎅이는 자기는 아무런 이상이 없다며 약을 먹지 않으려고 하였습니다. 자기는 아무 이상이 없는데 왜 약을 먹이려 하냐며 화를 냈습니다. 심지어는 약을 먹는 척하며 입속에 숨겨 몰래 뱉어버렸습니다. 그리고 인터넷에서 약 정보를 알아내어 "나를 죽이려 한다"라며 약이 악마라고 하였습니다. 도저히 통제가 되질 않았습니다.

그래서 입원을 시키자고 유뎅이 엄마와 상의를 하고 입원을 시키게 되었습니다. 입원 병원은 면회가 통제되는 폐쇄 병동이었습니다. 그래도 입원하면 약(藥)은 간호사와 통제 요원들이 잘 먹이고 확인까지 한다고 하니 안심이 되었습니다.

그런데 폐쇄 병동이라 면회가 통제되었는데, 설상가상으로 코로나로 인하여 면회나 면접을 일절 하지 못하였습니다. 그러다 보니 유뎅이가 가련해 보이고, 보고 싶어 미칠 것만 같았습니다. 처음에는 안정이 될 때까지 독방에 넣어 치료를 하였습니다.

그리고 코끼리도 잠재운다는 주사를 놓아주었습니다. 참으로 기가 막혔습니다. 그러다 유뎅이한테서 전화가 왔는데, "아빠 집에 가고 싶어요! 너무 힘이 들어요"라고 하면 "그래 조금만 참자. 네가 아파서 그러는 거야! 선생님, 간호사님 말 잘 듣고, 약 잘 먹으면, 의사 선생님이 '우리 유뎅이가 좋아졌네! 집에 갈 수 있겠네!'라고 말을 하실 거야! 조금만 참자!" 하고 격려의 말을 하였습니다.

그러나 유뎅이는 마냥 울기만 하였습니다.

그리고 입원 병동에 형사가 있는데 자기를 감시한다고 하면서, 형사가 무섭다고 합니다. 유뎅이는 병실에서 관리하시는 분을 형사로 오해하는 것 같았습니다. 그래서 저는 "아마 관리하시는 직원분일 거야. 환자가 많아서 병원 직원분들이 유뎅이와 환자들을 보살피려는 좋은 사람들일 거야! 너무 걱정하지는 마!"라고 이해를 시키려 하였지만 지속적으로 의심을 하고 있었습니다.

나중에 안 일이지만 입원 병동은 많은 환자를 보살피다 보니, 본의 아니게 반강제적인 규제가 종종 발생한다는 것을 알 수가 있었습니다. 그래도 저는 '유뎅이가 지금은 힘이 들더라도 입원하였으니 치료하면 잘 낫겠지! 간호사가 있고 의사 선생님이 가까이 계시는데 잘 치료를 해주시겠지!' 하는 막연한 기대만 하고 있었습니다.

그러나 일반인이 어떻게 정신질환에 대하여 알 수가 있으며, 입원하여 어떻게 치료받는지 그 내막까지 알 수가 있을까요? 유뎅이는 독방을 들락거리며 치료를 계속하였습니다.

그러다 문득, 아니 자연스럽게 유뎅이에게 위로가 될 수 있게 편지를 쓰게 되었습니다. 엄마 아빠도 이렇게 보고 싶은데, 아픈 우리 유뎅이는 엄마 아빠가 얼마나 보고 싶을까? 저는 눈물로 하루하루를 지새웠지만, 또다시 흐르는 눈물은 막을 수가 없었습니다. 세상이 온통 눈물바다로 채워져갔습니다.

퇴원 후 우선 먼저 유뎅이 기분 전환을 위해 무엇인가를 해야만 한다고 생각을 하며 계획을 구상하기에 이르렀습니다. 그런데 유뎅이는 발병 초기에 노래방을 수시로 드나들었습니다. 친구가 병문안을 오면 으레 노래방을 가려고 하였습니다. 코로나가 번지던 시기라 부모의 마음은 타들어갔지만, 그래도 유뎅이의 마음을 안정시키기 위해서는 하고 싶은 대로 하게 두는 것이 병의 치료에 도움이 되는 것을 알았기 때문에 걱정은 되었지만 허락을 해주었습니다.

아니, 통제할 수가 없었기 때문이기도 합니다.

정신질환을 겪고 있는 대부분의 환우가 친구와의 관계가 끊어지고, 사회와 단절된다는 말을 자주 들었기 때문에 우리 유뎅이는 그렇게 되지 않게 하기 위하여 노력을 많이 하였습니다. 우리 유뎅이만큼은 친구와의 관계가 끊어지면 안 되니까요.

그래서 우선 먼저 기분 전환을 위해 유뎅이 방이며 거실 등에 도배를 하려고 하였습니다. 에어컨도 설치하고, 화장대도 준비하고, 미니 서랍장도 주문하였고, 마당에는 우레탄 칠을 바르고, 주변 청소 등 정비를 하고, 담장에도 아이보리색으로 색칠도 하고, 입구와 계단에는 화초를 구매하여 깔아놓으려 준비를 하였습니다.

그리고 집에다 노래방 기기를 설치하기로 하였습니다. 코로나가 퍼지던 시기라 집에다 노래방을 설치하여 보다 안전하게 노래를 부를 수 있도록 노래방 기계를 사고, 방음 장치도 설치하여 유뎅이가 편안하게 즐길 수 있도록 만들 준비를 하였습니다. 그래서 유뎅이에게 기쁨과 희망을 주기 위해 진행 상황을 편지로 알려주고, 퇴원하면 선물로 기쁘게 해주려고 하였습니다. 그때를 생각하면 부모의 마음도 매우 즐거웠습니다. 힘도 하나도 안 들고, 돈도 아까운 줄 몰랐습니다. 정말 유뎅이가 스트레스를 안 받고, 마음의 안정에 도움이 된다면 무엇이든 다 해줄 것이라고 마음을 다져갔습니다.

특히 유뎅이는 과자 먹는 것을 좋아했습니다. 입원실에서는 빵과 과자 등을 많이 먹었다고 하였습니다. 그래서 유뎅이 몸무게가 10㎏ 이상 살이 쪘습니다. 그래도 우리 유뎅이의 치료와 심신의 안정에 도움이 된다면 무엇이든 하려고 하였습니다.

그중에 또 하나가 집에다 작은 미니 슈퍼를 차리는 것이었습니다. 미니 냉장고도 준비하고, 음료수며 과자 등을 작은방에 많이 사다놓으면 유뎅이 마음대로 가져다 먹을 수 있도록 하였습니다. 병증이 악화될 때는 기분이 들뜨다 보니 자꾸 밖으로 나가려 하였기 때문에 될 수 있으면 밖으로 나가는 것을 조금이라도 줄이겠다는 마음이었습니다. 실제로 코로나 문제도 있었지만은 증상이 많이 좋지 않을 때나, 기분이 들뜰 때는 밖으로 나가는 것보다 집에서 요양하는 것이 좋다고 생각하였습니다.

M 병원 1차 입원 당시 주요 증상들은 아래와 같습니다.

① 잠을 못 잔다 ② 심리의 기복이 심하다 ③ 상사를 악마라고 한다 ④ 평소 생각나지 않았던 일들을 자꾸 떠올린다 ⑤ 이상한 말(헛소리)을 많이 한다(욕 포함) ⑥ 윗집에서 무어라 말한다고 한다 ⑦ 다른 사람이 유뎅이를 감시한다고 한다 ⑧ 자꾸 덥다고 한다 ⑨ 자기의 증상을 못 느낀다(자신을 정상이라고 한다) ⑩ 코로나가 자기 때문에 온 것 같다고 한다 ⑪ 안 좋은 일을 자꾸 떠올린다 ⑫ 심리 검사 후 매우 불안함을 보인다 ⑬ 자주 운다(슬퍼한다) ⑭ 약을 나쁜 것이라고 한다 ⑮ 약을 잘 안 먹으려 한다 ⑯ 약이 잠을 못 자게 한다고 한다 ⑰ 죽을 것 같아서 잠을 잘 수가 없다고 한다 ⑱ 형사가 자기를 감시한다고 한다.

8. M 병원 1차 입원 당시 편지

● **두 번째 편지 - 유뎅이의 쾌유를 기다리며**

유뎅아! 아빠는 유뎅이가 정말 보고 싶구나!

약 잘 먹고 빨리 건강이 회복되어서 웃으며 볼 날을 손꼽아 기다린다.

지금은 비록 떨어져 있고, 많이 힘이 들지만 네가 건강이 회복된다는 기대감으로 하루하루를 보낸다.

네가 세상에 나와줘서 너무나 고맙고 얼마나 행복한지 모른다.

네가 세상에 태어났을 때 '이것이 행복이구나!'를 알았다.

네가 세상에 존재하는 것만으로도, 아빠는 늘 딸바보가 될 준비를 하고 있었다.

정말 너는 예쁘고, 멋있고, 눈에 넣어도 아프지 않다는 옛말이 그르지 않다는 것을 새삼 느끼게 해준다.

그러니 어서 약 잘 먹고 아빠에게 달려와주지 않겠니!

그러니 얼른 약 잘 먹고 건강이 회복되어 아빠에게 돌아와주지 않겠니!

그러니 지금이라도 약 잘 먹고 훌훌 털고, 훌쩍 일어나 집으로 오지 않겠니!

약 잘 먹고 빨리 집으로 돌아오렴.
약 잘 먹고 어서 옛날처럼 건강을 찾으렴.
약 잘 먹고 다시 옛 모습으로 너를 찾으렴.

"약만 잘 먹으면 곧 집으로 돌아갈 수 있어!"
아빠는 유뎅이를 만나는 그날까지 네가 건강이 회복되기만을 간절히 기도한다.

2020. 3. 17. 04:20
딸바보 아빠가

● 다섯 번째 편지 - 아빠가 우주에서 가장 사랑하는 유뎅이에게

유뎅아! 잘 지냈니?
오늘도 하루가 지난 걸 보니 유뎅이 보는 날도 하루가 빨라졌겠지!

유뎅이를 보고 싶은 마음이 더욱더 간절하네.

그래도 아빠는 참고 견디며 유뎅이가 하루 빨리 건강이 회복되기를 빌께.

빨리 병마와 싸워 이겨 예쁜 유뎅의 본래 모습으로 돌아와주길 바래.

아빠는 유뎅이가 아프면 아빠도 아플 거고,

유뎅이가 힘들면 아빠도 힘들 거고,

유뎅이가 기쁘면 아빠도 기쁠 거고,

유뎅이가 행복하면 아빠도 행복할 거야!

유뎅이도 아빠가 기쁘고 행복한 것이 더 좋겠지?

그러니 유뎅이가 병마와 싸워 이겨서, 기쁘고 행복해져서 이 못난 아빠를 위로해줘.

그리고 아빠의 마음속에는 항상 유뎅이가 있고, 유뎅이 마음속에 아빠가 있었으면 해.

그래서 아빠와 같이 적(병마)을 물리치자!

이 모든 것은 네 의지에 달린 거야!

아빠의 의지는 매우 강렬해서 너에게 주고 싶어.

아빠의 신념이 곧 너에게로 다가가도록 기도할게.

아빠는 언제나, 늘, 항상 우리 예쁜 딸 유뎅이 편이야! 아빠가 사는 날 까지, 아니 죽어서까지.

우리 유뎅이가 소중하고 귀한 줄만 알았는데, 이렇게 아픈 걸 보니 소중하고, 귀하고, 보배스러움이 더욱 느껴지네.

천붕(天崩)! 하늘이 무너진다는 것을 이제야 알 것 같네.

아빠가 더 잘해줬으면 좋았을 걸! 많이 후회가 되네.

얼른 건강한 모습으로 엄마와 아빠와 같이 집에 가자.

선생님, 간호사님의 말씀을 잘 듣고, 약을 잘 먹어서 엄마, 아빠와 집으로 가자.

약을 잘 먹고, 말 잘 들으면 선생님, 간호사님이 유뎅이를 집으로 보내줄 거야!

엄마, 아빠는 널 만나는 날만을 학수고대한단다.

그리고 보리도 널 얼마나 보고 싶어 하는지 몰라.

빨리 집에 와서 보리에게 빵야! 해야지(보리는 강아지 이름).

보리가 그새 잊어먹었는지 아빠가 빵야! 하니 말을 안 듣네.

아빠는 딸바보야. 이 말이 너무 행복하게 들리네.

정말 아빠는 바보인가 봐. 아니, 바보가 되어버렸어.

그래서 아빠는 자랑을 하지, 세상 사람들에게 우리 딸이 최고 예쁘다고.

그래서 아빠는 말을 하지, 우주의 모든 종족들에게 영원히 바보로 살고 싶다고.

우리 유뎅이같이 예쁘고, 귀엽고, 아름답고, 지성적이며, 미모는 물론이요, 학식까지 두루 다 갖춘 여자가 어디 그리 흔할까?

게다가 몸매는 팔등신이요, 옷빨은 죽여주고, 얼굴은 양귀비도 울고 갈 자태이며, 마음은 비단결보다 더 고운 마음씨를 가졌는데, 어떻게 사랑하지 않을 수가 있을까? 뭇 사내들이 오줌을 질질 싸는 것이 아마 정상적이지 않을까?

이러한 예쁜 딸을 가진 아빠는 바보가 되는 것이 아마도 당연한 것이 맞을 거야!

우리 유뎅이가 세상에 태어나서, 아빠의 딸로 와주어서 얼마나 행복한지 몰라!

그러니 빨리 건강을 회복해서 아빠를 계속 바보로 만들어주길 바래. 그러려면 약을 잘 먹어야 돼. 알았지!

2020. 3. 19. 11:13
이 세상에서 제일 아름답고 예쁘고 마음씨 고운 여자가 누구냐 물으면 두말할 것도 없이
주저하지 않고 큰 소리로
"우리 예쁜 딸 ○유뎅입니다"라고 말하는 아빠가.

● 아홉 번째 편지 - 이 가슴에 저며 오는 이 마음은 무엇일까?

사랑하는 예쁜 딸 유뎅아!
네가 집에 없으니까 이렇게 허전함과 공허함이 몰려드는구나!

네가 우리 가슴속에서 차지하는 비중이 이렇게 크다는 것을 예전

에는 미처 몰랐구나! 이제야 새삼 알게 되는구나!

너만 생각하면 가슴이 메어져오는구나!

우리가 그렇게 소중한 물과 공기와 시간 등을 평소에는 알지 못하였듯이 너의 소중함을 잊고 살아왔구나!

지금이라도 엄마, 아빠가 깨우쳤으니 얼마나 다행인 줄 모른다.

유뎅이가 엄마, 아빠에게 좋은 교훈을 가르쳐주어서 고맙구나.

지금부터라도 주변의 고귀하고 소중한 것들에 대하여 되새기며, 예쁜 우리 딸이 얼마나 소중하고 고귀한가를 다시 한번 더 생각하게 한다.

너무너무 보고 싶구나!

지금 아래 시(詩)는 아빠가 어렸을 때 학교에서 공부하던 괴테의 시야.

당시에는 상상으로만 한 아이에 대한 사랑의 동경으로 생각했는데, 이제 와서 보니 현실이었고, 그 아이가 우리 유뎅이었네.

들장미
괴테

한 아이가 보았네. 들에 핀 장미
그리도 싱그럽고 아름다워서

가까이서 보려고
재빨리 달려가
기쁨에 취해 바라보았네.
장미, 장미, 붉은 들장미
소년은 말했네. "너를 꺾을 테야, 들장미야!"
장미는 말했네. "너를 찌를 거야, 영원히 잊지 못하도록. 나는 꺾이고 싶지 않단
말이야."

장미, 장미, 붉은 들장미

짓궂은 아이는 꺾고 말았네,
들에 핀 장미를
장미는 힘을 다해 찔러댔지만
간절한 애원도 탄식도
모두가 헛된 것이었다네.

장미, 장미, 붉은 들장미

여기서도 짓궂은 아이가 아름다운 장미를 꺾고 말았지.
유뎅이도 아름다운 장미꽃이야.
아니, 장미보다 더 아름다운 꽃이 있다면 더 어울릴 텐데.
아니, 장미보다 더 예쁜 꽃이 유뎅이야!
장미꽃이 유뎅이를 더 부러워할지도 몰라. 사실은 네가 더 아름다
우니까.

아마 거울에게 물어보면 지금은 이렇게 말을 할 거야.

"거울아! 거울아! 세상에서 제일 예쁘고, 아름답고, 마음씨 고운 아이는 누구지?" 하고 물으면 ○유뎅, ○○동 ○○빌라에 살고 있는 유뎅, 예쁜이 유뎅, ○유뎅이야!

그런데 아름답고 예쁜 꽃들은 항상 질투와 시기를 많이 당하지.

그래서 유뎅이도 잠시 고생을 하는 거야.

괴테의 들장미처럼.

지금 고생하는 것은 당연한 거야! 그렇게 받아들여봐.

'내가 예뻐서 그런 걸 어떡하라구! 내가 잘나서 그런 걸 어떡하라구!'

우리 예쁜 꽃 유뎅아!

지금이라도 아빠를 깨우쳐주어서 고마워!

그리고 앞으로는 유뎅이가 지금과 같은 어려움을 안 당하도록 더 노력할게.

앞으로는 엄마, 아빠는 유뎅이와 절대로 떨어져 있지 않을게.

그리고 항상 유뎅이 곁에 있을게! 발가락 걸고 약속.

그러니 선생님, 간호사님 말 잘 듣고, 약을 잘 먹어서 빨리 건강이 회복되기를 바래.

그럼 오늘도 약 잘 먹고, 잘 지내. 건강이 회복되는 날까지.

이렇게 마음이 메어오는 이 가슴은 무엇일까?

2020. 3. 20. 08:23
세상의 어떠한 말과 언어로도
유뎅이에 대한 사랑을 표현하지 못해서
발을 동동 구르는 아빠가.

9. M 병원 1차 퇴원 이야기

코로나로 인하여 면회나 면접 등을 일절 하지 못하다 보니, 유뎅이
가 너무너무 보고 싶고 궁금해 미칠 것만 같아서 무작정 2020년 4월
6일 입원 22일 만에 1차 퇴원을 하게 되었습니다(지금 생각해보면 무모한
도전이기는 하였으나, 좋은 경험이기도 하였습니다. 나중에 치료하는 데 많은 도
움으로 다가왔기 때문입니다).

마음의 각오나 정신질환에 대한 준비대책은 전혀 되어 있지 않은
상태에서 그저 '약만 잘 먹이면 되겠지' 하는 마음으로 퇴원을 하였
습니다.

● 1차 퇴원 당시 주요 증상들

2020. 4. 6.

① 잠만 잔다 ② 자고 나면 먹을 것만 찾는다 ③ 먹고 나서 다시 잔
다 ④ 멍 때리고 무기력해 보인다 ⑤ 눈이 풀리고 맥을 못 춘다 ⑥ 얼
굴에 트러블이 생긴다 ⑦ 가슴(유방)에서 분비물이 나온다 ⑧ 가슴에
서 유즙이 나오는데 생리는 한다 등

2020. 4. 8.

① 잠을 못 잔다 ② 4월 14일 현재 병증이 환원되는 것 같다 ③ 14일 밤 12시 경 저녁에 약 추가 복용(유뎅이 스스로 요청) ④ 의심증이 많다 ⑤ 불안정해 보인다 ⑥ 헛소리를 심하게 한다 ⑦ 난폭해져간다 등

2020. 4. 16. 24시까지 의심 증상

① 의심 증상이 심하다 ② 불안정하다 ③ 유뎅이에 대한 관심 및 사랑을 자꾸 확인하려 한다 ④ 헛소리를 심하게 한다 ⑤ 잠을 못 잔다(초기 증상과 비슷하다) ⑥ 잠을 전혀 못 이루고, 병증이 입원 전으로 돌아간 것 같다 ⑦ 난폭해져간다 ⑧ 상기 약의 효과가 떨어지는 것 같다(약에 내성이 생긴 것 같다) ⑨ 저녁 12시경 로라반정 1㎎ 복용(환자가 힘이 든다며 요구함) ⑩ 약은 환자가 적극적으로 먹으려 하며, 병을 이기려 노력한다 ⑪ 유아 시절로 돌아가는 것 같다 등

일단 1차 퇴원 후에는 유뎅이를 직접 볼 수 있고, 집에서 간호할 수 있다는 안도감에 부모의 마음은 편안했습니다. 입원 당시에는 유뎅이의 상태를 직접 볼 수가 없었고 상태를 모르다 보니, 궁금하고 보고 싶어 정말로 많이 힘이 들었습니다. 그저 눈물만 흘리고 있었습니다.

그러나 유뎅이는 퇴원 후 잘 걷지를 못하였고, 침을 흘리고, 잠만 자려고 하였고, 먹을 것만 찾고, 멍 때리며 무기력하게 보이고, 눈이 풀리고 맥을 못 추며, 말을 어눌하게 하고, 행동이 부자연스러워지는 등 증상이 전혀 개선되질 않았고, 상태가 더 많이 안 좋아 보였지만,

당시에는 병증인 줄로만 알았습니다. 그래서 그저 단순하게 '약만 잘 먹이면 집에서 간호해도 되겠지!' 하는 안일한 생각으로 퇴원을 하게 된 것입니다. 마음의 준비는 전혀 되어 있지 않았습니다.

그러다 형님이 소개해주신 동대문 정신과 선생님에게 자문하게 될 기회가 생겼는데, 이때 유뎅이와 엄마, 아빠가 같이 수차례 방문하여 유뎅이의 병증과 정신질환에 대하여 설명을 듣게 되었습니다. 그러면서 유뎅이의 경우 입원 병동이 되어 있어 치료 도중에 상태가 안 좋을 경우 즉시 입원할 수 있는 병원을 선택하여 치료받는 것이 더 좋을 것이라며, 현재 다니는 병원의 주치의의 말을 잘 듣고, 유뎅이의 병증이 많이 심하니 입원을 하여야 한다고 권유해주셨습니다. 그래서 2차 입원시키는 데 영향을 많이 끼치게 되었습니다.

동대문 병원에서 입원을 권유하면서 최소 3개월 이상 입원하여 치료를 받으라고 알려주었습니다. 그러던 중 유뎅이의 병증은 악화가 되었고, 통제할 수 없는 지경에 이르러 2020년 4월 17일 퇴원 12일 만에 재입원을 하게 되었습니다.

그래서 이번에는 선생님 말씀도 잘 따르고, 조금 더 입원을 오래 하여 호전이 되면 퇴원하기로 굳게 다짐을 하였습니다. 입원 후에도 일정 기간 더 조언을 구하기 위해 계속 방문을 하였습니다. 이때는 싫고 좋고 따질 겨를도 없이 실오라기 한 올이라도 잡는 심정으로, 도움이 되든 안 되든 상관하지 않고 귀동냥이라도 들어야 했기 때문에 어느 누구라도 상관없이 찾아다니던 시기였습니다.

돌이켜보면 마음만 앞섰지, 환자를 어떻게 돌보아야 할지, 순간순간 병증이 악화될 때 대처할 수 있는 방법이나 돌볼 수 있는 지식은 전무한 상태에서 무작정 '약만 잘 먹이면 되겠지!' 하고 단순하고 안이한 생각을 했던 것 같습니다. 즉, 병에 대한 지식이 전혀 준비가 안 된 상태에서 마음만 앞서 1차 퇴원을 강행하였던 것 같습니다.

　게다가 코로나로 인하여 가족 교육을 받거나 면회 등이 일절 안 되어 정신질환에 대한 정보도 알 길이 막연하였습니다. 또한 정신질환에 대한 심각성이나 교육의 필요성을 인지하지도 못하였고, 2차 입원 당시까지도 그저 '병원에 가서 약 잘 먹고, 안 되면 입원하여 치료하면 잘 되겠지!' 하는 단순무식한 생각만 하였습니다.

　그런데 유뎅이는 다시 재입원을 하지 않으려 하였습니다. 누가 병원에 입원하는 것을 좋아할까요? 당시에는 몰랐지만, 유뎅이는 지난 1차 입원 기간 동안 많은 고통을 받았기 때문에 재입원을 하지 않으려 하였던 것입니다.

　그때까지만 해도 입원의 고통을 부모로서는 알 수가 없었습니다. 그래서 입원 당시 입원실에 아픈 언니가 있었는데 "보고 싶다"라며 "선물을 주고 싶다"라고 하고, 또 "청소하시는 분이 계시는데 너무 잘해주어 고맙다"라고, "보고 싶다"라고 하였습니다. 그래서 그럼 하루만 입원하여 인사도 드리고 선물도 주자고 하면서 설득하게 되었습니다. 유뎅이는 순수하게 "그럼 하루만 입원하고 올게!" 하고 입원을 하게 되었습니다.

그때 입원하러 엘리베이터를 타고 손을 흔들며 들어가는데, 그 모습을 차마 볼 수가 없었습니다. 그저 눈물만 나왔습니다. 가슴이 미어터질 것만 같았습니다. 제 기억에 평생 잊지 못할 한순간이었습니다. 처음 입원할 당시에는 멋모르고 입원을 하였는데도 무척 힘들었는데, 두 번째 입원할 때는 더 많이 힘이 들었습니다. 그저 눈물로 하루하루를 보내게 되었습니다.

　이때까지도 저는 무방비 상태로 우리 유뎅이를 입원시켜야만 했습니다. 할 수 있는 게 하나도 없었습니다. 아니 무엇을 할 수가 있었을까요?

**　그저 눈물을 흘리는 것밖에 할 수 있는 게 하나도 없었습니다.**

　정신질환은 전문 의사가 꼭 필요하였기 때문에 저는 할 수 있는 게 하나도 없었습니다. 아니, 할 수 있는 게 하나도 없다고 생각하였습니다.

　그래도 무엇인가를 해야만 했습니다. 그 무엇인가를 꼭 찾아야만 했습니다. 고통받고 있는 우리 유뎅이가 있는데 부모로서 무엇인가를 꼭 해야만 했습니다. 그러나 부모로서 할 수 있는 것은 그저 눈물만 흘리는 것뿐이었습니다.

　밤이든 낮이든, 길거리에서든, 방 안에서든, 직장에서든, 어느 곳에서든 눈물만 흘러나왔습니다. 눈물로 밤을 지새웠단 말이 저에게도 찾아왔습니다. 그래도 편지만은 계속 쓰기로 마음먹었습니다.

10. M 병원 2차 입원 이야기

2020년 4월 17일 동대문 선생님의 권유에 따라 2차 입원을 하였습니다. 손을 흔들며 엘리베이터를 타고 입원실로 들어가는 모습을 보면서, '이번에는 호전이 되면 퇴원을 하자! 치료를 충분히 받자! 최소 3개월 이상 입원하면 더 좋아지겠지!' 하는 기대감과 희망으로 하루하루를 보냈습니다. 그리고 '무엇을 하면 유뎅이가 제일 기뻐할까? 어떻게 하면 유뎅이의 치료에 도움이 될까?' 하는 고민을 하게 되었습니다.

그리고 동대문 선생님에게 계속 방문하였는데, 동대문 선생님의 좋은 말씀과 격려는 2차 입원을 하게 된 가장 큰 이유 중 하나였습니다. 든든한 후원자라고 생각을 하였습니다. 그리고 '무엇을 하면 유뎅이가 제일 기뻐할까? 어떻게 하면 유뎅이의 치료에 도움이 될까? 무엇을 해주면 유뎅이가 좋아할까?' 하는 고민을 하면서 2차 입원 후에도 1차 입원 당시에 진행하던 집 수리며 노래방과 에어컨과 마당이나 담장 설치 작업 등을 계속 완성해나갔습니다. 이때 자동차 주차장도 만들기 위해 마당의 처마도 견적을 알아보기로 하였습니다. 물론 자가용을 구매하기 위해서입니다.

'이번에는 주치의 선생님의 말씀을 잘 들어서 충분히 치료하여 호전되면 그때 선생님과 상의하여 선생님의 말씀에 따라 퇴원을 해야지!' 하고 다짐을 하였습니다. 이때 엄마, 아빠의 마음은 기대감에 충만하여 있었습니다.

그리고 편지를 계속해서 써갔습니다. '그래, 편지라도 써서 유뎅이에게 전달하면 마음에 위로가 되지 않을까?' 하는 작은 마음이었습니다. 지금도 편지글을 보면 눈물이 앞을 가려 도저히 읽기가 힘들었지만 편지 쓸 당시보다는 덜 힘듭니다. 그러나 편지를 쓰면서 흘린 눈물은 아마도 청계천에 흐르는 빗물만큼이나 서러웠습니다. 이렇게 하루하루 편지를 쓰면서 흘린 눈물은 파도가 되어 나의 가슴에 부딪치고, 온몸에 스며들어 보리굴비처럼 절여져만 갔습니다.

그래도 내일의 희망과 기대를 품고 유뎅이와 전화 통화를 하면서 유뎅이의 상태를 파악하고, 격려하면서 하루빨리 퇴원하는 날이 오기만을 기도하였습니다.

그러던 중 5월 15일경 유뎅이와의 전화 통화에서도 목소리가 맑고 기분이 매우 좋다는 것을 알 수가 있었습니다(나중에 안 일이지만 솔직히 기분이 너무 좋은 것도 유뎅이에게는 안 좋은 증상 중에 하나였습니다). 그러나 저는 유뎅이가 재입원 후 병증이 호전되는 것 같아 5월 18일경 주치의와의 상담에서 퇴원을 논의하게 되었는데, 이후 이틀이 지난 5월 20일 주치의로부터 유뎅이가 유즙 분비 등을 호소하여 복용하던 약 중에 자이레핀정 10㎎을 5㎎으로 줄여 복용하였는데 그것이 원인이 되어 악화된 것 같다며 퇴원을 보류해야 한다고 하였습니다.

정말 청천벽력 같은 소리를 하였습니다.

사실은 유뎅이의 상태가 호전되어 보였고, 특히 너무나 보고 싶어 5월 18일 주치의와의 면담에서 6월에는 퇴원을 생각해보자고 상의했었는데, 그런데 악화가 되었다고 하니 도저히 믿을 수가 없었습니다. 그래서 고민 끝에 집에서 요양하는 것이 나을 것 같다는 판단이 되어 악화된 상태로 5월 26일 무조건 퇴원하기로 결정하기에 이르렀습니다.

왜냐하면 저는 이미 5월 18일 이전에 유뎅이와의 통화에서 증상이 이상하다는 느낌을 받아 간호사님께 전화하여 유뎅이가 약을 잘 먹는지 문의한 적이 있었고, 5월 18일 전화 통화에서도 유뎅이 상태가 기분이 상승되어 있다는 것을 알았고, 매우 불안하다는 느낌을 받았었습니다. 그런데 의사나, 간호사나, 근무자 등이 5월 20일 유뎅이의 병증에 변화가 있다는 것과 악화되는 동안 인식하지 못하였다는 것이 매우 의아스러웠습니다.

참으로 이상합니다. 과연 자이레핀 5㎎을 줄였다고 악화가 되었을까요? 그리고 보호자가 환자를 입원 치료하기로 결정했을 때는 병과 약물에 대하여 아는 것도 없지만 보호자가 치료할 수 없기 때문에 간호사나 주치의가 항시 상주하고 있는 병원에 입원하면 환자를 잘 보호하고, 비상시 빠른 조치를 할 수 있다는 믿음이 있었기 때문이었는데! 악화되기 전까지 전혀 몰랐다니!

저는 입원 치료에 대한 믿음이 일순간 사라졌습니다. 그래서 과감하게 퇴원을 결정하게 된 것입니다(나중에 깨달은 것이지만 결과적으로 잘한 것이었습니다).

처음에는 유뎅이 병증에 대하여 전혀 알지 못하여, 어둠 속에서 허둥지둥 헤매는 불나방 같았지만, 그동안 유뎅이 병증에 대하여 공부를 하고, 1차 퇴원 때와 달리 유뎅이의 병에 대한 경과를 보면서 간호할 수 있다는 자신감이 조금은 더 생겼습니다. 아마 제 추측으로는 **약을 줄이는 것**보다는 입원 중에 간호사나 관리자 등으로부터 강압이나 통제, 손발 묶임, 독방에 감금당하는 것 등의 주변의 환경 등으로 인하여 스트레스가 쌓이고 쌓여 악화된 것은 아닌지 의심이 갑니다(사견). 아니면 악화 시기에 악화 증상이 발현된 것일 수도 있습니다(나중에 알게 됨).

유뎅이가 원래 직장 상사로부터의 갑질에 의한 스트레스로 발병하였기 때문에 스트레스에 매우 취약합니다. 무엇이 문제일까요? **당시에는 병증이라고만 생각하였습니다.**

11. M 병원 2차 입원 당시 편지

● 스물한 번째 편지 - 유뎅과 조현병의 현실

유뎅아! 잘 지내고 있니!
오늘은 유뎅이의 병에 대하여 이야기하고 싶네.

유뎅이가 병을 이겨내려면, 자기 병에 대하여 잘 알고, 이해를 해야 해.
유뎅이가 앓고 있는 병은 '조현병 초기 증상'이야!
조현병 초기에는 몸과 정신이 일치하지 않는 행동을 하게 되지.
즉 몸이 정신을 통제하지 못하거나, 정신이 몸을 통제하지 못하는 현상이야.

그래서 유뎅이가 가끔 정신을 통제하지 못하는 말을 하게 되는 거야! 즉 헛소리 같은 거지.
그런데 그것은 유뎅이 자신도 모르게 하는 거야! 자각증상을 모르는 것이 큰 문제이지만.

유뎅이는 사회 초년생으로서 첫발을 내딛어 회사를 다니는 과정에서 업무의 과도한 스트레스와 상사의 갑질로 인하여 갑작스럽게 급성으로 발병을 하게 된 병이야!

이러한 '스트레스에 의한 급성 정신질환'은 약을 잘 먹고 의사 선생님의 말씀을 잘 들으면 빨리 회복될 수 있어!

그런데 유뎅이 병이 갑자기 발병되었기 때문에 누구도 몰랐고, 엄마나 아빠, 언니 모두가 당황하게 되었을 뿐이야. 그러다 보니 유뎅이 병에 대하여 이해하고, 알기까지가 두세 달씩이나 걸린 거야. 시행착오를 겪은 거지!

처음에는 유뎅이 병에 대하여 알 수가 없었지. 어떻게 대처할 방법도 몰랐고, 모두가 허둥지둥 안개 속을 걷는 모습이었지.

그래! 어떻게 엄마 아빠가 알 수 있을까? 유뎅이는 건강했고, 처음 사회로 진출하는 초년생으로서 사회를 알기 위해 공부를 하고, 준비를 하고 있었을 뿐이었는데. 그런데 못된 상관을 만나, 사회를 배우고 적응하기도 전(前)에 유뎅이가 힘이 들게 된 거야.

그런데도 다행히 희망적인 것은 유뎅이 병은 급성으로 왔기 때문에 급성(빨리)으로 고칠 수 있다는 거야. 다만 유뎅이 병에 대하여 잘 알지 못했고, 이해하는 데 다소 시간이 걸렸을 뿐이고, 시행착오를 겪은 것뿐이지.

분명한 것은 유뎅이 병은 초기라서 빨리 고칠 수 있다는 거야.

그런데 엄마 아빠는 유뎅이를 돌볼 수는 있어도, 유뎅이 병을 고칠 수가 없어! 전문가이신 의사 선생님과 간호사님의 도움이 절대로 필요한 병이야.

엄마 아빠가 유뎅이 병을 고칠 수가 없는데! 어떻게 하면 좋을까? 누구나 아프면 병원에 가듯이 유뎅이도 병원에 갔을 뿐이야. 그리고 전문가의 도움이 필요해서 입원했을 뿐이지.

그리고 이 병의 특성은 초기에 치료를 잘하면 빨리 완쾌할 수 있지만, 시간이 늦추어지면 늦추어진 만큼 시간이 배 이상 치료가 늦어지고, 병의 진행 속도가 빠르게 악화된다는 것이야.

즉 병의 치료가 하루가 빠르면 열흘이 빨라지고, 하루가 늦추어지면 열흘 이상 연장된다는 특성을 가지고 있지.

더 쉽게 말하면 병의 초기라서 하루 일찍 치료하면 열흘이 빨라지고, 열흘을 일찍 치료하면 백 일이 빨라지고, 한 달 일찍 치료하면 아마 6개월 이상 빨리 회복할 수 있다는 것이지.

게다가 유뎅이가 적극적으로 병을 이기려고 노력하는 의지가 매우 강해서 다른 환자들보다도 더 빨리 회복될 수가 있다는 거야!

그것은 지난 4월 6일 퇴원으로 증명을 했잖아. 남들보다 2~3개월 일찍 퇴원했잖아!

넌 이번에도 분명히 할 수 있어! 전문가인 의사 선생님과 간호사님의 도움으로 분명히 유뎅이는 빨리 병을 이겨낼 거야!

그리고 아빠가 조언을 하자면, 유뎅이는 너의 병과 친구가 되어 봐. '지피지기면 백전백승'이라는 말이 있지.

'적을 알고 싸우면 백 번을 싸워도 이긴다'라는 뜻이지.

유뎅아! 너의 병과 친구가 되고, 그래서 병을 알게 되고 이해하게 된다면, 병과 싸워 이기는 데 도움이 많이 되지 않을까?

그래서 말인데 유뎅이는 자기 병과 우선 먼저 친구가 되고, 차차 자기 병을 알게 되고, 그리고 자기 병을 이해한다면 '백전백승' 하지 않을까?

엄마 아빠는 유뎅이의 현명한 판단을 믿어! 엄마 아빠는 언제나 네 곁에 있고, 네 곁에는 항상 엄마 아빠가 있다는 것을 명심해!

엄마 아빠도 유뎅이가 너무 많이 보고 싶지만! 유뎅이가 입원을 꼭 해야만 하고, 전문가의 손길이 절대적으로 필요하다면, 그래서 유뎅이의 건강이 좋아진다면, 그래서 유뎅이의 병증이 회복된다면, 참고 참고 또 참아서 눈물이 다 말라버리고, 가슴이 황폐화된다고 하여도, 또 참고, 또 참고, 또다시 참고 인내하면서 기다릴 거야! 유뎅이도 이해를 해야 돼!

유뎅이가 스스로 현 상황에 적응하고 견뎌내도록 노력을 해야 해. 유뎅이 병은 오직 의사 선생님 그리고 간호사 선생님과 더불어 유뎅이만이 해낼 수 있는 거야! 그러면 유뎅이는 거듭 태어나는 새로운 사람으로 재탄생되는 것이지! 마치 선지자나 스님이나 도사님들이 '득도(得道)'하듯이.

지금은 비록 유뎅이가 힘들고, 엄마 아빠를 원망할 수도 있겠지만,
'먼 훗날 유뎅이가 건강을 되찾는 날, 엄마 아빠를 이해해주겠지' 하
는 마음뿐이야!

유뎅아! 유뎅아! 이번에는 실수하지 말자! 이제는 유뎅이를 힘들게
하지 않을 거야! 다시는 실수하지 않을 거야! 아빠는 다짐해본다.

그리고 유뎅아! 현 상황(입원)을 받아들여야 해! 마음 단단히 먹고,
굳은 각오로 병마와 싸워 이겨 건강한 모습으로 엄마 아빠에게 돌아
와줘!

유뎅이는 할 수 있어, 똑똑하니까!
유뎅이는 잘 해낼 거야! 현명하니까!
유뎅이는 이길 거야! 지혜로우니까!
유뎅이는 찾아낼 거야! 병을 물리치는 방법을!
유뎅이는 물리칠 거야! 유뎅이의 병을!
유뎅이는 돌아올 거야! 유뎅이의 본 모습으로!
유뎅이는 천사니까! 다른 사람보다도 더 빨리 회복하여 퇴원하게
될 거야!

아빠 엄마는 유뎅이를 믿어, 언제나 유뎅이 편이니까!

2020. 4. 25. 01:28
유뎅이의 쾌유를 빌며
세상에서 유뎅이만을 제일 사랑하는 엄마, 아빠가

● 스물두 번째 편지 - 파랑 장미

유뎅아! 돌아와줘!
집으로, 집으로 집-으-로
엄마, 아빠가 기다리고 있어!

유뎅아! 보고 싶어!
많이, 만이 매우 마-니
언니, 보리가 찾고 있어!

파랑 장미를 찾는 유뎅이는 기적을 노래하네.
물망초, 나의 물망초, For get me not!
나를 잊지 말아요!

장미 장미 파랑 장미
들에 핀 파랑 장미
꽃 가시가 있어도 유뎅이는 장미를 사랑하네.
진정으로 유뎅이는 장미와 춤을 추기를 원하네.
춤을 못 춘다던 파랑 장미 어느덧 봄 내음에 흠씬 빠져 있네.

엄마 아빠 사랑하세요.
유뎅이도 사랑해주세요.
눈가에 맺힌 보석 같은 눈망울로 꽃을 피우네.

잊지 않을 거예요.
잊혀지지 않을 거예요.
어찌 잊을 수가 있단 말인가요!

돌아와줘! 유뎅아!
보고 싶다! 유뎅아!
엄마, 아빠, 언니, 보리가 애원하네.

장미 장미 파랑 장미,
들에 핀 파랑 장미.
향기가 없어도 유종의 미(美)는 희망을 노래하네.
소리 없이 장미는 유뎅이와 춤을 춘다네.
향기가 없다던 파랑 장미 어느새 꽃 내음에 흠뻑 적셔져 있네.

2020. 4. 21. 02:38 초고, 2020. 4. 23. 13:15 퇴고
세상에서 제일 사랑하는 우리 예쁜 딸 유뎅이에게 바칩니다.

P. S.
아빠가 유뎅이가 너무 보고 싶어 잠에서 깨어나 이 시간에 시(詩)를 쓰네.
아빠는 유뎅이를 위해 무엇이든 다 할 수가 있어.
엄마 아빠를 믿고, 참고 또 참아서 극복하기만을 빌께.
사랑해! 유뎅아!

● 스물여섯 번째 편지 - 우리 유뎅이를 어떻게 이해시켜야 하나?

유뎅아! 우리 예쁜 딸 유뎅아!

고맙다. 세상에 태어나주어서.

만일 유뎅이가 안 태어났으면, 엄마 아빠는 아마 정말 많이 힘들었을 거야!

너는 태어나자마자 아빠를 사랑에 푹 빠뜨렸지.

주변의 많은 사람들도 탄성을 자아냈고.

"예술인데! 천사인데!" 하면서 우리 유뎅이를 극찬할 때는 하늘을 날아가는 기분이었지.

우리 예쁜 유뎅이는 하늘을 날아봤는지 모르겠네?

그래서인지 아빠의 사업은 작은 것이었지만, 날로 번창할 수 있었지.

그래서 주변에서는 복덩이가 태어났다고 이구동성으로 감탄을 하였어.

그런데 성인이 되어서 사회 첫 진출을 하려는데, 난관에 부딪치게 되었지.

그러나 고통은 잠시야. 아니 어쩌면 앞으로 살아가는 여정(인생)에 있어서 매우 좋은 경험을 '미리' 하고 있는 것은 아닐까?

어차피 그 누구든 한번쯤은 인생의 '역경'을 다 경험하게 되거든.

그래, 긍정적으로 생각을 하자! 유뎅이가 앞으로 인생을 살아가면서 겪어야 할 '역경'을 미리 경험하고 있는 것이라고.

그러면 아빠처럼 무슨 일이 닥쳐도 헤쳐나갈 수가 있는 능력이 발달되지 않을까? I can do! "유뎅이는 할 수 있다!"

아빠는 유뎅이가 아프고 난 후 많은 날들을 고민하고, 또 고민을 해보았지만, 유뎅이 병증에 대하여, 유뎅이에게 쉽게 설명하거나, 이해시킬 수 있는 방법이나 표현 등을 여태껏 찾지 못하였지.

하기야 너의 병을 알고, 이해하는 데만 2개월 이상이 걸렸는데! 무슨 말을 할 수 있을까?

그러나 유뎅아! 고생(苦生) 끝에 낙(樂)이 온다고, 너의 병증에 대하여 유뎅이가 쉽게 이해하고, 공감할 수 있는 방법을 이젠 찾은 것 같아!

너의 병증은 '산불'에 비유하면 좋을 것 같아!

아주 유뎅이 병증과 너무나 똑같아. 정말 신기하게도 닮았어.

'산불'도 유뎅이 병증처럼 갑자기 찾아오고, 도깨비불처럼 화를 냈다가 사라지기도 하고, 바람 소리를 심하게 내기도 하고, 가만히 있는 나무나 건물 등을 마구 태우며 화를 내기도 하지.

또한 '산불(병증)'이 나면 최초 발화(발현)는 미약하게 시작하나, 일반 사람(엄마, 아빠)들이 발견하기가 쉽지 않고, 바람(외부 스트레스)과,

건조한 날씨(근무환경) 등으로 여기저기 막 번져 나아가지.

그러면 소방관 아저씨(의사)들이 '산불' 끄기에 전력을 다하고, 헬기(간호사) 등을 동원하여 물(주사, 약 등)을 날라다가 뿌리기도 하지. '산불'은 작은 것도 있지만, 대부분 큰불로 번져 나아가게 되지. 그래서 '산불'을 잠재우고 나면 또다시 발화될 염려가 있어, 소방관(의사, 간호사)님들이 밤을 새워가면서 잔불(잔 병증) 정리에 신중을 다하는 거야.

잔불(잔 병증) 정리는 마지막 하나까지 찾아서 불을 끄지 않으면 바람(외부 스트레스) 등으로 재발화가 되어 '산불(병증)'이 다시 크게 발생하게 되거든.

그래서 밤을 새워가며 소방관(의사, 간호사)님들이 잔불(잔 병증) 정리에 최선을 다하는 거야!

유뎅이 '병증(산불)'도 최초 발현(발화)될 때에는 미약하였으나, '병증(산불)'이 외부 스트레스(바람)와 나쁜 근무환경(건조한 날씨) 등으로 여기저기서 막 '악화(발화)'가 되었지.

그래서 대학병원 응급실, M 병원에서 통원 치료를 받다가 악화되어 3월 16일 입원하게 되었지. 그런데 엄마 아빠의 무지(無知)로 인하여 입원 3주 만인 4월 6일 퇴원을 하였는데, 퇴원 2주 만에 다시 악화가 되어 4월 17일 재입원을 하게 되었지. 참으로 원통하기 그지없다.

여기서 엄마 아빠의 무지(병에 대하여 전혀 모르는 것)가 첫 번째 실수요, 의사 선생님(소방관)의 말씀을 안 듣고 퇴원한 것이 두 번째 실수요, 잔 병증(잔불)을 치료(진화)하지 못한 채 퇴원한 것이 세 번째 실수였지.

지금 유뎅이의 상태는 다행히도 큰 '병증(산불)'은 잡혔지만, 약간의 '잔 병증(잔불)'이 남아 있는 상황이지. '산불'로 말하면 '잔불'이겠지!

그러나 이 잔 병증(잔불)은 유뎅이 본인은 잘 알지 못한다는 거야!

'산불'로 보면, 산이 스스로 '잔불'이 있는지, 없는지를 어떻게 알 수 있을까?

그래서 소방관 아저씨들이 '산불'을 다 진압하고 난 후에도 며칠씩 밤을 새워가면서 마지막 '잔불' 하나까지 정리하려고 최선을 다하고 감시를 하는 거야! 유뎅이 병증도 마찬가지야.

유뎅이 병증(산불)은 의사 선생님(소방관)이 거의 다 치료(진압)했지.

다만, 지금은 잔 병증(잔불)이 남아있는 것을 잘 치료(정리)하고, 관리(감시)를 하고 있는 것이지.

유뎅이도 4월 6일 퇴원 후 경험을 한 적이 있었지.

외부 스트레스(바람)의 환경 등을 막지 못하였고, 잔 병증(잔불)을 제대로 치료(정리)하거나 관리(감시)를 하지 못하여서 악화(재 발화)가 되었다는 것을.

그때는 아빠 엄마(일반 사람)가 너무 무지(無知)했었어. 알 수가 없었지.

그러나 이제는 유뎅이 병에 대하여 공부를 하고, 연구를 해보니 별 것 아니더라고. 모를 때는 당황하고 어둠 속을 걷는 것 같았지만, 지금은 아니야! 아빠는 이제는 두렵지 않아!

아빠는 유뎅이 병에 대하여 아빠의 '폐쇄공포증'만큼 알 수가 있어!

유뎅이가 조금은 힘이 들겠지만, 병원 입원 치료에 대하여 '여기서도 무엇인가 배울 것이 있다'라고 긍정적으로 생각을 하고, '나는 할 수 있다. 나는 병을 이길 수 있다'라는 '신념'만 있어도, 병의 완치는 시작되는 것이거든.

그래도 유뎅이가 똑똑하고 현명해서 그런지, 예상보다는 병의 호전도가 매우 빨리 좋아지고 있는 것 같아 엄마 아빠는 너무 좋아.

그래서 5월 7일 목요일 오후에 동대문에 아는 의사(박사)에게 유뎅이 근황을 알려주면서, 유뎅이 편지(5월 7일자)를 보여주었는데, 유뎅이 편지를 읽어보시고는 증상이 생각보다 빨리 호전되고 있다고 말씀하시더라고. 아빠 또한 그렇게 느끼고 있고.

그리고 5월 4일 월요일 오전에는 주치의 선생님과 면담을 하였지!

선생님도 유뎅이 병증이 다른 환자분들보다도 훨씬 빨리 호전되고 있으며 나날이 건강이 발전되고 있다고 말씀하셨어!

그리고 이 상태로 계속 치료가 유지된다면, 또한 유뎅이가 치료에 협조만 잘해준다면 앞으로 좋은 결과가 있을 거라고 하셨어.

얼마나 기쁜 소식인지 몰라!

유뎅아! 엄마 아빠가 우리 유뎅이를 세상에서 제일 많이 사랑한다고 하지만, 유뎅이 병만은 고칠 수가 없으니 어떻게 하면 좋을까?

그래서 의사 선생님이 꼭 필요한 거야! 아빠가 자전거를 고쳐주듯이 주치의 선생님이 유뎅이 병을 꼭 고쳐주실 거야!

그런데 유뎅아! 너의 병증은 우선 급한 불은 껐지만, 잔 병증이 아직은 조금 남아 있어!

유뎅이가 말한 대로 너는 이제는 아무 이상이 없어! 다만 잔 병증(잔불)이 있나 없나 확인을 하면서, 혹여 남아 있을지도 모르는 잔불(잔 병증)을 확인하는 거야! 이 확인 작업은 유뎅이의 의지에 따라 또한 입원 기간이 달라지겠지.

또한 잔병 치료를 무시하거나, 치료하지 않고 퇴원을 서두르다가는 몇 배의 힘든 치료를 받거나 입원 기간이 몇 배 이상 길어질지도 몰라.

이전에 받았던 치료와 입원 기간은 무효가 되고, 새롭게 치료 기간이나 입원 기간이 산정이 되어서 배 이상 연장되는 거지.

예를 들면 만일 입원 치료를 10일 했을 경우 증상이 악화되어 재입원하게 되면 입원 치료는 10일 아니라 20일 이상, 한 달이 넘을 수도 있고, 30일을 입원 치료하였다가 재재입원을 하게 되면 60일이 아니라 100일 이상 입원 치료를 해야 해!

그러지 않으면 평생 병을 달고 살아가야 하며, 일생 동안 병원 생활을 해야만 하고, 어쩌면 사는 동안 내내 병증의 고통 속에서 평생을 살아갈 수도 있기 때문이지. 왜냐하면 병도 내성이 쌓여가기 때문이야.

그리고 환자는 입원 치료에 지쳐 의욕이 떨어지고, 저항력이 약해지기 때문에 치료가 잘 되질 않아.

그래서 누구나 건강할 때, 혹은 면역력이 왕성할 때, 무슨 병이든 빨리 치료를 받아서 고쳐야 하는 거야.

그래서 이번에는 4월 6일 퇴원할 때처럼 실수하지 말아야 하기 때문에 간호사님과 의사 선생님의 말씀을 잘 따르고, 치료에 적극적으로 임해야 해!

그럼 유뎅이 상태를 보시고 "이제는 퇴원해도 되겠네!"라고 말씀을 해주실 거야.

유뎅이도 궁금한 거 있으면, 간호사 선생님과 의사 선생님에게 물어봐!

치료 과정이나 병의 호전 관계, 건강 문제 등등, 특히 퇴원 문제도.

그리고 주치의 선생님과 면담하는 날 유뎅이의 병은 누구보다도 빨리 호전되고 있으며, 매우 경과가 좋다고 하시면서 아마 현 상태로 치료를 계속한다면 향후 좋은 소식이 있을 것이라고 재차 강조하셨지.

아빠는 많은 기대를 하고 있어.

그러면 그때 차를 한 대 뽑아서 엄마 아빠랑, 보리도 같이 여행도 다니고, 유뎅이는 운전도 배우고, 사이버대학 편입도 준비하고 하면 엄마 아빠는 아마 세상에서 가장 행복한 사람 중의 한 사람이 될 거야.

우리 유뎅이는 분명히 자기 병을 다스리는 방법과 적응하는 방법과 치료하는 방법을 찾겠지!

그래서 유뎅이가 참고, 또 참고, 힘을 내어 노력하면 아주 조금 남아 있는 '잔 병증'을 박멸할 수 있을 거야! 그래서 다른 사람보다도 더 빨리 완쾌되어 퇴원할 수 있게 될 거야.

그러면 간호사 선생님과 의사 선생님이 흔쾌히 퇴원을 허락하시지 않을까?

아빠는 언제나 유뎅이를 믿어!

유뎅아! 조금만 더 참자.

'산불'로 보면, 큰 불(병증)은 잡혔어!

잔불(잔 병증)이 조금 남아 있을 뿐이야!

만일 '잔불'을 다 끄지 않고 소방관 등이 철수를 하면 어떻게 될까?

'산불'이 재발화가 되는 것은 자명하겠지! 유뎅이 병도 마찬가지야!

유뎅아!

잔불이 다 꺼질 때까지, 아니 유뎅이의 '잔 병증'이 다 치료되어 사라질 때까지, 조금만 더 참자!

'잔불', 즉 너의 '잔 병증'은 이제 서서히 잡혀가고 있어!

지금까지 고생하였는데 헛되게 할 수는 없잖아!

조금만 더 참고, 또 참아서 유종(有終)의 미(美)를 거두자!

2020. 5. 15.

우리 복덩이만을 사랑하는 엄마 아빠가

12. M 병원 2차 퇴원 이야기

'2차 입원할 때는 1차 퇴원할 때처럼 실수를 하지 말아야지!' 하고 다짐을 하고 또 다짐을 하여, 이번에는 치료도 충분히 받고, 선생님 말씀을 잘 따르고, 입원 기간도 넉넉히 하여 호전되면 퇴원하자고 굳게 마음먹었습니다.

그런데 5월 20일 수요일, 주치의 선생님으로부터 전화가 왔는데, 유뎅이 상태가 많이 악화되어 퇴원은 보류해야 한다고 하였습니다. 사실은 5월 18일 월요일에 약하게 이상 증상은 있었으나, 이전 전화 통화에서 유뎅이가 많이 좋아졌다고 느껴졌고, 6월 초나 중순에 퇴원을 생각해보자고 상담을 하였었습니다. 그 당시에는 유뎅이의 전화를 받으면서 확실히 증상이 좋아졌다고 피부로 느낄 정도였습니다. 그래서 고민을 하다가 신중하게 퇴원 상담을 하게 되었던 것입니다. 그래서 내심으로는 1차 퇴원 때처럼 실수하지 않기 위하여 퇴원 날짜보다 1주 내지 2주 더 입원하려고 마음먹었습니다(기분이 너무 좋아도 안 좋다는 것을 알게 됨).

그런데 당시에 유뎅이가 입원실에서 전화를 붙들고 살다시피 하였고, 전화를 하도 많이 하여 병원에서 통제하였는데, 5월 24일 일요일에는 전화를 못 걸게 하여 환우에게 카드를 빌려 집으로 전화를 하였는데 그저 울기만 하였습니다. 마냥 울기만 하였습니다. 얼마나 가슴이 아프던지, "저는 조금만 참자! 그러면 좋은 날이 올 거야!"라는 말밖엔 할 수가 없었습니다. 그날 유뎅이는 말 한마디 못 하고 울기만 하였습니다. 이때 얼마나 가슴이 무너지던지!

그러다 도저히 참을 수가 없어 이틀이 지난 2020년 5월 26일 유뎅이 엄마에게 무조건 퇴원시키자고 상의하고 퇴원을 강행하였습니다. 그때 간호사며 주치의는 안 된다고 하고, 이번 증상만 완화되면 퇴원하자고 권유하였지만, 저의 인내심에 한계가 다다랐음을 깨우치게 되었습니다.

퇴원 후 우리 유뎅이의 상태는 반송장이나 다름이 없었습니다.

5월 26일 2차 퇴원 이후 특이한 점은 자고 일어나면 안정적이다가 아침 약을 먹고 1시간 정도 지나면 증상이 악화되는 것으로 보이고, 점심 약을 먹고 4~5시간까지는 얌전해지고 안정을 유지하다가 저녁 약을 복용하고 2시간 정도 지나면 불안해지고, 주의가 산만해지며, 말이 어눌해지고, 잠을 못 이루는 등 병증이 아침보다 더 심하게 악화가 되는 모습을 보였습니다. 지금 생각해보면 약물 과용이 아니었나 의심이 갑니다(사견).

이때까지도 모든 증상은 병증이라고 여겼습니다.

13. 동대문 병원 자문 편지

2차 퇴원 후에도 동대문 선생님에게 몇 번 더 찾아가 상담을 하였는데, 당시의 편지 내용입니다.

● **2차 퇴원 후 동대문 정신과 선생님에게 자문의 편지 내용 1**

내 자신에게 스스로 자문해봅니다.

입원만이 능사일까요?(유뎅이의 경우)

우리 유뎅이 병의 증상 발현 시기가 2020년 2월 17일경입니다.

2020년도 대학 졸업 전에 교수님의 추천으로 회사에 입사하여 15일 만에 갑자기 발병한 병이라 도무지 이해를 할 수가 없었습니다.

처음에는 갑자기 발병된 일이라 무슨 병인지도 알 수가 없었고, 병명을 안다고 해도 어떻게 대처를 해야 할지를 전혀 몰랐습니다.

무조건 '병원에 가면 되겠지! 입원만 하면 되겠지! 약만 잘 먹으면 되겠지! 의사 선생님이 잘 고쳐주시겠지!' 이렇게 단순하게만 생각했습니다.

그리고 1차 퇴원 후 2차 입원을 하였을 때도 그냥 단순하게 '입원만 하면 잘 고쳐지겠지!' 막연한 기대감으로 충만해 있었습니다. 입원만이 능사인 줄 알았습니다. 왜냐하면 의사 선생님이 계시고, 간호사 선생님이 항시 상주하여 유뎅이를 항상 잘 돌봐줄 줄 알았습니다. 지금까지 1차로 22일 입원하였고, 2차로 47일 입원을 하였습니다.

그런데 5월 20일 수요일에 주치의 선생님으로부터 전화가 왔습니다. 유뎅이가 많이 안 좋아져서 퇴원은 보류해야 한다고 하였습니다. 참으로 청천벽력과 같은 소리를 하였습니다.

사실은 5월 18일 월요일에 약하게 이상 증상은 있었으나, 유뎅이가 많이 좋아진 것으로 보여 6월 초나 중순에 퇴원을 생각해보자고 상담을 하였습니다. 그 당시에는 유뎅이의 전화를 받으면서 확실히 증상이 좋아졌다고 피부로 느낄 정도였습니다. 그래서 고민을 하다가 신중하게 퇴원 상담을 하게 되었던 것입니다. 그래서 내심으로는 1차 퇴원 때처럼 실수하지 않기 위하여 퇴원 날짜보다 1주 내지 2주 더 입원하려고 마음먹었습니다. 그래서 2차 입원할 때는 '이제는 실수하지 말아야지!' 하고 다짐을 하고 또 다짐을 하였습니다.

그리고 1차 퇴원할 때에는 엄마, 아빠의 판단 미숙과 병에 대한 지식이 얄팍함으로 인하여 퇴원을 서둘렀기 때문에 유뎅이가 더 나빠졌다고 믿었습니다. 또한 유뎅이를 어떻게 돌봐야 할지를 잘 몰랐고, 마음가짐도 없었습니다. 그저 대책 없이 마음만 앞서 있었습니다.

그래서 엄마, 아빠가 돌볼 수가 없었기 때문에, '당연히 병원에서 치료받으면 잘 고쳐주시겠지!' 하면서 믿고 입원하였는데, 유뎅이 병이 악화가 되었다 하니 정말 믿을 수가 없고 황당함 그 자체였습니다. 퇴원을 말하다가 갑자기 증상이 악화되었다니! 어떻게 이해할 수가 있단 말입니까?

1차 퇴원 때도 약을 많이 줄여서 병증이 악화되었다는 것을 누구보다도 잘 아시는 의사 선생님이 이번에도 약을 또 줄였다고 하니! 참으로 어이가 없습니다. 그리고 2차 입원 후 1주일 정도 지나 전 주치의 선생님 말씀하신 내용을 말한 적이 있습니다. 그 내용인즉 "정신과 약의 경우 부작용은 어쩔 수 없이 존재한다. 그러나 병의 치료가 중요하기 때문에 약을 줄이거나 빼면 안 된다. 부작용 부분은 다 아는 부작용이니 나중에 병이 차차 좋아지고 나면 부작용은 자연 줄어들게 되고, 나머지 부작용은 치료하면 된다"라고 말씀하셨습니다.

당시 유뎅이는 유즙이 많이 분비되고 있었고, 손도 떨리고, 말도 어눌했으며, 행동도 매우 부자연스러웠습니다.

엄마, 아빠도 1차 퇴원 때는 아무것도 모르고 주치의 선생님에게 유뎅이의 병증 상황을 말씀을 드렸더니 약은 대폭 줄여 4일 만에 악화되어 재입원을 하게 된 원인이 되었다고 생각을 하였습니다.

이번에는 환자의 호소로 줄였다고 하지만 그래도 그는 의사가 아닌가요? 의사의 판단이 그렇게 미숙해서야 될까요? 분명 재입원하게 된 경우도 약을 대폭 줄여 악화가 되었다는 것을 이미 알고 있었을 텐데, 그리고 간호사 등도 유뎅이의 증상을 매일매일 체크하고 있었을 텐데, 악화되도록 몰랐다는 것은 참으로 이해가 되질 않는 부분입니다. '아니면 다른 원인이 있지나 않을까?' 하는 의문점이 들었지만 알 수는 없었습니다.

여기서 입원 치료의 중요성이 무너져내렸습니다.

집에서는 5월 15일경에 유뎅이가 기분이 너무 좋은 것 같아서 이상하다고 생각되어 간호사 선생님과 통화할 때, 혹여 유뎅이가 약을 잘 먹고 있는지 의심되어 물어본 적이 있었습니다. 왜냐하면 너무 기분이 좋아도 안 좋은 경우가 있기 때문입니다. 그러나 5월 18일 월요일 유뎅이와의 통화에서도 기분이 더 좋아진 것을 알 수가 있었지만 이 당시 보호자는 유뎅이가 기분이 상승되어 있는 증상이 더 나빠진 것이라고 알 수가 없었던 시기입니다.

그런데도 의사나 간호사 등이 유뎅이 상황을 인지하지 못하였다는 것인데, 어떻게 입원만이 능사라 할 수가 있을까요? 환자를 입원시킬 때에는 환자를 더 가까이서 의사 선생님이나 간호사가 돌볼 수 있기 때문에 하는 것 아닌가요?

병원에서의 입원 치료에 대하여 회의가 들었습니다(유뎅이 경우).

이번에는 환자의 요구에 의해 약을 줄여서 악화가 된 것 같다고 의사가 말을 하였습니다. 의사의 판단 미숙이 여실히 드러납니다. 1차 퇴원해서도 약을 대폭 줄여 4~5일 만에 악화가 되었는데, 이번에는 약을 줄인 지 15일 만에 악화가 되었습니다. 그리고 이미 약의 부작용에 대하여 전 주치의 선생님의 말을 전달한 적도 있었습니다.

아니면 혹여 이번 악화는 다른 요인이 원인은 아닐지 수없이 자문해봅니다. **여기서도 입원 치료의 의미가 상실되었습니다.** 나는 입원치료의 장점을 이야기한 적이 있었는데, 지금은 무의미해졌습니다.

지금은 입원 치료의 단점을 말하려고 합니다.

① 환자가 많아 유뎅이만 돌볼 수가 없다 ② 아픈 환자들이 많거나 또는 의사나 간호사의 안일함 때문인지는 몰라도 증상의 변화나 감지가 늦다 ③ 주변에 아픈 환자가 많아 환경이 좋지 않다 ④ 반강제적인 경우가 많다(이해함) ⑤ 전화의 통제가 집에서처럼 전혀 되질 않고 있다(나중에 생각이 바뀜) ⑥ 코로나로 인하여 유뎅이의 입원생활을 알 수가 없다 ⑦ 이익인 점도 있었지만 불이익이 되는 점도 많다 ⑨ 결론적으로 유뎅이는 스트레스에 의한 정신질환이다. 그런데 병실에서 간호하는 간호사나 간병인 등이 강제적(CR, 손발 묶음 등)이며 엄격한 병동 생활 규제(전화 통제, 행동 통제 등)로 인하여 되레 유뎅이의 마음에 상처를 주게 되어 스트레스가 쌓이게 되면서 병증을 더 악화시키게 된다 ⑩ 1부터 9항은 병증의 악화 요인이기도 하다. 특히 9항은 이번 악화의 원인 중의 하나가 아닐지 심히 우려스럽다 등.

1차 퇴원할 때는 솔직히 엄마가 환자보다 더 슬픈 모습을 보였습니다. 그리고 정신질환에 대한 상식을 몰라 의연하게 대처할 수도 없었습니다.

그러나 지금은 다릅니다. 유뎅이의 치료가 벌써 3개월 2주차에 접어듭니다. 앞으로 어떤 고난이 닥칠지는 모르지만 마음의 준비는 단련돼 있습니다.

그리고 지금까지 겪은 경험으로 볼 때 분명한 것은, 입원보다 중요한 것이 '약'이라는 사실을 알게 된 것입니다. 그리고 환자 심신의 안정이 보다 더 중요하다는 것도 깨닫게 되었다는 것입니다.

이러한 사실을 요약하면, 첫 번째로 **약의 중요성**입니다. 경험 있는 의사의 처방은 절대적입니다. 당연한 이야기지만 환자가 약 복용만 잘한다면 거의 삼 분의 이(2/3) 이상은 성공한 것이나 다름없다는 것입니다.

두 번째로는 **환자의 심신을 안정시켜 주는 것**이 매우 중요합니다. 이것은 마음의 병이다 보니 마음을 편안히 해주고, 스트레스를 받지 않게 하는 것이 약과 더불어 중요한 요소입니다.

세 번째로는 **환자의 의지와 보호자의 의지**가 동시에 중요합니다. 환자가 약을 잘 먹고, 거기에다 이겨내려는 의지가 강하다면 삼 분의

일(1/3)이 또 성공입니다. 보호자의 노력은 두말할 것도 없습니다.

네 번째로는 병원 입원실은 간호사 등이 강제적인 경우가 많습니다. 환자 개개인의 사정을 돌보지 않습니다. 따라서 **입원 치료가 절대 적이지는 않다**는 것입니다.

다섯 번째로 **주변의 환경**입니다. 입원 병원에는 다른 유사한 환자가 많습니다. 유뎅이에게는 결코 도움이 되질 않습니다. 그리고 우리 유뎅이는 의심과 집착이 조금 많습니다. 주변의 핸드폰, 인터넷, TV 등도 절제를 하여야 합니다(나중에 바뀜).

결론적으로 이제는 유뎅이가 약을 잘 먹는다는 것입니다. 또한 병을 이기려는 의지가 매우 강하다는 것입니다.

그리고 엄마, 아빠가 유뎅이를 요양할 수 있는 마음가짐과 병에 대한 상식을 많이 알고 있고, 또한 의지도 매우 강하다는 것입니다.

이제는 무슨 어려움이 와도 유뎅이와 함께할 수 있습니다.

그리고 집이 가장 중요하지만, 주변의 환경도 더 말할 것도 없이 중요합니다. 그래서 노래방도 설치하고, 마당과 담도 색칠하고, 집안에 꽃단장도 하고 유뎅이 방에 벽지며, 화장대며, 에어컨 설치며 주변 환경을 모두 바꾸는 중입니다.

무엇보다 중요한 것은 집 주변에는 다른 환자가 없다는 것입니다.

또한 강제적이지 않다는 것입니다. 그리고 엄마 아빠가 상시 대기하고 있다는 것도 장점 중의 하나이며 집중적으로 오로지 유뎅이만을 돌본다는 것입니다.

또한 유뎅이에 대한 사랑이 넘쳐나며, 이전과 다르게 엄마 아빠가 간호사처럼 중무장하고 있다는 것입니다. 다만 의사의 경험과 의지가 강한 분을 만나야 하는데, 다행히도 대학병원 박사님과 6월 22일 예약이 되어 있는데, 우리 유뎅이 병증에 대하여 그 누구보다도 더 잘 대처해주실 것으로 믿습니다.

항상 모든 것에 대하여 이해해주시고 상담을 해주셔서 감사하게 생각합니다.

상기의 내용 등으로 유뎅이가 조금 불안정해도 바로 집에서 요양치료를 하려고 합니다(5월 26일 퇴원).

선생님의 조언을 듣고 싶습니다.

2020. 5. 30.
유뎅 아빠 올림

● 2차 퇴원 후 동대문 정신과 선생님에게 자문의 편지 내용 2

안녕하세요.

유뎅이 아빠입니다.

유뎅이가 재입원 후 병증이 호전되는 것 같아 5월 18일경 퇴원을 논의하던 중에 5월 20일 주치의로부터 유뎅이가 유즙 분비 등을 호소하여 복용하던 자이레핀정 10㎎을 5㎎으로 줄여 복용하다가 악화된 것 같다며, 퇴원을 보류한다고 하였습니다.

정말 청천벽력 같은 소리를 하였습니다.

그리고 CR(독방)에 감금시켰습니다.

그래서 고민하던 끝에 악화된 상태로 5월 26일 집에서 요양하기 위해 퇴원을 결정하게 되었습니다. 왜냐하면 저는 이미 5월 20일 이전에 유뎅이 증상이 이상하여 유뎅이가 약을 잘 먹고 있는지 궁금하여 간호사님에게 문의한 적이 있었고, 5월 14일경 유뎅이와의 통화에서도 기분은 좋아 보였지만, 매우 이상함을 느꼈습니다.

그런데 의사나 특히 간호사 등이 5월 20일 유뎅이가 악화되는 동안 인지하지 못하였다는 것이 매우 의아스럽습니다. 또한 1차 퇴원할 때도 생각 없이 약을 대폭 줄여 유뎅이가 악화되어 재입원하게 된 것을 주치의는 이미 경험한 적이 있었습니다.

참으로 이상합니다.

과연 자이레핀정 10㎎을 5㎎으로 줄여 복용하였다고 악화가 되었을까요?

아마도 제 추측으로는 **약을 줄인 것보다는 입원 중에 간호사 및 관리인 등으로부터 강압이나 손발 묶임, 독방(CR) 감금 등 주변의 환경 등으로 인하여 스트레스가 쌓이고 쌓여 악화된 것은 아닌지** 먼저 의심이 갑니다(사견임).

유뎅이가 원래 **직장의 상사로부터 '갑질'에 의한 스트레스로 발병**하였기 때문에 스트레스에 매우 취약합니다. 특히 5월 26일 2차 퇴원 후 특이한 점은 자고 일어나 안정적이다가 아침 약을 먹고 한 시간 정도 지나고 나면 증상이 더 악화가 된다는 것입니다. 그리고 점심 약을 먹고 4~5시간 지나도록 조금 얌전해지고 안정적이다가 저녁 약을 먹고 나면 또 불안해지고, 주의가 산만해지며, 말이 어눌해지고, 행동이 부자연스러워지며, 잠을 못 이루는 등 병증이 또다시 악화가 됩니다. 이와 같은 현상을 그제 30일에야 발견하게 되었습니다. 무엇이 문제일까요?

선생님의 고견을 듣고 싶습니다.

항상 감사합니다.

2020. 6. 1.
유뎅 아빠 올림

14. 자동차와 동병상련

유뎅이가 평소 아빠에게 말하였습니다. "아빠 우리는 차 안 사?"

그러나 "차를 한 대 유지하려면 많은 돈이 필요해! 만일 정말 차가 필요한 경우가 생기면 당연히 사야지. 아빠가 사업을 한다거나, 차를 이용하여 경제적 활동을 하거나, 업무에 꼭 필요한 경우가 생기면 당연히 사지. 그러나 지금은 택시를 타거나 렌트를 하면 더 경제적인 거야!"라고 이해를 시키곤 하면서, 자동차 종합보험료만 가지고도 1년 내내 택시를 충분히 타고 다녀도 남을 것이라고 말했습니다.

그래서 고등학교 때나 대학교 다닐 때나 종종 택시를 이용하여 등교나 하교를 하곤 하였습니다. 그러면서 자기는 초, 중학교 때 친구들의 부모가 차를 타고 친구들을 태우러 오는 것을 보면 너무 부러웠다고 하였습니다.

그러다 문득 그 말이 생각나 '맞아! 지금 유뎅이가 아플 때 차가 필요하다'라고 생각하게 되었습니다. 그래서 유뎅이가 퇴원하고 나면 차를 사려고 하였습니다. 일단 주차장을 만들기로 하고 마당에 처마를 만들고 마당에 우레탄 칠도 하였습니다. 그리고 이런저런 종류의 차를 알아보던 중 유뎅이에게 선택권을 주었습니다. 기쁘게 하려구요.

그런데 고민을 하게 되면서 불안정해하는 증상을 보이더라구요. 즉, 어떠한 좋은 것을 미리 알려주게 되면 기대감에 고민이 되어 유뎅이에게 안 좋은 결과로 나타난다는 것을 알게 되었습니다. 다 이루어진 다음, 또는 무엇인가를 사놓은 다음에 갑자기 말해주는 것이 더 기쁘게 해준다는 것을 확실히 알게 되었습니다.

아픈 이후 기대를 하게 하거나, 좋은 것을 미리 말해주거나, 여행을 간다거나, 할머니네에 간다거나, 고모네에 간다고 미리 예고를 하면, 유뎅이는 기대감에 잠을 더 못 이루고 불안정한 모습을 보였습니다. 그래서 어느 순간부터는 하려 하는 날에 맞추어 그때그때 이야기하는 것이 더 이롭다는 것을 깨우치게 되었습니다.

또한 자동차 색상을 선택함에 있어서도 유뎅이에게 그 선택권을 주었는데, 여러 고민을 하면서 증상이 안 좋은 방향으로 흐른다는 것을 확실히 알 수가 있었습니다. 너무 기쁘면서도 기쁨을 주체할 수 없다는 것을 보게 되었습니다.

그러나 우여곡절 끝에 자동차를 구매하고 나니 유뎅이가 너무나 좋아했습니다. 자가용 구매하기를 참 잘했구나! 탁월한 선택이었구나! 후회하지는 않았습니다.

그래도 병원 갈 때는 자동차를 운행하지 않았습니다. 병원 갈 때만이라도 버스를 타고 전철을 타고 가면 운동을 할 수가 있고, 일상생활의 모습도 체험하게 하면서, 바깥세상도 함께 구경시켜주기 위하여 일부러 유뎅이를 이해시켜 대중교통을 이용하였습니다.

자동차는 비상용으로, 또는 놀러 갈 때라는가, 또는 새벽에 유뎅이가 잠을 못 이룰 때 드라이브용으로, 또는 먹고 싶은 음식이 있을 때 야외용 등으로, 할머니나 고모 댁에 갈 때라든지, 유뎅이의 기분 전환용으로 사용을 하였습니다.

자가용이 있는 것만으로도 유뎅이가 마음의 안정을 찾는 것이 눈에 보였기 때문에 매우 탁월한 선택이라고 하지 않을 수가 없었습니다.

또한 평상시 갖고 싶어 하던 아이패드도 사주고, 헤어드라이어도 사주었습니다. 아이패드의 경우 직접 대리점으로 가서 고민하지 않도록 제일 좋은 것으로 골라 사라고 유도를 하였고, 헤어드라이어도 마찬가지로 여러 가지 모델을 보면서 고민하지 않게 하기 위하여, 가격이 제일 높은 것으로 구매하면 후회가 덜 될 것이라며 요령을 말해주면서 고르도록 하였습니다. 그래서인지 유뎅이는 고민하거나 후회를 하지 않았습니다.

그리고 이때부터 정신질환은 환자의 마음을 이해해주고, 안정을 찾게 만들고, 고통을 알아주는 것이 가장 중요하다는 것을 알게 되었습니다.

즉, 환자와 동병상련(同病相憐)하는 것이 정말 중요합니다. 더 나아가 환자가 하는 말(욕설 등)이나 행동 등은 병증으로 보아야 합니다. 환자의 성격이 아닙니다. 혹여 오해하여 성격으로 바라보는 경향이 있는 것 같습니다.

우리 유뎅이의 경우 어느 날부터 매일매일 며칠 동안 잠을 못 이루고 있을 때가 있었습니다. 하루에 1시간 정도 잘(수면) 때였는데, 아무리 부모가 다 이해한다고 해도 화가 치밀 때가 있었습니다.

한번은 새벽 3~4시경 아무리 잠을 재우려고 하여도 잔다고 하면서 핸드폰을 보고, 친구와 밤늦게 전화하는 등 잠을 일부러 안 자는 것 같았습니다. 아니, 아빠를 놀리는 것 같았습니다. 그래서 화가 머리끝까지 올라 혼을 낸 적이 있었습니다. 그런데 유뎅이가 갑자기 숨 쉬기가 힘들다며 마구 아우성을 쳐댔습니다. 공황장애 증상을 보였습니다. 그래서 응급으로 비닐봉지를 입에 대고 천천히 숨을 쉬게 하였습니다. 그리고 정상을 찾았습니다. 일부러 잠을 안 자려 한 게 아니라는 것을 금세 알 수가 있었습니다. 이런 증상은 발병 이후 어쩌다 가끔씩 발현이 되었는데, 그때마다 비닐봉지를 얼굴에 갖다대면 증상이 가라앉곤 하였습니다.

얼마나 놀랐는지 모릅니다. 정말 식겁하였습니다. 이때 저는 다시 한번 다짐을 하였습니다. '다시는 유뎅이의 아픔을 외면하지 말자. 유뎅이의 병증을 있는 그대로 이해를 하자!' 하고 뉘우치게 되었습니다. 다시 한번 동병상련(同病相憐)의 중요함을 알게 되었습니다.

또한 2차 퇴원 후 약을 임의로 과반으로 줄여 복용을 하였을 때 였습니다. 증상이 호전이 되었을 때 유뎅이가 작은방에서 나와 마주치게 되었는데, 갑자기 "아빠가 잘못했지!"라고 하는 것이었습니다. 즉, 입원시킨 것이 아빠의 잘못이라는 것이었습니다.

그래서 바로 즉시 그 자리에서 "그래! 아빠가 잘못했다!"라고 진심으로 사과를 했습니다. 유뎅이의 마음에 부담을 주지 않으려고 그렇게 말을 한 것도 있었지만, 실제로 무조건 입원을 하게 한 것은 부모의 무지로 인한 실수였다고 깨닫게 되었기 때문에 그리하였습니다. 그리고 눈물을 감출 수가 없었습니다. 무릎을 꿇고 진심을 다해 사과해야만 했습니다.

입원 당시에는 유뎅이 증상이 너무 심하고, 어떻게 돌봐야 할지 몰랐기 때문에 전문 의사의 도움이 절대적으로 필요하다고 생각을 하였고, 입원해서 치료하는 것이 능사로 알았기 때문에 그리할 수밖에 없었습니다.

그러다 2차 퇴원 후 본격적으로 정신질환에 대하여 공부를 하다 보니 입원만이 능사가 아니라는 것을 조금씩 깨우쳤기 때문에 유뎅이의 말에 동감할 수밖에 없었습니다. 두 번 다시는 폐쇄된 입원 병동에는 절대로 입원시키지 않을 것이라는 것을 또다시 다짐하고 다짐하였습니다.

지금 생각해보면 환자가 악화되어 감당하기가 힘이 들 때나, 또는 보호자의 간호 능력이 부족한 경우에는 일시적으로 입원하는 것이 증상이 호전될 때까지는 좋은 치료 방법이라는 생각이 듭니다. 그러나 보호자가 병증에 대하여 자세히 알고, 대처할 능력이 준비되어 있다면 아무리 증상이 악화된다 하여도 보호자가 간호하는 것이 좋은 방법 중의 하나라고 믿습니다.

이때는 반드시 보호자가 간호할 수 있는 지식을 갖추어야 하고, 마음의 중무장이 되어 있어야 하며, 환자를 이해할 수 있어야 합니다. 힘이 많이 듭니다. 그래도 효과는 빠릅니다. 그러나 이때는 부모의 희생이 필요합니다(사견).

정말로 유뎅이에게 미안한 마음이 아직도 남아 있습니다.

15. 상담사와 관찰일기

유뎅이는 2차 퇴원 후 집에서 요양하던 중 증상이 악화될 때는 자꾸 밖으로 나가려 하였습니다. 그러다 노래방이 완성되었는데, 노래방에서 잠도 자고, 식사도 하고, 친구가 방문하면 으레 노래방에서 만나 노래를 부르고, 또한 답답하거나 잠이 안 올 때면 어느새 노래방으로 피신하곤 하였습니다. 또한 병증이 호전될 때는 집 밖으로 나가려 하지 않았지만 노래방은 자주 찾았습니다. 이때는 노래방에서 살다시피 하였습니다. 그래서 밖으로 조금은 덜 나가게 되었습니다. '참으로 노래방은 잘 만들었구나!' 하고 만족하였습니다.

그리고 밖으로 나가려 하지 않을 때는 노래방도 노래방이지만 될 수 있으면 부모와 함께 산책을 하거나, 자전거를 타거나, 운동(배드민턴, 족구공, 훌라후프 등 구입)을 하거나, 자가용을 이용하여 드라이브를 하거나, 약간 멀리 꽃구경이나, 음식 여행을 하였습니다.

코로나는 유뎅이에게는, 아니 부모에게는 매우 좋은 사건이었습니다. 사회적으로는 많은 고통을 안겨주고 있었지만, 개인적으로는 긍정적인 사건이었습니다. 코로나로 인하여 사회가 통제되고, 음식점 등이 시간의 통제를 받다 보니 유뎅이가 밤늦은 시간까지 놀지 못하고, 귀가 시간이 빨라지게 되고, 멀리 나가지 못하니 부모의 불안하던 마음이 조금이나마 안심이 될 수 있었습니다. 그래서 한편으로는 코로나가 정말 고맙다는 생각이 들 정도였습니다. 이 모든 것은 매사에 긍정적으로 생각하는 마인드(mind)가 중요하다고 여겼습니다.

또한 TV 시청이나 유선방송이나 핸드폰 사용도 통제하지 않았습니다. 발병 초기에는 유뎅이가 잠도 못 자고, 주의가 산만해질 것 같아서 자제하도록 권유하였으나 오히려 하지 못하게 통제하는 것이 스트레스와 불안한 마음을 조장하는 것이라는 것을 나중에야 알게 되어 어느 순간부터는 통제하지 않았습니다. TV 시청이나 유선방송이나 핸드폰 사용 등으로 불안한 마음을 가라앉게 한다는 것을 알았기 때문입니다.

그러던 중 정신 상담사인 지인이 병문안을 오셨습니다. 오셔서 유뎅이에게 좋은 말씀을 많이 해주셨습니다. 그러면서 약을 먹거나, 밥을 먹거나, 잠을 자거나 하는 일상생활에 대하여 기록을 해보라고 권유해주셨습니다. 특히 복용하는 약에 대하여 주의 깊게 살펴보라고 권고하였습니다.

즉, 관찰일기를 써보라는 것이었습니다. 그래서 즉시 실천하게 되었습니다. 저는 어떠한 것이라도 좋다고 느껴지면 과감하게 수용하였습니다. 이때 퍼즐 맞추기, 그림 색칠하기 등등을 알려주었습니다. 그래서 즉시 실천을 하였습니다.

관찰일기는 다음과 같습니다.

식사 및 복용 관찰 일기				
202 년 월 일				
날짜	아침	점심	저녁	기타
날짜: 月 기상: 취침:				
날짜: 火 기상: 취침:				
날짜: 水 기상: 취침:				
날짜: 木 기상: 취침:				
날짜: 金 기상: 취침:				
날짜: 土 기상: 취침:				
날짜: 日 기상: 취침:				
특이사항:				

또한 건축일(기사)을 하시는 아드님이 같이 방문하셨는데, 아드님과의 대화 중에 상사의 반말 섞인 말투가 있었다는 것을 알게 되었습니다. 그 말투 또한 상투적이며, 이 계통(전시 디자인)이 막일(노가다)하는 수준이라 힘들고, 인간적 대우를 하지 않는 경우가 많아 직원들이 오래 버티지 못하고 이직하는 경우가 매우 많다고 하였습니다. 그래서 유뎅이에게 물으니, 출근하자마자 늘 그렇게 상사가 반말과 폭언과 핀잔 등을 하였다고 하였습니다. 그제서야 유뎅이가 왜 그렇게 힘들어했는지 조금은 이해가 갔습니다.

그리고 경기도에서 전화로 정신질환 환자를 위하여 정신건강 상담하는 센터에서 진행하는 **가족나눔전화**가 있는데, 매주 5일간 상담을 실시하였습니다. 저는 화요일에 나오시는 가족 강사님에게 전화를 하여 급한 경우가 발생하거나 의문점이 드는 경우가 생길 때면 부담 없이 상담을 받았습니다. 상담사는 보호자였는데, 가족 중에 환자가 있어 그 경험담을 토대로 상담을 해주시는 프로그램으로, 많은 도움이 되었습니다.

의사 선생님이 못 해주는 말씀을 보호자 심정으로 이해하고, 헤아리면서 현실적인 말씀을 해주셨는데 상당한 도움이 되었습니다. 특히 유뎅이의 경과가 좋지 않을 때 가족 강사님의 전화상담은 매우 효과적이었습니다. 그때그때의 상황에 따라 답변을 받고 바로바로 실천을 할 수가 있었기 때문입니다.

한 예로, 유뎅이가 밖에 나가려 하지 않고 운동도 하지 않으려 하는데 어떻게 하면 좋을지 물으니 가족 강사님 왈(曰), 우리 아이는 방을 청소하면 얼마, 설거지를 하면 얼마씩 금액을 정하여 용돈을 주면서 운동 활동을 유도하였다고 말씀하였습니다. 그래서 저는 즉시 **홈 알바 프로그램**을 만들어 실천을 하였습니다.

홈 알바 프로그램은 다음과 같습니다.

○유뎅 홈 알바 프로그램		
1일 하나 이상 하기		
청소 내용	금액	청소 날짜
설거지	₩1,000	
2층 화장실(2)	₩1,000	
2층 방(3)	₩2,000	
2층 거실	₩1,000	
1층 청소(전체)	₩2,000	
코나 실내 청소	₩2,000	
코나 실외 세차	₩3,000	
화분 물주기	₩1,000	
산책 40분 이상	₩3,000	
마당(빗자루)	₩2,000	
대문 앞(빗자루)	₩2,000	
세탁기 돌리기	₩2,000	
보리 목욕, 산책	₩2,000	
계단 청소	₩5,000	
언니네(거실)	₩3,000	
언니네(방)	₩2,000	
언니네(세탁기)	₩2,000	
언니네(엘리자)	₩5,000	
언니네(화장실)	₩2,000	
※ 실천 상황에 따라 금액은 증감될 수 있음		

그리고 무엇인가를 물어볼 상대가 있다는 것이 무엇보다 위안이 되었습니다. 그래서 **관찰일기**를 쓰는 것을 수용한 것도 무척 잘한 일이라고 자부합니다.

관찰일기는 지금도 꾸준히 써오고 있으며, 그 장점은 무척 많았습니다. 사람이 바쁘다 보면 어제 일도 기억 못하는 경우가 많은데, 일일이 다 어떻게 생각을 할 수 있을까요? 특히 증상의 변화나 약의 복용에 따른 작용과 부작용 등에 대하여, 또는 병증이 수시로 바뀌기 때문에 이것을 기억하기란 불가능에 가까웠지만 관찰일기를 작성한 이후에는 많은 도움이 되었습니다.

과거를 뒤돌아볼 수 있다는 것은 향후 환자의 치료와 예후에 분명 도움이 될 것은 자명한 일이기 때문입니다.

그러면서 저는 기도를 하였습니다. 관찰일기를 쓰지 않을 때가 빨리 오기를…:

2부

약리작용
(藥理作用)

약을 잘 먹고, 잠만 잘 자도 치료에는 최고의 의술일 것입니다.
수면 중 뇌가 휴식을 취하면서 안정을 찾기 때문에 잠은 우리
유뎅이에게는 매우 좋을 것이라고 짐작을 하게 되었습니다.

16. 유튜브와 인터넷 이야기

유뎅이가 너무 힘들어하고, 저는 유뎅이 옆에서 간호를 하고 싶어서 회사에 사직서를 제출하였습니다. 솔직히 일도 손에 안 잡혔습니다. 제가 직접 24시간 관찰을 하고 병증의 변화를 보고 싶었습니다. 그런데 회사에서는 1달간 휴가를 줄 테니 유뎅이를 잘 보살펴보라고 하였습니다. 정말 고마운 상사님이십니다.

이때 한 달간 유뎅이를 밀착 간호하면서 유뎅이 병증에 대하여 확실히 감을 잡을 수가 있었으며, 공부도 더 적극적으로 할 수가 있었습니다.

또한 유뎅이가 2차 퇴원 후 악화 증상이 주기적으로 발현하던 시기에 집에서 요양을 하면서 정신질환의 심각성을 인지할 무렵에 회사에서 휴가를 주었기 때문에 인터넷과 유튜브를 더 많이 찾기 시작하였습니다.

아마 이때 전후로 악화 증상이 한 달에 한 번씩 주기적으로 7~10일간 발현한다는 것을 확실하게 체험하게 되었습니다. 또한 유뎅이 병증의 변화를 살펴보면서 복용하는 약의 작용과 부작용에 대하여 섬세하게 관찰을 할 수가 있었습니다. 그리고 유뎅이의 병명을 유튜브와 인터넷 등을 통해 찾아보면서 눈을 뜨게 되었습니다.

정말로 인터넷과 유튜브는 정보의 바다, 지식의 보고였습니다. 처음에는 듣고, 보고, 읽어도 무슨 내용인지 몰랐지만, 또 듣고, 또 보고, 또 들으면서 차차 이해하기 시작하였습니다.

이해가 안 되어도, 이해가 될 때까지 반복 또 반복하여 듣고, 잊어버릴 만하면 또 보고, 생각이 어렴풋이 나면 또 들었습니다. 인터넷과 유튜브는 정신질환에 대한 지식이 전무한 상태인 저에게는 한 줄기 빛과 같았습니다. 암흑의 바다에서 찾아온 돌고래나 인어와 같았으며, 길을 잃은 정글 속의 혼수상태에서 나침판과 같았으며, 사막의 한가운데서 오아시스의 한 방울 물과도 같았습니다.

저 멀리 어둠의 동굴에서 내려오는 전율과도 같은 빛줄기는 희망 그 자체였습니다. 인터넷과 유튜브는 저에게만큼은 스승이요, 선지자요, 계시자요, 인도자였습니다.

이때 들은 유튜브 ○○○ 선생님의 촛불 강의는 매우 유익하고 감명적이었습니다. 그러면서 차차 정신질환에 눈을 뜨게 되고, 유뎅이가 복용하는 약물들을 검색해가면서, 유뎅이 병증과 유사하게 질환을 앓고 계시는 환우나 치료를 하시는 의사나 보호자님 등을 찾기 시작하였습니다.

17. 환우 찾기

● 환우 찾기 내용 1

조현병 환우 및 보호자님께!

조현병 이럴 땐 어떻게 대처해야 하나요? 도와주세요!

우리 딸이 현재 '조현 양상 장애'로 진단을 받고 4개월째 치료를 받고 있습니다. 약도 잘 먹고, 말도 잘 들어서 병증이 호전도가 좋은데, 갑자기 병증이 악화되는 경향이 있습니다.

더 자세하게, 약도 잘 먹고 양호한 상태로 지내다가도 어느 날 갑자기 증상이 악화(발현)가 되곤 합니다.

많은 조언 부탁드립니다. 또한 이러한 경험을 하고 계신 분이나, 겪으신 분 및 전문가님의 답변을 바랍니다.

환우님 및 보호자님과 전문가님의 많은 조언을 부탁드립니다.

감사합니다.

2020. 7. 1.

● 환우 찾기 내용 2

안녕하세요.

우리 딸은 21살입니다.

우리 딸이 직장생활을 하던 중 상사의 갑질로 인하여 2020년 2월경 급성 스트레스에 의한 정신질환(반응)이 발현이 되어 2020년 9월 현재까지 치료를 받고 있습니다.

그동안 1차 22일, 2차 47일간 입원 치료를 받았으며, 2020년 5월 4일 '조현 양상 장애'라는 진단을 받았습니다.

그리고 5월 26일 퇴원하여 지금은 대학병원으로 전원을 하였는데, 외래치료를 받고 있으며 병증은 많이 호전되고 있습니다.

현재 복용 중인 약은 벤즈트로핀메실레이트정 2㎎, 리보트릴정 0.5~1알, 쎄로겔 서방정 50~100㎎, 테파올란자핀정 15㎎, 자이프렉사정 5㎎을 잠자기 전에 복용하고 있습니다.

그런데 이상하게 발병 초기에는 잘 몰랐는데 집에서 요양을 하다 보니, 병증이 주기적으로 악화 증상을 보이고 있다는 것을 깨닫게 되었습니다.

우리 딸의 경우 매달 22~25일경이면 악화하여 7~10일간 고생을 하고 있습니다. 이때 비상약으로 저녁 약의 과반가량을 아침에 복용하면 현재까지는 병증이 호전되곤 하였습니다. 이때 비상약은 악화의 정도에 따라 증감하여 복용시켰습니다.

그렇게 잠을 잘 자고, 병증이 호전되다가도 매달 22~25일경이 되면 악화 증상으로 ① 잠을 못 잔다 ② 어리숙하고 기분이 들떠 있다 ③ 어눌하고 불안정하다 ④ 무엇이든 사려고 한다 ⑤ 휴대폰, 카톡, 인스타그램 등으로 친구를 많이 찾는다 ⑥ 노래방을 자주 찾는다 ⑦ 냄새에 예민하다 ⑧ 악몽을 자주 꾼다 ⑨ 현실감이 없다는 등의 증상이 나타납니다.

이때 유뎅이는 인터넷과 시장 등에서 눈에 보이면 무엇이든 사려고 하였습니다. 작은 것부터 큰 것까지, 싼 것부터 비싼 것까지, 생각하지 않고 무작위로 구매를 하였습니다. 그래서 반품할 것도 많이 생겼고, 생각한 것과 다른 제품이 배달되어 온 적도 있고, 제품이 아주 달라 바꿔온 제품도 많았습니다.

유뎅이가 많이 아팠기 때문에 충동구매는 이해할 수가 있었습니다. 그래서 사는 것은 나무라지 않았습니다. 그러나 반품하거나, 제품을 바꾸어야 할 때는 이야기를 해주었습니다. 제품을 구매할 때는 신중하게 하여야 한다. 한번 반품하거나 바꾸러 가려면 상대방도 힘들고, 유뎅이도 힘이 들지 않느냐?

게다가 인터넷 거래에서 상품을 반품하려면 시간과 물류비가 많이 들어 상대방에게 큰 피해를 주는 행위이니, 주문은 신중히 해야 한다고 일러주곤 하였습니다.

그렇다고 못 사게 강제하지는 않았습니다. 옳고 그름과 좋고 나쁨을 스스로 생각할 수 있게 유도하였습니다. 사실을 있는 그대로 알려주려고 노력하였습니다. 그래서였는지는 몰라도 어느 순간부터는 상품 주문이 확실히 줄어든 것만은 사실입니다.

반품하는 것도 줄었구요(추가 내용).

특히 이때는 잠을 못 자는 것이 가장 큰 문제입니다.

참으로 이상합니다.

수면은 정신질환 환자에 있어서 보약 같은 존재입니다.

약을 잘 먹고, 잠만 잘 자도 치료에는 최고의 의술일 것입니다.

수면 중 뇌가 휴식을 취하면서 안정을 찾기 때문에 **잠은 우리 유뎅이에게는 매우 좋은 보약과도 같은 것**이라고 짐작을 하게 되었습니다. 그래서 유뎅이가 잘 때는 낮에는 커텐을 치고, 핸드폰을 멀리하고 최대한 조용하게 하려고 노력하였습니다.

그런데 우리 유뎅이의 경우에는 잠이 오질 않는지, 잠을 이루지 못하는 날이 무척 많았습니다. 심지어 날밤을 꼬박 새워도 다음 날은 멀쩡하였습니다.

엄마도 같이 잠을 못 자게 되니 참으로 미칠 노릇이었습니다.

또한 평상시 병증이 없는 듯이 잘 지내다가도 악화 증상이 나타나면, 7~10여 일간 많이 힘들어합니다. 마치 생리하듯이 발현합니다. 잠도 안 자구요.

2020년 8월의 경우 여섯 번째로 악화 증상이 발현되었는데, 23일부터 미세하게 전조 증상이 보이다가 25일부터 악화 증상이 나타나기 시작하여 잠을 못 이루고 고생을 하고 있습니다.

이때는 비상약으로 저녁 약을 과반 정도로 하여 아침에 복용을 하면 호전되곤 하였습니다. 도대체 어떻게 된 일인가요?

정신질환을 앓고 계시는 환자분의 경우 우리 딸과 같은 고통을 겪고 계시는 환우는 없으신가요?

여러 선생님들과 보호자님들의 많은 관심과 조언을 부탁드립니다.

그리고 우리 딸의 병증은 많이 호전되고 있습니다. 처음 발병을 하였을 때는 망상, 환청 등 30여 가지의 증상이 발현되어 무척 힘들고 고생을 많이 하였는데, 지금은 안정을 되찾아가는 중입니다.

또한 평소에는 매우 안정적이고, 병식을 알고 있으며, 나으려는 의지도 있어 보입니다. 그래서 지금은 낮 병원도 이용하여 치료를 받고 싶습니다.

잘 부탁드립니다.

감사합니다.

2020. 9. 7.

18. 강남 선생님 인터넷 강의와
스트레스 극복과 뇌

그러던 중 강남 선생님의 인터넷 강의를 우연히 듣게 되었는데, 거의 유뎅이 병증과 유사한 내용으로 치료 방법 등을 자세히 알려 주는 강의였는데, 천군만마를 얻은 기분이었습니다. 그래서 강의를 듣고 또 듣고 잊을 만하면 또 들었습니다.

노력과 의지만 있으면 안 되는 게 없다는 것을 새삼 느끼게 되었습니다. 그리고 환자의 마음을 편안하게 해주고, 스트레스를 받지 않게 노력해야 하며 무엇보다 중요한 것은 기쁘고, 즐겁고, 행복하게 해주어야 한다는 것을 깨우치게 되었습니다.

'정신질환', 특히 우리 유뎅이가 앓고 있는 '조현병' 내지 '양극성 장애' 등은 전 세계적으로 정상인의 경우라도 인구 대비 작은 비율(약 1% 내외)로 발현이 된다고 하고, 그 질환은 뇌의 이상으로 오는 뇌 질환이므로, 뇌가 원상회복이 되려면 시간이 많이 걸린다는 것을 깨닫게 되었습니다(「조현병 유전 얼마나 영향을 줄까」, 푸르나, 네이버).

또한 현재 조현병의 원인은 명확하게 밝혀지지 않았으나, 일반적으로 **조현병은 뇌에 이상이 생겨서 발생하는 생물학적 질환**이라고 알려져 있습니다(네이버 지식백과, 서울대학교병원 의학 정보).

일반 감기나 상해 등은 일정 기간 치료를 하면 잘 치료가 되어 회복이 빠르지만, 뇌 질환은 최소 3년 이상 회복 기간이 필요하기 때문에 조급하게 생각을 하면 안 된다는 것을 유튜브 강의 등을 통하여 공부하면서 어렴풋이나마 느낄 수 있었습니다. 그래서 나는 유뎅이 엄마가 이해를 쉽게 하기 위하여 이렇게 말하곤 하였습니다. 우리 유뎅이가 태어나 어린이가 되고 초, 중등학교를 마치고 대학교를 진학하여 성인이 될 때까지 20여 년이 걸려 뇌가 발달하는 것이기 때문에, 정신질환은 뇌의 문제이므로 뇌가 회복되려면 시간이 오래 걸리는 것이라 하면서, 이것은 환자의 마음을 즐겁고 기쁘게 하여 자연치유가 되도록 도움을 주어야 한다고 말을 하였습니다(사견).

또한 약 복용도 충실히 하면 그 치유시간, 즉 자연 복원력도 빨라지게 되는 것이라고 자주 말하곤 했습니다. 특히 약의 중요성을 유뎅이와 엄마에게 강조하고 또 강조하였습니다. 저 또한 그 중요성을 매일매일 되새겼습니다.

그래서 최대한 유뎅이가 진심으로 만족하고, 즐겁고, 행복하다고 느끼게끔 노력을 다했습니다.

그 첫 번째로 유뎅이가 원하는 것은 무조건 다 해주려고 하였습니다.

"이거 사줄까? 아니 저거 사줄까?"가 아니라 이것저것 다 사주었습니다. 유뎅이가 기뻐할 수만 있다면 그것으로 만족하였습니다. 이제는 유뎅이가 원하는 것은 유뎅이의 본심이 아니라 **병증**이라는 것을 잘 알았기 때문입니다.

그래서 100%가 아닌 200%, 300% 이상 더 해주고 싶었습니다. 그래서 자동차도 사고, 노래방도 만들고, 마당과 담벼락에 칠도 하고, 미니 슈퍼도 집안에 만들어 될 수 있으면 언제든 밖에 나가지 않아도 자기 마음대로 노래를 부를 수 있고, 과자를 먹을 수 있으며, 주변 환경도 마음의 안정에 도움이 되도록 하였으며, 또한 가고 싶은 곳이나 먹고 싶은 것이 있으면 언제나 5분대기조로 대기하였습니다. 혹여 부족하거나 모자란 것은 없는지 고민도 하고 또 확인도 하였습니다.

두 번째는 기쁘게 해주는 것이었습니다.

기쁘면 엔돌핀뿐만 아니라 몸에 좋은 물질이 생성되어 치료에 도움이 된다는 것을 알았기 때문에 부단히 노력하였습니다. 그래서 유뎅이가 배꼽 잡고 웃을 수 있는 환경을 만들려고 노력하였습니다. 그래서 한여름에 해수욕장에 갈 수가 없었기에 마당에 튜브 수영장도 만들어 수영할 수 있게 만들어주고, 윷놀이도 같이하고, 고스톱도 치고, 루미큐브 놀이, 링피트, 저스트 댄스 등을 하면서 웃게 만들었습니다. 그때 얼마나 웃어댔는지 평생의 웃음을 다 웃었을 정도로 즐겁게 해주었습니다. 특히 링피트와 저스트 댄스는 운동도 하면서, 즐겁고 신나게 할 수 있는 좋은 놀이였습니다. 언니도 엄마도 같이 함께 춤을 따라 하면서 즐겁게 운동을 할 수가 있었습니다. 또한 고스톱과 루미큐브는 유뎅이가 잠이 안 오거나, 마음이 불안해할 때면 수시로 하였는데, 정서적 안정에 긍정적인 반응을 보였습니다. 비용도 저렴하구요.

그리고 차분하게 그림 퍼즐 맞추기 놀이도 하게 하였습니다. 이것은 난이도가 있는데 약한 것부터 서서히 힘든 것으로 상향해서 하였습니다. 난이도가 높은 것은 유뎅이를 또 고민하게 만들었습니다. 그래서 난이도가 약한 것부터 사다주었습니다.

이런 놀이들은 강제로 하게 하거나 억지로 하게 하는 것이 아니라 유뎅이가 하고 싶은 것을, 하고 싶을 때 도와주거나 유도하는 정도였습니다. 아직도 고스톱과 루미큐브 놀이, 링피트, 저스트 댄스 등을 생각하면 유뎅이가 좋아하는 모습이 생생하게 기억납니다.

정말로 유뎅이에게 기쁨을 안겨주는 일이라면 하늘의 별도 따다주고 싶었습니다. 한번은 유뎅이 친구가 집으로 병문안을 오게 되었는데, "우리 아빠는 한남이야!"라고 하는 것이었습니다. 그래서 "맞아 아빠는 한남이구말구!"라고 응답을 하였더니, 그런데 둘이서 배꼽을 잡고 웃어대는데, 당시에는 이해를 못하였지만 유뎅이가 정말로 좋아하였기에 팔불출인 저는 더욱 강조하면서 큰 소리로 말하였습니다.

"맞아! 아빠는 한남이야!" 하고 소리쳤습니다. 몇 번이고. 그랬더니 데굴데굴 구르면서 어찌나 좋아하고 웃어대는지, 정말 행복했습니다. 나중에 안 일이지만 한남은 한국 남자를 비하하거나 폄훼할 때 사용되는 멸칭(蔑稱)으로 쓰는 말이었습니다. 그래도 좋았습니다. 저는 당연히 '한국 남자'로서 근면하고 성실한 한국 남자를 지칭하는 줄 알았습니다.

세 번째는 유뎅이 중심으로 이해를 해주는 것이었습니다.

나도 환자가 되어 아픔을 함께하려 했습니다. 그래서 무릎 꿇고 사과도 하고, 약 복용이 힘들 때 같이 복용하면서 약에 대한 저항감을 없애주려고 노력하였고, 약의 효능과 부작용에 대해 알려주면서, 병을 우선적으로 다스려야 하기 때문에 약간의 부작용은 감수를 해야 한다고 말을 하였고, 부작용 때문에 약 복용을 줄이거나 먹지 않으면 병을 영원히 고치기가 힘들다고 이해를 시켰습니다. 그리고 병이 호전되면 약은 자연히 줄이게 되고 부작용도 자연스럽게 서서히 사라진다는 것을 이해시키려 노력하였습니다. 그리고 밤이고 낮이고 유뎅이가 가고 싶은 곳, 먹고 싶은 것, 하고 싶은 것이 있으면 무조건 해결해주려고 노력했습니다.

병증과 성격을 구분하지 못해 오해할 수 있는 일들은 무조건 병증으로 받아들이려 노력하였습니다.

그리고 병증이 심할수록 엄마와 떨어지려고 하지 않았고, 아이가 되어갔는데, 한편으로는 기뻤습니다. 아니 기뻐하려고 하였습니다. 엄마 아빠를 찾는데 아마 초등학교 5학년 이후 엄마 아빠만을 찾는 것이 신기하기도 하고 매우 기뻤습니다. 속으로 마음은 슬프고 아팠지만 내색하지 말자고 하면서, 언제 우리가 이런 기쁨을 누려보겠냐며 엄마를 위로했습니다.

유뎅이가 병마에서 벗어나 정상으로 돌아오면 엄마 아빠를 덜 찾을 텐데, 지금을 즐기라고 하면서 이해를 구했습니다.

또한 병증이 악화될 때는 자꾸 밖으로 나가려 하였습니다. 그러면 책 보따리 옷 보따리 등을 마구마구 챙기면 저는 수레에 싣고 따라다니며 유뎅이가 불편하지 않게 하였으며, 또 커피숍을 자주 찾게 되었는데, 이때 커피숍에 갈 때면 유뎅이 모르게 위치를 파악하고, 자주 동선을 파악하여 유뎅이가 안심하고 쉴 수 있도록 하였습니다.

이렇게 우리는 유뎅이를 이해하려 노력하였습니다. 언제나 엄마, 아빠는 유뎅이 편이었습니다. 이렇듯 유뎅이나 정신질환 환자가 원하거나, 하고 싶은 것이 있다면 무조건 다 해주어야만 합니다. 그래야 마음의 안정이 되니까요.

네 번째는 운동을 하는 것이었습니다.

대학병원 선생님께서는 이 병(정신질환)은 뇌 질환이기 때문에 운동을 열심히 하면 뇌 건강에 매우 좋으므로 꼭 운동을 하라고 격려해주었습니다. 그래서 운동 관련해서 많은 이야기를 해주었지만, 막상 유뎅이는 밖에는 아예 나가려 하지 않았습니다. 아니 운동에는 소극적이었습니다. 기분이 들뜰 때는 헬스며 필라테스를 한다고 졸라댔지만, 관계자와 상담을 몇 번이고 하였지만 거절을 당하였습니다. 다른 고객에게 피해가 갈 수 있다고 하였습니다. 왜냐면 마음이 왔다갔다 하는 등 불안한 모습을 보이고 있는 유뎅이에 대하여 이해를 하였는지, 관계자가 조용하고 차분하게 자세히 설명을 하시더라구요. 그런데 유뎅이도 이해를 하였는지 더 이상은 찾지를 않았습니다.

실제로 부모의 마음은 매우 불안하였습니다. 당시에는 도저히 유뎅이가 할 수 없는 종목의 운동이라고 판단하였기 때문입니다. 그래도 유뎅이가 하고 싶어 했기 때문에 최대한 유뎅이 편에서 생각해주려고, 몇 번이고 찾아가 상담을 하였던 것입니다. 그래서 볼링장에 가서 볼링도 쳐보면서 다음부터는 쉽고 간편하게 할 수 있는 것부터 시작하기로 하고, 걷는 것부터 도전을 하기 위해 병원도 버스나 전철을 타고 걸으면서 방문을 하였고, 친구가 와도 가까운 동네에서 만나게 하여 걸어서 나가게 하였고, 청계천 산책부터 자전거 타기, 배드민턴 치기, 훌라후프 돌리기, 청계천에 구비되어 있는 운동기구를 이용하여 운동하기 등등 주변의 환경을 이용하여 산책을 하면서 천천히 도전을 하였습니다.

이것은 순전히 강제적인 것이 아니라 유뎅이가 하고 싶을 때만 하는 것이었고, 엄마 아빠는 그저 유뎅이를 따라다니며 격려하거나 응원하는 것뿐이었습니다.

부모는 옆에서 격려하면서 칭찬을 아끼지 아니하고, 상품과 용돈을 주면서 노력에는 보답이 따른다는 것을 인식하게 하였습니다. 그리고 이러한 운동은 밤이고 낮이고 관계없이 실행을 하였습니다. 왜냐면 유뎅이가 특히 밤에 잠을 자지 않았기 때문에 유뎅이 시간에 맞추어 주려고 그렇게 하였습니다.

특히 동네 한 바퀴 돌며 운동(산책)하는 것을 매우 자주 하였는데, 동네 특성상 청계천과 한강이 가까이에 있고, 골목 상권이 아기자기하며 가격도 저렴하고 맛있는 음식과 먹을 것이 많고, 작은 재래시장과 로데오거리가 복합상권으로 형성되어 있어 비록 작은 시장이지만 늦은 밤까지 사람이 끊이지 않게 다닌다는 특성이 있어서, 안전하게 운동할 수 있는 산책 코스로 매우 적당하였기 때문에 자주 나가곤 하였습니다. 또한 청계천은 시골의 깊은 산속 같은 정취가 살아 있어서, 유산소 운동 겸 정화된 공기를 마시며 정신을 맑게 하는 도보 코스의 걷기 운동으로는 적당하였습니다. 그래서 부모도 심심하면 일부러 "동네 한 바퀴!"라고 외치곤 하였습니다.

그리고 다섯 번째로는 운동과 더불어 전문적이지는 않지만 정신건강 상담이 매우 중요하다고 느껴 많은 좋은 설명을 하였습니다.

한 예로, 정신질환에 대한 설명을 진실되게 사실에 입각하여 하는 것이었습니다. 거짓말을 하게 되면 한 번은 속일지 몰라도 두 번, 세 번 거짓말을 하게 되면 신뢰를 잃는다는 것을 잘 알기 때문이었습니다. 또한 거짓말을 자주 하게 되면 하는 말을 일목요연하게 할 수가 없으며, 결국에는 어제 한 말과 오늘 하는 말이 다르기 때문에 진실성이 훼손된다는 것을 일깨워주었습니다. 그래서 유뎅이에게는 평소에도 신뢰를 잃으면 모든 것을 다 잃게 된다고 강조를 하곤 하였습니다.

또한 약에 대하여 진실을 말해주는 것이었습니다. 약의 부작용과 작용에 대하여, 그리고 부작용의 단점과 장점, 작용의 단점과 장점 등을 자세히 설명을 해주는 것이었습니다.

예로, '정신과 약물은 부작용이 다른 일반 약에 비해 더 심하다. 그래도 약을 먹어야 하는 이유는 병증을 다스려야 하기 때문이다. 병증보다 부작용이 덜 해롭기 때문이다. 그래서 약을 충실히 복용하면 병증이 호전되어 자연히 복용하는 약을 줄이게 되고, 약이 줄어들면 부작용은 더 자연스럽게 사라진다'라는 것을 자주자주 설명을 해주었습니다. 이때는 약에 대하여 공부도 많이 하였지만, 특히 2차 퇴원후 증상이 매우 안 좋아 복용하던 약을 절반(1/2)으로 줄여 복용하던 경험이 있어 자신 있게 설명할 수가 있었습니다.

더 나아가 지금 초기에 병증을 못 다스리면 지금의 두 배, 세 배 힘들어진다고 설명을 하면서 정신질환은 최소 2~3년에 거쳐 서서히 치료가 되는 뇌 질환이니 장기적으로 생각을 하면서 대처해나가자고 격려를 해주며, 조급하게 생각해서는 안 된다는 것을 누차 강조해주었습니다(약이 증상을 더 악화시키는 경우가 있음).

또한 유뎅이는 친구들보다 1년이나 빠르게 진학을 하였으니, 친구들과의 경쟁에서 늦지 않을 것이라고 하면서, 내년에는 사이버대를 진학하여 공부도 하고 사회경험을 더 하자고 희망을 주는 동시에 이해를 시켜주었습니다.

그리고 매사에 긍정적인 사고방식과 어렵고 힘이 들수록 또는 실패할 경우라도, '언제 내가 이 힘든 일을 해보겠어! 지금 아니면 또 언제 실패해보겠어! 언제 또 이런 경험을 해보겠어!' 하고 긍정적으로 생각해보라고 알려주었습니다. 그래서 저는 유뎅이에게 정신질환이라는 힘든 고비가 찾아왔어도, 힘이 들고 마음은 무척이나 아팠지만 내색은 하지 않으려 노력하였고, 겉으로 표현하지 않으면서 어느 순간부터 속으로는 긍정적으로 생각하기 시작하였습니다.

'그래! 언제 우리가 이런 고난을 겪어보겠어! 앞으로 두 번 다시는 없겠지!'

그리고 정신건강 증진센터에서도 상담사의 방문이 가끔씩 이루어졌는데, 보호자는 자리를 피해주고 유뎅이와 편안하게 이야기를 나누게 해주었습니다. 만일 보호자가 옆에 있으면 유뎅이가 눈치를 보게 되어, 자기가 할 말을 다 못할 수 있을 것이 우려됐기 때문입니다.

유뎅이도 자기의 속마음을 편안히 털어놓을 수 있는 상대가 꼭 필요하다는 것을 어렴풋이나마 짐작을 할 수가 있었습니다.

여섯 번째로는 직접 실천이나 행동을 해보라는 것이었습니다.

증상이 호전되면서 먹고 싶은 것도 많고, 하고 싶은 것도 많고, 가고 싶은 곳도 많이 생기게 되었습니다. 그러면서 늘어나는 게 고민이었습니다. '이게 맛이 있을까? 저게 맛이 있을까? 이게 재미날까? 저게 재미날까? 이곳이 더 좋을까? 저곳이 더 좋을까?'

그러나 고민은 유뎅이에게 별로 도움이 안 된다는 것은 일찌감치 깨우쳤기 때문에 그 고민을 줄여보기로 하였습니다. 그래서 이것도 먹고 싶고, 저것도 먹고 싶다고 말하면 둘 다 사주는 것이었습니다. 가고 싶은 곳이 있어도 무조건 가고, 해보고 싶은 것이 있으면 무조건 실행해보는 것입니다.

그러면서 설명을 해주었습니다. 먹고 싶은 것이 있으면 사서 맛을 봐야지, 먹어보지도 않고 어떻게 알 수가 있는지, 가고 싶은 곳이 있으면 가야지, 오늘 못 간 곳은 다음에 또 가면 되고, 하고 싶은 것이 있으면 망설이지 말고 행동으로 실천해보라고 이해를 시켜주었습니다.

즉, 고민하지 말고 직접 실천해보자는 것이며, 실천해보지 않고는 절대로 상상하거나 고민하지 말고, 직접 실행하여 경험하고 느껴보라는 것입니다.

19. 신의 한 수

　유뎅이가 5월 26일 2차 퇴원한 후 5월 30일 유뎅이 엄마가 퇴근하고 온 나에게 말을 하였습니다. "유뎅이 아빠! 유뎅이가 약을 먹고 난 후 2시간 정도 지나면 이상해져!"라고 말하는 것이었습니다. 이때는 아침, 점심, 저녁에 처방약을 복용하였는데, 아침에 심하다가 점심은 약해지고, 저녁 약을 먹으면 더 심해진다는 것이었습니다. 이때가 내가 퇴근한 후이기 때문에 그 증상을 금세 알 수 있었습니다.

　더 자세하게는, 2차 퇴원 이후 특이한 점은 자고 일어나면 안정적이다가 아침 약을 먹고 1시간 정도 지나면 증상이 악화되는 것으로 보이고, 점심 약을 먹고 4~5시간까지는 얌전해지고 안정을 유지하다가, 저녁 약을 복용하고 2시간 정도 지나면 불안해지고, 주의가 산만해지며, 말이 어눌해지고, 잠을 못 이루는 등 병증이 아침보다 더 심하게 악화가 되는 것으로 보였습니다. 지금 생각해보면 약물 과용이 아니었나 의심이 갑니다(사견). 당시에는 병증이 심화하여 증상(정신질환)이 새롭게 발현되는 줄로만 이해했습니다.

　그러나 저는 유뎅이 엄마가 몇 번이고 말하는 것을 처음에는 인식하지 못하였습니다. 유뎅이 엄마가 주로 간호를 하였기 때문에 그 심각성을 깨닫지 못하였습니다. 제가 전문가나 의사가 아닌데 어떻게 알 수가 있을까요? 그래서 이날 전까지만 해도 유뎅이의 모든 증상은 **병증**인 줄만 알았습니다.

그래서 '악화되면 약을 더 먹여야 하나? 왜 호전이 안 되지?' 하는 궁금증만 더해갔습니다. 이때까지는 악화가 되면 약을 더 먹어야 한다는 일반적인 생각을 할 때였습니다. **저는 약을 줄여 먹는다는 생각을 절대로 할 수 없었습니다.**

보호자로서 정신질환에 대한 일반 상식도 몰랐고, 더구나 약에 대한 작용과 부작용에 대하여 무지하였기 때문에 그저 병원에 가서 의사 선생님의 말을 잘 따르고 처방약을 생각 없이 복용해야 한다는 믿음으로 실천하던 시기였습니다.

부모에게 확고하게 정립된 생각이나 지식은 전혀 없을 때였습니다.

그래서 아빠로서 어찌할 바를 몰랐습니다. '병원에 가서 상담을 해야 하나?' 하다가도 가기가 싫었습니다. 왜냐하면 주치의와의 몇 번의 상담에서 신뢰할 수 없는 말을 들었기 때문입니다.

의사는 유뎅이가 악화되면 "나는 모르겠어요. 처방전은 전(前) 선생님이 내주신 거예요"라는 등 이해할 수 없는 말을 서슴없이 하였습니다.

부모는 애간장이 다 타들어가는데 의사는 모른다고 하니 참으로 어이가 없었습니다. 아니 의사가 처방 약을 내주면서 지금 복용하는 약은 이전 선생님의 처방전이라 나는 모른다는 식의, 참으로 이해하기 어려운 말을 하였습니다. 그래도 저는 혹여 유뎅이에게 피해가 갈까 봐 아무 말도 못 하고 그저 가슴속으로 벙어리 냉가슴 앓듯이 속만 상하고 실망만 하였습니다.

그래도 정신질환의 경우 의사가 병을 파악하는 데 3개월 이상 필요하다는 것을 조금이나마 느꼈기 때문에 바로 전원하는 것은 무리라고 생각하였습니다. 그래서 저는 이때부터 서서히 다른 병원을 알아보기 시작하였으며, 우선 진료 의뢰서를 신청하였습니다.

M 병원 진료 의뢰서
환자는 2020년 2월 초 직장생활을 시작한 이후 발생한 심한 감정기복, 불안, 초조, 과대사고, 공격적 행동, 관계망상 등의 증상으로 '상세 불명의 조현병' 진단하에 치료 중이며 증상의 호전을 보이고 있습니다. 귀원 진료 원하여 진료 의뢰 드리오니 고진 선처 부탁드립니다. <div align="right">2020. 6. 15.</div>

이때 우리 가족들은 강남에 있는 병원, 동대문에 있는 병원 등등 수소문하여 직접 찾아가기 시작하였습니다. 그러나 유뎅이가 처음 병원에 찾아간 M 병원의 주치의가 개원을 하였는데, 저는 내심으로는 그 병원으로 가려고 하였습니다. 왜냐하면 유뎅이 병을 초기에 진료하였고 진료도 수십 일간 하였기 때문에 그 어느 누구보다도 유뎅이 병증을 잘 파악하고 있을 줄 알았기 때문입니다. 그리고 유뎅이의 정신질환을 치료하는 하루하루의 시간이 너무나 소중하였고, 시행착오

를 줄일 수 있다고 믿었기 때문입니다.

또한 유뎅이 언니는 언니대로 강남에 있는 다른 병원도 알아보고, 대학병원도 알아보고, 토속 신앙도 알아보고, 조상님에게 제사를 올려주어야 한다고 하면서 백방으로 뛰어다녔습니다.

원래 저는 미신이나 종교 등을 잘 믿지 않았으나, 자식의 병 앞에서는 신념 따위는 필요가 없었습니다(무너지고 말았습니다). 오직 무엇을 하더라도 유뎅이의 병만 치료되기를 바랄 뿐이었습니다.

이때까지 들리는 말로는 유뎅이와 같은 정신 질병을 치료하기 위해서 집 한 채 날리는 것은 우습다고 하면서, 보통 10년, 20년 넘게 고생하고 계시는 정신질환자가 많고, 완치하기가 매우 힘들다고들 하시던 말씀을 유튜브와 주변에서 자주 듣곤 하였습니다. 또한 정신질환약은 당뇨약처럼 꾸준히 복용해야 한다고 하셨습니다. 실제로 20~30년간 정신질환을 앓고 계시는 당사자도 많았습니다.

그러다 '내가 의사가 아닌데 어떻게 할 수가 있을까?' 하는 생각을 했습니다. 어떤 약이 어떤 효과를 가지고 있으며 어떤 부작용이 발생하는지 알 수도 없었고, 정신질환과 관련하여 아는 것이 전무한 상태에서 '아! 그렇다면 복용하는 약을 모두 절반으로 줄여서 복용을 해보자!'라고 유뎅이 엄마와 상의를 하고 5월 31일 아침 약부터 복용을 실행하였습니다.

전문가가 아닌 일반인이 일부의 약을 일부분만 줄이거나 늘리거나 빼면 약의 효능을 잘 구분할 수 없을 것이라고 생각하였기 때문에 일단 전부 절반(1/2)으로 줄여 복용하면 어떠한 반응을 보기가 더 용이할 것이라고 생각하였습니다.

지금에 와서 신의 한 수가 정말로 존재한다면, 바로 이런 것이 신의 한 수였다고 외치고 싶습니다(당시에는 잘 알지 못함).

그런데 놀랍게도 증상이 좋아지는 것을 단박에 알 수가 있었습니다. 그렇게 절반(1/2)으로 줄인 약을 복용하고 1~3일이 지나가는데 증상의 완화가 눈으로 보일 만큼 확연히 알 수가 있었습니다. 그러나 한편으로는 불안한 마음을 떨칠 수가 없었습니다. 의학적 지식이 없는 부모로서 어쩌면 **임상실험**을 하는 것처럼 느껴졌기 때문입니다. 그래서 의사가 내준 처방 약 한도 내에서 증감하는 정도로 약의 복용량을 조절해가면서 복용을 시켰습니다. 의사 선생님이 처방한 약 이외의 것은 생각할 수가 없었습니다. 간혹 민간요법의 처방도 들려왔지만 생각하지 않았습니다. 오로지 미우나 고우나 주치의 처방 약 한도 내(內)에서만 실행을 하였습니다.

이때 치료 상황은 이러했습니다.

● M 병원 2차 퇴원 당시 약 조절 자료

5월 28, 29, 30일	아침	점심	저녁	1일 복용 총량
5월 26일 퇴원 당시 처방 약 복용 경과				
벤즈트로핀메실레이트정	1mg		1mg	2mg
로라반정(향정)	1mg		1mg	2mg
리보트릴정(향정)	1	1	1	3
큐로겔정	200mg	200mg	300mg	700mg
오르필 서방정	0mg (제외)		600mg	600mg
자이레핀정	10mg		10mg	20mg
페리돌정	5mg	5mg	5mg	15mg

아침에 일어나면 안정적이었다가, 아침 약 먹고 1시간 지난 후부터 매우 불안정해진다. 잠을 못 자고, 큰 소리를 치며, 소리에 민감하고, 안절부절못하는 등 불안한 모습을 보인다.
점심 약을 먹고 4시간 후에는 안정적이었다가, 저녁 약을 먹고 난 후 2시간이 지나면 주의가 산만해지는 등 또 악화가 된다.

약을 먹고 난 후 증상
① 정신이 없음 ② 계단을 잘 못 내려감 ③ 눈이 풀림 ④ 식사할 때 침을 흘림 ⑤ 말이 어눌함 ⑥ 문자를 못 씀 ⑦ 기억을 잘 못함 ⑧ 식사를 여러 번 하는 모습 ⑨ 망상, 환청 등이 있음 ⑩ 윗집에서 무어라 한다고 함 ⑪ 도플갱어가 있다고 함 ⑫ 변비 있음 ⑬ 눈이 안 보인다고 함(병의 초기 증상으로 보이고 아침과 저녁에 같은 증상을 보임) ⑭ 약만 먹으면 술(약)에 취한 사람처럼 보임

약을 절반(1/2)으로 줄여 복용 경과 ※ 상기와 같이 약 복용 후 악화 등으로 약을 반(1/2)으로 줄여 복용(처음, 임의)				
	아침	점심	저녁	1일 복용 총량
벤즈트로핀메실레이트정	0.5mg		0.5mg	1mg
로라반정(향정)	0.5mg		0.5mg	1mg
리보트릴정(향정)	0.5	0.5	0.5	1.5
큐로겔정	100mg	100mg	150mg	350mg
오르필 서방정	0mg (제외)		300mg	300mg
자이레핀정	5mg		5mg	10mg
페리돌정	2.5mg	2.5mg	2.5mg	7.5mg

● 5월 31일 일요일(약 줄임)

① 11:00 기상, 전체 약을 반으로(1/2) 줄임.

② 11:20 아침 약 복용(상기 내용), 청계천 산책(30분)

③ 15:00 현재 증상이 현저히 줄어듦. **약간 침울하나 안정적임**

④ 15:10 중식. 가영이, 문기 놀러 옴

⑤ 15:30 점심 약 복용(상기 내용), 약간 불안함 보임

⑥ 16:00~17:30 취침(낮잠)

⑦ 20:00 토스트, 우유 먹음. **증상은 보이나 안정적임**

⑧ 21:00 석식(삼각김밥)

⑨ 21:15 저녁 약 복용(상기 내용), 동네 주변 산책 및 쇼핑(1시간 20분)

⑩ 23:00 매우 안정적임

⑪ 24:00 취침

⑫ 병증은 있으나, **오늘은 매우 안정적임. 정상인처럼 보임**

⑬ **24시까지 안정적이며, 다른 사람인 것처럼 보임(좋은 방면)**

⑭ 안정적, 망상, 환청 등이 없음. 잠은 많음

⑮ 어찌되었든 오늘은 맑음

⑯ 내일이 정말 궁금함

⑰ 복용약을 반(1/2)으로 줄인 것이 효과가 있는 것으로 추정(사견)

⑱ 퇴원 후 증상 등이 현저히 줄어듦

● **6월 1일 월요일(약 줄임)**

※ 5월 31일 약 줄인 상태로 복용

① 2차 퇴원 후 오늘(6월 1일)까지 7일간 관찰해본 결과 손발이 묶이 거나, CR(독방)에 들어갈 정도의 행동은 보이질 않고 있음

② 10:10 기상

③ 10:10 조식. 토스트, 두유, 밥, 김치찌개

④ 10:55 약 복용, 안정적임

⑤ 12:00 은행 3곳 방문

⑥ 15:00 토스트, 우유, 동대문 쇼핑 1시간

⑦ 16:00 약 복용, 안정적임

⑧ 18:00 석식. 미니호떡 4개, 우유, 만두 3개, 꽈배기 1개, 밥 약간

⑨ 19:00 취침. 피곤함이 보임(은행, 동대문 방문 때문인 듯)

⑩ 20:10 약 복용, 악세사리 조립

⑪ 23:40 취침

⑫ 주간에 은행 및 동대문 쇼핑으로 피곤해 보이나 전반적으로 안
정적임

⑬ 약 복용 후 취한 모습은 현저히 줄어듦

⑭ 복용약을 반(1/2)으로 줄인 것이 효과가 있는 것으로 추정(사견)

⑮ 퇴원 후 증상 등이 현저히 줄어듦

● 6월 2일 화요일

※ 점심 약은 처방전대로 환원(불안)

※ 아침과 저녁은 5월 31일 약 줄인 상태로 복용

	아침	점심	저녁	1일 복용 총량
벤즈트로핀메실레이트정	0.5mg		0mg	0.5mg
로라반정(향정)	0.5mg		0.5mg	1mg
리보트릴정(향정)	0.5	1	0.5	2
큐로겔정	100mg	200mg	150mg	450mg
오르필 서방정	0mg (제외)		300mg	300mg
자이레핀정	5mg		5mg	10mg
페리돌정	2.5mg	5mg	2.5mg	10mg

① 12:05 기상

② 12:35 아침 약 복용

③ 13:00 낮잠

④ 14:00~14:30 청계천 산책, 선옥이 이모 다녀감

⑤ 18:00 점심 약 복용, 힘이 없고(무기력), 수면을 취하려 함

⑥ 그래도 안정적임. 퇴원 초기 증상은 현저히 낮아짐

⑦ 18:20~22:00 수면

⑧ 23:00 저녁 약 복용, 계속 잠만 잠. 수면을 취함(무기력)

⑨ 전항은 점심 약 큐로겔정 100㎎에서 200㎎으로 증량 때문으로 추정

⑩ 수면을 많이 취하며 무기력해 보이나 전반적으로 안정적임. 망상과 환청 등이 확실히 줄어듦(사건)

● 6월 3일 수요일(점심 약 줄임)

※ 약 줄임. 1차 처방전 기준

	아침	점심	저녁	1일 복용 총량
벤즈트로핀메실레이트정	0.5㎎		0㎎	0.5㎎
로라반정(향정)	0.5㎎		0.5㎎	1㎎
리보트릴정(향정)	0.5	0.5	0.5	1.5
큐로겔정	50㎎	50㎎	100㎎	200㎎
오르필 서방정	0㎎ (제외)		300㎎	300㎎

자이레핀정	5mg		5mg	10mg
페리돌정	2.5mg	2.5mg	2.5mg	7.5mg

① 10:30 잠에 취해 있음

② 11:50 아침 약 복용, 취침

③ 16:30 동대문 점 빼기

④ 18:00 점심 약 복용

⑤ 22:30 저녁 약 복용

⑥ 23:00 취침. 잠이 많고 무기력해 보이나 안정적임

⑦ 취침 전 대화: "윗집에서 소리가 들리니?" "아니요." "도플갱어가 보이니?" "아니요."

⑧ 현재는 매우 안정적이며, 퇴원 당시 불안정하던 증상 등이 없어졌으며 망상, 환청 등이 사라진 것 같음(사견). 주의 깊게 관찰 요망

⑨ **큐로겔정을 450mg에서 200mg으로 줄인 것이 효과가 있는 것 같음(추정)**

이러한 와중에 노래방이며, 유뎅이 방이며, 마당과 담벼락 등도 거의 다 완성되었고, 주차장 처마도 완료되었고, 미니 슈퍼도 준비가 완료되었고, 화분도 배치하여 주변 환경도 개선이 되었는데 그래서였는지는 몰라도 호전이 되어가면서 유뎅이는 특히 노래방을 자주 찾곤 하였습니다. 물론 악화 증상이 발현되어도 자주 찾았습니다. 실

제로 증상이 악화될 때나 호전되어도 집에서 요양하는 것이 좋다고 생각하였습니다. 정말로 노래방을 잘 만들었다고 또다시 생각을 하였습니다.

20. 부작용의 진정

상기와 같이 복용하는 약을 줄임으로써 유뎅이의 정신질환이 단박에 호전되는 것을 알게 되었습니다. 그렇다 해도 의학상식이 없는 부모로서 약 복용은 신중 또 신중하게 생각하고 행동을 해야만 했습니다.

이때는 M 병원에서 2차 퇴원 후라 외래로 약을 처방받아 복용하게 되었는데, 처음과 다음번의 외래 처방 약은 아빠 혼자 가서 받아왔습니다. 왜냐하면 유뎅이가 입원 기간 동안 너무 힘들었기 때문인지 병원에 가지 않으려 했고, 특히 의사 선생님을 만나려 하지 않았습니다. 저 또한 의사와의 신뢰가 깨졌기 때문에 약을 절반(1/2)으로 줄여 복용하는 것을 말하지 아니하였습니다.

혹여 개인적으로 임의로 약의 복용을 달리할 경우 의사 선생님을 무시한다고 오해를 받을 수가 있고, 또는 조금이라도 무시한다는 생각이 들어 유뎅이에게 해로운 마음을 가질 수 있다는 걱정으로 이야기할 수가 없었으며, 만일 이야기를 한다 하여도 받아들이기보다는 의사로서의 자존심을 건드릴 수도 있겠다는 편견으로 더더욱 상의할 수가 없었습니다.

오직 하나! 나중에 선생님으로부터 "좋아졌네!"라는 말 한마디를 듣기 위해 노력하였습니다.

그러면서 이때부터 유튜브며 인터넷을 뒤져가면서 공부를 적극적으로 하기 시작하였습니다. 알지 못하는 길을 걷게 되었습니다. 어두운 황무지를 벌거벗은 임금님처럼 돌아다니게 된 것입니다.

그러던 중 3주가 지나 병원에 가는 날이 되었고, 유뎅이가 많이 호전이 되었는데 유뎅이와 같이 주치의를 찾아갔습니다. 이때는 유뎅이도 흔쾌히 허락을 하였고, 퇴원 당시보다는 매우 맑은 정신이었습니다. 그렇다 하더라도 유뎅이의 동의 없이는 어떠한 행동도 하지 않으려 노력하였습니다. 그런데 주치의는 유뎅이를 진찰하면서 매우 좋아졌다며 좋아하셨고, 다시 처방전을 그대로 내주었습니다. 그런데 저는 이때도 약을 줄였다거나, 병증의 상황에 따라 약을 가감하여 복용하였다는 말은 하지 않았습니다. 왜냐면 복용하는 약을 병증의 상황에 따라 줄이거나 늘려 복용하였다고 말을 하여도 이해하지 못할 것이 뻔히 보였고, 특히 복용하는 약을 보호자가 임의로 조절하면서 복용시켰다고 하면 의사의 자존심에 상처로 다가와 기분이 상할 것은 불 보듯 뻔하였기 때문입니다.

그리고 **약을 그대로 처방해주어야 보호자가 약을 임의로 줄이거나 늘려도 약의 여유분이 생기기 때문이기도 하였습니다.**

나는 주치의가 하던 말, "나는 모르겠어요. 처방전은 전 의사가 한 거예요" 하는 무책임한 말을 잊지 못하고 있었습니다. 또한 유뎅이에게 조금이라도 피해가 갈까 봐 내색하지 않고 전원 준비를 서서히 해 나갔습니다.

이때 유뎅이에게 절반(1/2)으로 줄인 처방 약을 복용하게 하면서 전문 지식이 없는 아마추어인 부모의 불안한 마음이 있었기 때문에, 보다 안정적으로 복용시키기 위해서 그날그날 복용하는 약의 양(量)을 파악하면서, 또한 증상을 예의 주시하면서 복용하게 하였습니다.

● 1일 복용량 관찰 기록

	4/6	5/25, 26, 27	5/28, 29, 30	5/31, 6/1	6/2	6/3, 4	6/5, 6
	1차 퇴원	악화, 2차 퇴원		약 1/2 줄임	점심 약 복용	점심 약 줄여 복용	점심 약 미복용
		매우 불안정, 망상, 환청 심함		안정적	잠에 취함	잠에 빠짐. 망상, 환청 없어져 보임	
벤즈트로핀-메실레이트정	0.5mg	2mg	2mg	1.5mg	0.5mg	0.5mg	0.5mg
로라반정 (향정)	3mg	2mg	2mg	1.5mg	1.0mg	1.0mg	1.0mg
리보트릴정 (향정)	3	3	3	1.5	2	1.5	1
큐로겔정	150mg	700mg	700mg	350mg	450mg	200mg	150mg
리스돈정	2mg						
오르필 서방정		900mg	600mg	300mg	300mg	300mg	300mg
자이레핀정 (리스돈정 대체)		20mg	20mg	15mg	10mg	10mg	10mg
페리돌정		15mg	15mg	7.5mg	10mg	7.5mg	5.0mg

	6/7	6/8	6/9	6/10, 11, 12	6/13	6/14	6/15	6/16
	점심 약 복용	점심 약 미복용		큐로겔 줄임	기분이 들뜸	점심 약 복용	호전	호전
벤즈트로핀-메실레이트정	0.5mg	0.5mg	0.5mg	0.5mg	0.5mg	0.5mg	0.5mg	0.5mg
로라반정 (향정)	1.0mg	1.0mg	1.0mg	1.0mg	1.0mg	1.0mg	1.0mg	1.0mg
리보트릴정 (향정)	1.5	1	1	1	1.5	1.5	1.5	1
큐로겔정	200mg	150mg	150mg	100mg	200mg	300mg	250mg	250mg
오르필 서방정	300mg	300mg	300mg	300mg	300mg	300mg	300mg	300mg
자이레핀정	10mg	10mg	10mg	10mg	10mg	10mg	10mg	10mg
페리돌정	7.5mg	5mg	4mg	4mg	4.5mg	5.5mg	5.5mg	4.5mg

그러나 2021년 12월 31일 현재 곰곰이 되짚어 생각해보면, 우리 유뎅이처럼 증상이 매우 안 좋을 때 임시방편으로 복용약을 강하게 처방하여 복용을 하면 증상이 개선되고, 그 증상이 호전될 경우나 반응이 있을 경우 복용약을 증상에 맞게 즉시 줄이거나 변경해보는 것도 생각해볼 수 있는 좋은 처방이라고 생각해봅니다. 그러나 이때는 경험이 많으신 선생님의 확고한 철학을 가지고 실행을 할 수 있다면, 일면 이해가 가는 치료의 한 방법이라고 생각해봅니다(사견).

21. 대학병원 전원과 악화 증상

M 병원에서 2020년 2월 20일 이후 2회에 걸친 69일간의 입원 치료와 통원 치료에도 불구하고 정신질환이 호전되질 않아, 다른 병원으로 전원을 준비하고 있었습니다.

또한 주치의의 불성실함도 주요 원인이었습니다.

그러다 유뎅이 언니가 대학병원에 1달 후 예약을 잡게 되었습니다. 그래서 저는 그동안 여기저기 병원을 다녀보기로 하였습니다.

그러던 중 앞서 밝힌 동대문의 한 병원을 방문하게 되었는데, 유뎅이 병에 대하여 좋은 이야기를 많이 해주었습니다. 대학병원이든 현재 치료하는 병원이든 의사의 말을 잘 듣고 현재로서는 입원해야 한다고 하시면서 최소 3~5개월 이상 입원 치료하는 것을 권고해주셨습니다. 이때도 유뎅이 엄마가 스트레스를 많이 받아 엄마도 같이 치료를 해야 한다고 하시면서 엄마도 진찰을 해주셨습니다.

그리고 유뎅이는 현재 다니고 있는 병원이 있으니 상담만 해주셨습니다. 그래서 선생님께 우리 유뎅이를 치료해주시면 안 되겠냐고 물으니, 유뎅이가 병증이 심하면 입원도 해야 하고, 악화가 되면 즉각 대응을 해야 하는데 자기는 나이가 많아 돌봐줄 힘이 없다고 하시면서, 입원 병동이 있는 병원이나 대학병원에서 치료하는 것이 좋겠다고 조언을 해주셨습니다. 그래서 2차 입원은 이때 결심하게 되었습니다.

이런 와중에 대학병원의 방문 날짜인 6월 22일이 다가왔는데, 22일 아침 6시경 유뎅이가 대학병원에 가는 것이 두려웠는지 "아빠! 또 입원시키는 것은 아니겠지?"라고 묻는 것이었습니다. 참으로 기가 막히고 억장이 무너졌습니다. "아니야! 절대로 아니야! 아빠는 유뎅이와는 떨어져 있지 않을 거야! 대학병원 방문은 유뎅이의 병에 대하여 확인차 가는 거야! 아무 걱정 하지 마! 아빠도 안 따라가잖아!" 하면서 이해를 시켜주었습니다. 그런데도 많이 두려웠나 봅니다. 실제로 저는 따라가지 않았습니다.

그런데 대학병원에 다녀와서는 다시 증상이 악화되어 초기 증상처럼 잠을 못 이루고, 헛소리를 하는 등 상태가 매우 불안정하였습니다. 악화 증상이 또다시 나타나기 시작한 것입니다.

당시 상황은 이렇습니다.

● 6월 22일 월요일(6월 20일 약 복용)

※ 기분이 들떠 있음. 악화 고조

	아침	점심	저녁	1일 복용 총량
벤즈트로핀메실레이트정	0.5mg		0mg	0.5mg
로라반정(향정)	0.5mg		0.5mg	1mg
리보트릴정(향정)	0.5	0.5	0.5	1.5
큐로겔정	50mg	100mg	150mg	300mg
오르필 서방정		150mg	150mg	300mg
자이레핀정	5mg		5mg	10mg
페리돌정	1.5mg	1.5mg	2.5mg	5.5mg
※ 23:30 큐로겔정 100mg, 리보트릴정 0.5, 페리돌정 1.5mg 추가 복용				

① 오르필 서방정 점심, 저녁 150mg씩 나누어 복용

② 리보트릴정, 큐로겔정, 페리돌정 추가 복용

③ 잠을 못 자는 관계로 04:10 아침 약 복용

④ 11:10 점심 약 복용

⑤ 13:00 대학병원 내원(초진)

⑥ 16:50 저녁 약 복용

⑦ 서울대병원 가는 것을 많이 걱정하는지 기분이 들떠 있음

⑧ 아침 6시경 유뎅이가 불안했는지 "아빠! 나 대학병원에 입원시키는 것은 아니지?"라고 질문(입원에 대한 트라우마가 있는 것 같음)

⑨ 새벽에 약을 먹은 관계로 23:30에 점심 약 추가 복용

⑩ 전날 대학병원 진료 관계로 걱정이 되는지 저녁에 한숨도 못 잠

● 6월 23일 화요일

※ 기분이 들떠 있음. 악화 최고조

	아침	점심	저녁	1일 복용 총량
벤즈트로핀메실레이트정	0mg		0mg	0mg
로라반정(향정)	1mg		1mg	2mg
리보트릴정(향정)	1	1	1	3
큐로겔정	300mg	150mg	250mg	700mg
오르필 서방정			600mg	600mg
자이레핀정	10mg		10mg	20mg
페리돌정	5mg	1.5mg	1.5mg	8mg

① 말이 약간 어눌함. 입이 마름. 침을 약하게 흘림. 머리가 아픔

② 병증의 악화로 6월 1일 약 복용

③ 잠은 오전에 3시간밖에 못 잠(10:00~13:20)

④ 06:40 아침 약 복용

⑤ 15:00 점심 약 복용

⑥ 22:00 저녁 약 복용

⑦ 저녁에 호전되고 있음

⑧ 02:30 취침

⑨ 이번 21~23일 악화는 잠을 못 이루는 것이 특징 같음(사견)

● 6월 24일 수요일

※ 기분이 약하게 들떠 있음. 약간 어눌함. 저녁에 약 기운 발생

	아침	점심	저녁	1일 복용 총량
벤즈트로핀메실레이트정	1mg		0mg	1mg
로라반정(향정)	1mg		1mg	2mg
리보트릴정(향정)	1	0	1	2
큐로겔정	150mg	0mg	200mg	350mg
오르필 서방정			600mg	600mg
자이레핀정	10mg		10mg	20mg
페리돌정	1.5mg	0mg	3mg	4.5mg

① 기분이 약하게 들떠 있음. 약간 어눌함. 호전되고 있음

② 15:00 기상

③ 16:40 아침 약 복용

④ 2~3일 못 잔 관계로 깨우지 않아 아침 약을 늦게 먹음

⑤ 22:00 저녁 약 복용

⑥ 점심 약 못 먹은 관계로 페리돌정만 저녁 약과 같이 먹음

⑦ 대체로 안정되고 있으며, 복용약은 당분간 그대로 유지 예정

⑧ 입이 마르는 증상은 약하게 있음. 약간 어눌해 있음

⑨ 침 흐르던 것과. 머리가 아픈 증상은 없어짐

⑩ 저녁 약 22시 복용 전까지는 대체로 양호

⑪ 저녁 약 복용 2시간 후 약 기운 발생. 머리가 아프고, 입이 마르는 증상이 발생

⑫ **약을 절반(1/2)으로 줄이는 것이 좋을 것 같음**

⑬ 잠을 한숨도 못 자고, 꼬박 밤을 지샘

⑭ **이번 21~24일 악화는 잠을 평상시보다 더 못 이루는 것이 특징 같음**(사견)

22. 약리작용
....

저는 약의 효능과 부작용에 대하여 알 수가 없었습니다.

모든 일반인이 그러하듯이, 의사나 약사가 아닌 이상 약의 작용과 부작용에 대하여 자세히 알 수는 없을 것입니다.

또한 약이 어떻게 작용을 하는지, 약과 약물 간의 어떠한 상호작용이 어떠한 반응을 일으키는지 알 길이 없습니다.

우리 유뎅이의 증상은 매일매일 악화되어가고, 증상은 수시로 변해가는데, 정작 중요한 약의 작용에 대해서는 공부를 하지 못하였습니다. 아니, 생각하지 못하였습니다.

그저 의사 선생님이 주시는 처방전에 따른 약을 복용시키기 바빴습니다.

그런데 2차 퇴원 후 모든 약을 절반(1/2)으로 줄여 복용하게 해보았는데, 놀랍게도 호전이 되는 것을 금방 알 수가 있었습니다. 1~3일 새 호전 증상이 눈에 띄게 나타났기 때문에 원인을 찾기보다는 그냥 마냥 좋았습니다.

당시에는 반응이 좋은 쪽으로 나타났기 때문에 약의 작용이라기보다는 일반적인 용어로 '호전'되었다고 표현할 수밖에 없었습니다. 그때는 달리 표현할 수 있는 단어도 생각나지 않았습니다.

그래서 관찰일기를 뒤져보면서 약의 효능을 알아보아야겠다는 생각을 하게 되었고, 그 즉시 인터넷을 찾아보게 되었습니다.

인터넷은 참으로 우리에게 매우 유익한 도구입니다. 인터넷에는 약에 대한 정보가 매우 자세하게 나와 있었는데, 일반인이 이해하기란 무척 까다롭고 힘이 들었습니다. 몇 번을 읽어도 도무지 이해하기가 어려웠습니다.

그래서 약간 머리를 굴려 약에 따른 작용과 부작용을 찾는 게 아니라, 그와 반대로 우리 유뎅이 병증과 증상에 따른 약의 부작용과 작용에 대하여 눈여겨보게 되었습니다. 그렇게 했더니 이해하기가 더 쉬웠습니다.

당시의 내용은 이렇습니다.

유뎅이 일일 처방전 및 약리작용				
2020년 6월 20일 현재	아침	점심	저녁	1일 총량 및 목표치
벤즈트로핀메실레이트정	0.5mg		0mg	0.5mg
로라반정(향정)	0.5mg		0.5mg (0mg)	0.5~1mg
리보트릴정(향정)	0.5 (0)	(0)	0.5	0.5~1.0
큐로겔정	50mg	(50mg)	100mg	150~200mg
오르필 서방정		150mg	150mg	150~300mg
자이레핀정	5mg (2.5mg)		5mg	5~10mg
페리돌정	1.5mg	(0)	1.5mg	3~5mg

약의 효능 및 부작용		
	효능	부작용
벤즈트로핀메실레이트정	파킨슨증	눈 조절 장애, 변비, 환각, 헛소리, 불안, 우울증, 신경과민, 흥분, 정신착란
로라반정(향정)	진정, 안정 효과, 불안 장애	기억상실, 졸음, 변비, 권태감, 무력감, 입 마름, 어지러움, 보행실조, 신경증의 불안, 긴장, 우울, 두통
오르필 서방정	양극성 장애의 조증, 뇌전증	식욕 증가, 체중 증가, 변비, 졸림, 무기력증, 유즙 분비
리보트릴정(향정)	공황장애, 경련, 간질발작	지적능력 감소, 시야 흐림, 어지러움, 운동실조, 두경감, 안구진탕, 눈부심, 졸음 등
큐로겔정	환각, 망상, 흥분상태 제거, 정신분열, 양극성 장애	수면, 변비, 졸림, 현기증, 구갈, 구역, 정좌 불능, 우울, 건망, 공격적, 유즙 분비, 식욕 증진
자이레핀정	환각, 망상, 흥분상태 제거, 정신분열, 양극성 장애	무력증, 졸림, 유즙 분비, 체중 증가, 식욕 증가, 관절통, 안구진탕, 망상, 무감각, 공포증, 조증, 입 주위 마비
페리돌정	정신분열증, 제1형 양극성 장애, 정신병적 장애, 투렛증후군	눈 장애, 변비, 유즙 분비. 졸음, 지발성 운동 장애, 우울, 환각, 운동불량, 두통, 어지러움 등

이때까지도 약의 줄임과 늘임에 대하여 저는 확고한 제 생각을 정립하지 못하였습니다.

23. 리단정(탄산리튬) 부작용

6월 22일 대학병원에 다녀온 후 유뎅이의 **악화 증상**은 새로운 병원에 간다는 걱정으로 전날(21일)에 한숨도 못 잤고, 대학병원에 다녀온 후 6월 23일부터 6월 24일까지 악화되는 동안 잠은 3시간 정도 잔게 다이고, 게다가 M 병원 입원 당시 악화될 때마다 손발을 묶이고 CR(독방)에 감금당하는 등의 강제 구속 등으로 인해 안 좋은 기억이 트라우마로 남아 있기 때문인 것 같았습니다.

여기서도 새로운 병원(대학병원)에 간다는 것에 대한 두려움에 대한 스트레스가 원인이 아닌가 하는 생각(의심)을 조심스럽게 해보았습니다(사견).

이때 대학병원에서 처음 진료를 하였는데, 대학병원에서는 내가 줄인 약보다 더 많이 줄여 처방전을 내주었습니다. 또 다른 점이 있다면 리단정(탄산리튬) 600㎎을 새롭게 추가하여 처방하였습니다.

그런데 리단정(탄산리튬)은 양극성 장애 약이었습니다.

지금까지 M 병원에서는 '조현 양상 장애' 또는 '상세 불명 조현병'이라고 하면서 진료 의뢰서에도 '상세 불명 조현병'으로 소견서를 작성하였고, 진료 과정에서도 주 증상을 '조현 양상 장애'로 확진하여 '상세 불명 조현병'으로 치료를 하였기 때문에 '양극성 장애'에 대해서는 알 수가 없었던 시기라 이해할 수 없었습니다.

또한 부모인 저는 정신질환 관련 지식이 매우 짧았고, 병증에 대하여 알려주는 사람이 전혀 없었기 때문에 어떻게 유뎅이를 간호하고 대처해나가야 하는지 그 방법을 알지 못하였습니다. 아마 이때를 전후하여 공부를 많이 하게 되었던 것 같습니다.

그런데 대학병원의 처방 약을 보니 제가 과반으로 줄여 복용하던 약보다도 더 많이 줄여 처방전을 내주셨는데, 참으로 놀라웠습니다. 왜냐하면 유뎅이가 복용하는 약을 줄여야 한다는 나의 믿음과 같았기 때문입니다.

그렇다 하더라도 즉시 대학병원의 처방 약을 유뎅이에게 복용시키지는 못하였습니다. 나도 약을 많이 줄였는데, 더 줄여주었으니 불안하기도 하였지만 유뎅이의 상태가 악화되는 시기였기 때문에 약을 변경하여 복용한다는 것이 마음에 내키질 않았습니다.

또한 이때 유뎅이에게 악화 증상이 발현되어 도저히 대학병원 처방 약을 복용시킬 수가 없었습니다. 그 이유는 첫 번째로 잠을 못 자는 것이었습니다. 두 번째로는 기분이 들떠 있다는 것이었습니다. 그래서 저는 '대학병원에 가는 것이 부담이 되었구나!' 하고 걱정을 하고 있었습니다. 그리고 특이한 점이 있었는데, 리단정(탄산리튬)이라는 약 600㎎을 새롭게 처방해주셨는데, 이때는 인터넷과 유튜브로 공부를 시작하던 때라 찾아보니 '양극성 장애' 약이었습니다. 참으로 이해가 되질 않았습니다.

리단정은 양극성 장애에 복용하는 약물이라서 의아하게 생각되었습니다. 왜냐하면 이전 M 병원에서는 '조현 양상 장애'라고 진단하였고, 진료 의뢰서에도 '상세 불명 조현병'이라고 하였기 때문에 이해가되질 않았습니다.

M 병원에서는 '조현 양상 장애' 또는 '상세 불명 조현병'으로 알고있었는데, '양극성 장애' 약이라니!

그래도 대학병원 처방 약인데 무시할 수는 없었습니다.

그러다 며칠이 지난 6월 25일 유뎅이 병증이 가라앉는 시기가 도래하고 내가 줄인 약과 대학병원 처방 약과 비슷하여 새로운 처방 약인 리단정 600㎎만을 과반으로 줄여 300㎎만 같이 복용하게 하였습니다. 이때도 마음은 불안하였습니다.

그런데 아니나 다를까 우려했던 부작용 증상이 발생하였는데, 그날저녁 잠을 못 이루면서 속이 메슥거리고 헛구역질을 하는 증상이 보이고, 화장실을 4~5회 들락거렸습니다. 전에 없던 증상이라 부작용이라고 쉽게 생각할 수가 있었습니다.

또한 이것은 2차 퇴원 이후 약을 과반으로 줄여 복용하게 한 경험이 있었기에 때문에 약에 대한 부작용에 대해서는 조금은 쉽게 알수가 있었습니다.

당시 상황은 이렇습니다.

● 6월 25일 목요일

※ 약 기운 상승으로 보여 약 줄임. 대학병원 약 추가

리단정 복용	아침	점심	저녁	1일 복용 총량
벤즈트로핀메실레이트정	0.5mg	0mg	0mg	0.5mg
로라반정(향정)	0.5mg	0mg	0.5mg	1mg
리보트릴정(향정)	0.5		0.5	1
큐로겔정	100mg	50mg	150mg	300mg
오르필 서방정		150mg	150mg	300mg
자이레핀정	5mg	0mg	5mg	10mg
페리돌정	1.5mg		1.5mg	3mg
리단정(대학병원 약)	150mg		150mg	300mg

① 24일 저녁 약 기운 상승으로 보여 복용약 반(1/2)으로 줄임(임의)

② 불안하지만 안정 단계에 들어서 리단정 150mg 아침, 저녁 추가 복용

③ 08:00 아침 약 복용

④ 13:20 점심 약 복용

⑤ 19:30 저녁 약 복용, 아직까지 잠을 못 이룸

⑥ 어제보다 대체로 양호해짐(호전)

⑦ 약하게 불안정 남아 있음

⑧ 집착과 어눌함이 조금 남아 있음

⑨ 00:30 취침

⑩ 대체로 어제보다는 안정적임

⑪ **밤늦게 구토 증상과 속이 메슥거리는 증상. 화장실을 5~6번 다녀옴**(변비는 해결)

● 6월 26일 금요일

※ 6월 25일 약 복용(리단정 제외)

※ 점심 약은 상황에 따라 복용

리단정 부작용 의심 발견	아침	점심	저녁	1일 복용 총량
벤즈트로핀메실레이트정	0.5mg	0mg	0mg	0.5mg
로라반정(향정)	0.5mg	0mg	0.5mg	1mg
리보트릴정(향정)	0.5		0.5	1
큐로겔정	100mg	100mg	150mg	350mg
오르필 서방정		150mg	150mg	300mg
자이레핀정	5mg	0mg	5mg	10mg
페리돌정	1.5mg	1.5mg	1.5mg	4.5mg
리단정(대학병원 약)	0mg		0mg	0mg

① 속 메슥거림과 헛구역질(구토) 증상(현재까지 없었던 증상임)이 보여
   리단정 제외(임의)

② 15:00 기상

③ 15:30 아침 약 복용

④ 21:00 저녁 약 복용(점심 약 미복용)

⑤ 기분은 매우 좋음. 안정적임. 현실감각 약간 부족

⑥ 어제보다는 맑고 좋아짐

⑦ 00:00 잠을 못 이루는 관계로 점심 약 복용

⑧ 03:20 잠을 못 자고 불안해하고 있다.

⑨ 잠을 못 자고, 밤을 샘

24. 잘못된 만남

    그래서 대학병원 약(리단정) 복용을 중단하고 내가 줄인 약을 그대로 복용시켰습니다(나중에 알게 된 일이지만 더 깊게는 **리단정은 '급성 순환형 양극성 장애'에는 맞지 않는 약**이라는 것을 나중에야 알게 되었습니다).

    그러던 중 유뎅이가 처음 진료한 M 병원의 전 주치의가 개업을 하게 되었는데, 유뎅이의 정신질환을 치료할 수 있는 어쩌면 유일한 병원이라고 생각을 하였습니다. 왜냐하면 첫 번째 주치의였고, 이미 이전에 진료를 보았기 때문에 다른 의사보다는 유뎅이의 병증을 누구보다도 빨리 파악할 수 있을 것이라고 판단을 하였기 때문입니다. 그래서 대학병원보다 우선 먼저 방문하고 싶어 방문을 하게 되었습니다.

    대학병원이라도 다른 새로운 선생님이 진찰하게 되면 유뎅이의 병증을 파악하는데 최소 3개월 이상의 진료가 필요하다는 것을 어렴풋이나마 깨우쳤기 때문에 그 시간이 너무 아깝고 소중하다고 생각을 하였습니다. 그래서 전 주치의가 개업한 병원을 찾아가 그동안의 병원 치료 자료와 복용하는 약을 절반(1/2)으로 줄여 복용하였더니 많이 좋아졌다는 경과와 악화 증상이 1달 주기로 발생한다는 것을 강조하면서 문서로 작성하여 보여주면서, 약이 많이 줄어든 대학병원의 처방전도 보여드렸습니다.

그런데 전 주치의 선생님은 자기가 주는 약을 제대로 복용하고 경과를 보자고 하면서, 내가 처방해준 대로 잘 따라 약을 잘 복용하든지, 다른 병원의 약을 복용하든지 중심을 잘 잡으라고 하셨습니다.

그래서 '그래! 그래도 처음 진료하신 선생님이신데, 말씀을 잘 따라야겠다'라고 다짐하였습니다. 그리고 저는 치료를 잘 부탁드린다고 진심으로 조아렸습니다.

그런데 주치의 선생님은 M 병원 처방전과 거의 비슷하게 처방해주셨습니다. 약간 실망을 하면서 어이가 없었지만, 주치의 선생님의 말씀을 믿고 그대로 복용을 하였습니다.

당시 상황은 이렇습니다.

● 6월 27일 토요일(前 주치의 처방전)

※ 점심 이후 전 주치의 처방 약 복용, 악화가 심함

	아침	점심	저녁	1일 복용 총량
벤즈트로핀메실레이트정	1mg	0mg	1mg	2mg
로라반정(향정)	1mg	0mg	1mg	2mg
리보트릴정(향정)	1	1	1	3
큐로겔정	150mg	100mg	200mg	450mg
오르필 서방정	0mg	0mg	600mg	600mg
자이레핀정	10mg	0mg	10mg	20mg
페리돌정	1.5mg	0mg	3mg	4.5mg

① 아침 약은 M 병원 처방 약. 04:50 아침 약 복용

② 점심 이후 M 병원 처방 약 복용. 13:30 점심 약 복용

③ 병증의 악화가 심해짐. 21:00 저녁 약 복용

④ 잠을 한숨도 못 잠(1~2일간)

⑤ 현실감이 없음

⑥ 이상한 헛소리를 함

⑦ 말이 어눌함

⑧ 윗집에서 소리가 들린다고 함

⑨ 주위에 무엇이 있는 것 같다고 함

⑩ 의심이 많음

⑪ 냄새에 예민함

⑫ 낯선 사람을 째려봄

⑬ 낯선 사람에게 인사를 함

⑭ 자꾸 밖으로 나가려고 함

⑮ 약 복용 후 3~4시간 지나면 성격이 난폭해짐(5월 26일 퇴원 후 상황
과 비슷)

⑯ 문자를 제대로 못 씀

⑰ 기억을 잘 하지 못함

⑱ 날짜 구분을 못 함

⑲ 매사 불안해함

⑳ 28일 01:00경 취침

㉑ 전반적으로 약에 취한 모습을 보임

● 6월 28일 일요일

※ 전 주치의 약 복용(약간 조절함)

	아침	점심	저녁	1일 복용 총량
벤즈트로핀메실레이트정	1mg	0mg	1mg	2mg
로라반정(향정)	1mg	0mg	1mg	2mg
리보트릴정(향정)	1	0	1	2
큐로겔정	100mg	0mg	200mg	300mg
오르필 서방정	300mg	0mg	600mg	900mg
자이레핀정	10mg	0mg	10mg	20mg
페리돌정	3mg	0mg	3mg	6mg

① 14:30 기상, 14시간 취침

② 기상 후 상태: 정신은 맑음. 어제 증상이 많이 사라짐. 매우 양호함

③ 15:10 아침 약 복용

④ 16:40(아침 약 복용 1시간 30분 후) 증상 발현. 말이 어눌하고 눈이 풀림. 상태가 불안정함. 약하게 횡설수설함. 약하게 안절부절못함

⑤ 17:40(아침 약 복용 2시간 30분 후) 약하게 술(약)에 취한 사람처럼 보임

⑥ 시간관계상 점심에 약은 못 먹임

⑦ 20:10(아침 약 복용 5시간 후) 증상이 많이 가라앉은 것으로 보임

⑧ 21:50 기본 병증은 약하게 있으나 전 5항의 증상이 발현되는 것은 많이 사라짐. 얌전해짐

⑨ 24:00 저녁 약 복용

⑩ 약간 불안정해짐

⑪ 누가 자기를 본다고 함. 아기 소리가 들린다고 함

⑫ 약 기운 많이 오름

● 6월 29일 월요일

※ 전 주치의 6월 28일 아침 약 복용
※ 저녁부터 대학병원 약 복용

	아침 (전주치의약)	점심	저녁 (대학병원약)	1일 복용 총량
벤즈트로핀메실레이트정	1mg	0mg	1mg	2mg
리보트릴정(향정)	1	0	0.5	1.5
쎄로겔서방정(큐로겔정)	100mg	0mg	150mg	250mg
자이프렉사정(자이레핀정)	0mg	0mg	20mg	20mg
리단정(조증 약)	0mg	0mg	0mg	0mg
로라반정(향정)	1mg	0mg	0mg	1mg
오르필 서방정	300mg	0mg	0mg	300mg
페리돌정	3mg	0mg	0mg	3mg

① 09:00 전 주치의 병원 내원
② 전 주치의 아침 약 복용
③ 11:00 대학병원 내원. 유뎅이 약 기운이 최고조로 오름
④ 상태가 매우 불안정하며, 조현 증상이 다 보임
⑤ 아침 약 복용 약 1시간 30분 후 약 기운이 4~6시간 지속됨(기본 병증은 약하게 있음)
⑥ 23:40 대학병원 저녁 약 복용
⑦ 01:00경부터 약 기운 오름
⑧ 특이사항: 저녁 약 복용 후 약 기운이 1시간가량 지속됨(평소에는 4~6시간가량 지속됨)

⑨ 02:00경 취침(평소에는 날밤을 샘)
⑩ 전 주치의 아침 약 복용 후 약 기운이 5시간가량 오르다가 점점 약해지는 모습을 보임

● **6월 30일 화요일**

※ 대학병원 처방 약 복용

대학병원 약	아침	점심	저녁	1일 복용 총량
벤즈트로핀메실레이트정	0mg	0mg	1mg	1mg
리보트릴정(향정)	0.5	0	0.5	1
쎄로켈서방정(큐로켈정)	0mg	0mg	150mg	150mg
자이프렉사정(자이레핀정)	0mg	0mg	20mg	20mg
리단정(양극성 장애 약)	상담 후 제외됨			

① 13:00 기상
② 13:40 아침 약 복용
③ 22:40 저녁 약 복용
④ 약 기운 올라옴
⑤ 현실감, 시간 개념 부재
⑥ 망각, 환청 있음
⑦ 기억을 잘 못함
⑧ 대체로 양호, 맑음
⑨ 04:00경 취침

⑩ 변비약(물약) 복용으로 잠을 못 잠

참으로 어이가 없었지만, 그래도 약을 먹고 경과를 보자고 하여 믿고 복용을 시켰는데, 아니나 다를까, 결과는 제가 생각한 대로 금세 병증이 악화되어 **M 병원 2차 퇴원 당시 상태로 돌아갔습니다.** 얼마나 황당하던지!

의사에 대한 믿음은 단박에 사라졌습니다.

약을 절반으로 줄여 복용하니 호전이 되었다고 알려주었고, 대학병원의 처방전도 보여드렸는데도 불구하고 어떻게 옛날 처방 비슷하게 처방하였는지! 도무지 이해할 수가 없었습니다.

이제는 더 이상 의사를 신뢰할 수가 없었습니다. 그도 그럴 것이 그간의 증상과 경과를 문서와 구술로 알려주었음에도 불구하고 전혀 참조가 되지 않았고, M 병원 처방전대로 복용하면 유뎅이가 이상해지고, 악화 증상이 1달 주기로 발병한다고 알려주면서 유뎅이의 관찰 기록도 보여드렸는데도 불구하고 M 병원 처방 약과 유사하게 처방해 주신 선생님의 진료가 이해가 되질 않았습니다. 그리고 약이 줄어든 대학병원 처방전도 보여드렸는데…

그래서 즉시 전 주치의 약의 복용을 중단하게 하고, 대학병원에서 반으로 줄인 약을 복용하게 하였습니다. 그러면서 유뎅이의 악화 증상은 다시 호전되기 시작하였습니다.

25. 대학병원 2차 처방과 클로자핀

그러다 1주일(병이 위중하여 초기에는 1주일 단위로 방문함)이 되어 6월 29일 대학병원을 방문하여 정확히 리단정 300㎎을 복용하였더니 상기와 같은 부작용이 발생하였다고 상세히 말씀을 드리니 리단정을 제외하고 다시 처방전을 내어주셨는데, 내가 줄인 약 비슷하게 또 처방을 내어주었습니다. 이때도 M 병원의 약보다는 반 이상 줄인 처방전이었습니다(앞의 6월 30일 처방전 참조).

그러면서 무식하게 "조현병인데 '양극성 장애' 약인 리단정을 처방해주시면 어떻게 하느냐"라고 되뇌었습니다. 지금 생각하면 저의 무식이 충만하였다는 생각이 듭니다.

이때 저는 생각하였습니다. '맞다, 이제는 대학병원 주치의 선생님의 처방을 따르자!' 왜냐하면 우리 유뎅이의 병증을 제대로 파악했다는 것을 깨달았고, 약을 줄여야 한다는 제 생각과 일치하였기 때문이었고, 또한 이제는 **의사 선생님이 진찰하여 처방하신 약을 보호자가 임의대로 약을 줄였다 늘렸다 하면 선생님의 판단에 오류가 있을 수 있다**고 생각하였기 때문에 이제는 더 이상 내 임의대로 조절하지 말자! 선생님의 처방전대로 믿고 복용시키자! 굳게 다짐하면서 선생님의 지시에 잘 따라야 한다고 생각하였습니다. 또한 비상약을 처방해 주셨는데 악화 증상이 발현되면 그때그때 복용하게 하였습니다.

그래서 이때부터는 특별히 이상 증상이 발생하지 않는 한, 대학병원 선생님의 처방 약을 될 수 있으면 온전히 그대로 복용하자고 다짐하였습니다.

그러면서 제가 할 수 있는 것은 편지를 써서 그동안의 경과를 알려주어 선생님이 판단하시기에 도움이 되도록 하였습니다.

편지글도 되도록 요약하고 축약하여 빠르고 쉽게 볼 수 있도록 A4 2장 이내로 작성하도록 노력하였습니다. 왜냐하면 대학병원 선생님께서는 편지 읽을 시간이 없어 보였기 때문입니다.

또한 저는 처음 가는 병원 진료 시 유뎅이 상태를 정확히 파악하려면 아무리 대학병원 선생님이라도 3개월 이상이 걸릴 것이라고 짐작을 하고 있었기 때문에 1주일 간격으로 진료를 보기를 원하였고, 이날 그간의 상황을 하루빨리 알려주고 싶어서 유뎅이의 2차 퇴원 후의 상태와 경과를 문서로 만들어 가지고 왔다고 선생님에게 말씀을 드리니, 인턴에게 주고 상담을 받으라고 말씀을 하시었습니다.

저는 6월 22일 유뎅이와 유뎅이 언니와 엄마가 처음 방문하였을 때도 우선 먼저 인턴과 상담을 하였다고 들었기 때문에 당연히 그렇게 하는 줄로만 알았습니다. 그런데 인턴에게 가서 말씀을 드리니 황당한 소리를 하였습니다. 자기는 상담할 시간이 없고, 또한 이러한 상담은 해줄 수도 없다며 퇴짜를 놓았습니다. 참, 얼마나 황당하던지! 아무리 그래도 그렇지 주치의 선생님이 지시를 한 것인데도 불구하고 개무시를 당하는 것은 도저히 이해할 수가 없었습니다. 환자나 보호자의 상황은 그렇다 치더라도 어떻게 의사 선생님의 말씀을 무시할 수 있단 말인가요? 대학병원 의사 선생님의 권위가 이 정도인가요? 실망감은 이루 말할 수가 없었습니다. 대학병원의 의료 수준이 이 정도라니! 저는 더 이상 아무 말도 하지 못하였습니다. 참으로 어이가 없었습니다.

특히 '정신질환' 관련 진료를 하는데, 이와 같이 환자나 보호자를 상담하는 것은 잘못되었다고 생각합니다. 이때 대학병원의 의료 수준을 깨닫게 되었습니다. 그렇다 하더라도 유뎅이의 병증이 매우 심각하였기 때문에 참을 수밖에 없었으며, 이해하고 인내하여 대학병원에서 진료는 계속하였습니다(결과적으로 잘 참은 것 같습니다).

그러던 어느 날 대학병원 선생님께서 클로자핀이란 약이 있는데 써보았으면 한다고 말씀을 하셨습니다. 당시에는 유뎅이의 상태가 매우 안 좋은 적이 많았으며, 특히 악화 시기에는 입원하자고 권유까지 한 적이 있었습니다.

그러나 클로자핀이 무슨 약인지, 어떠한 작용을 하는지 몰랐던 저는 인터넷과 유튜브 등을 통해서 귀동냥으로 들어보니, 현재 조현병에는 가장 효과가 좋은 약인데 마지막으로 사용하는 약이며, 복용하기 위해서는 입원을 해야 하며, 피검사를 해가면서 복용을 해야 한다고 하였습니다. 왜냐하면 클로자핀의 부작용 중에 백혈병의 발생이 의심되었기 때문에 백혈구 수치검사를 해가면서 신중히 투약을 해야 한다고 하였습니다. 실제로 대학병원 선생님께서도 입원하여 검사를 해가면서 치료를 해야 한다고 말씀하셨습니다. 그러나 우리 유뎅이의 정신질환은 발병한 지가 몇 개월이 안 되었기 때문에 선생님의 말씀을 곧바로 따를 수가 없었습니다. 당시에는 부모가 정신질환에 대한 의식이 부족하였고, 우리 유뎅이 병증에 대하여 어떠한 확고한 정립된 신념이 없었으며, 그저 귀동냥 정도 들으면서 의사 선생님의 처방에 따라 실천하는 것이 최고인 줄 알았던 시기였습니다.

그러다 클로자핀을 복용하고 있는 보호자님에게 클로자핀에 대하여 듣게 되었습니다. 보호자님은 딸을 20년 넘게 치료하면서 마지막 심정으로 발병 10년 차부터 클로자핀을 복용하였는데 복용 즉시 효과를 보았다고 하시면서, 약의 효과는 매우 좋다고 하였습니다. 또한 피검사도 같이 병행하면서 복용하였지만 부작용 없이 잘 치료하였으며, 2년 전부터 장기 복용 등의 문제점이 우려되어 현재는 대체 약을 복용하고 있다고 하시면서 조금은 불안하지만 정상적으로 사회생활을 잘한다고 하셨습니다. 그리고 우리(보호자) 딸한테는 매우 잘 맞는 약이라고 하였습니다. 그러나 문제는 10여 년간 치료 후 복용하였다고 하니, 저는 중심을 잡을 수가 없었습니다.

그래서 우리 유뎅이의 정신질환은 발병한 지가 7~8개월 정도이고,

클로자핀을 복용하기에는 너무 이른 것 같았고, 현재의 치료를 유지하면서 클로자핀에 대하여 공부를 조금 더 하고 난 후에 병증의 경과를 지켜보다가 호전이 안 될 경우 마지막으로 선택해보기로 마음먹었습니다. 그런데 다행히도 대학병원과 강남병원의 주치의께서는 2021년 12월 31일까지 클로자핀은 처방해주시지 않았습니다.

※ 참고: 최근 조현병 치료 약물로 새롭게 개발된 클로자핀은 그야말로 치료를 위한 최후의 극약처방이라 할 수 있다. 클로자핀은 몸속의 적혈구 생성을 막는 치명적인 부작용이 있는 약이다. 적혈구 감소로 백혈병에 걸려 사망할 가능성도 있기에 주기적으로 백혈구 수치검사를 받아야만 한다(당사자 칼럼 「약물에만 의존하기보다 인간관계 등 일상성에서 의미를 찾아야」 중 일부 발췌. '마인드 포스트', 노희정, 2021. 12. 11. 네이버).

26. 대학병원에 보내는 편지

대학병원 선생님께

안녕하세요.

유뎅이가 선생님 덕분에 3주간 잘 치료받고 있습니다.

물론 유뎅이도 약도 잘 먹고, 운동도 나름 열심히 하고 있어, 몸과 정신 상태가 많이 호전되는 것 같습니다.

현재의 상태는 조금 어눌한 모습을 보이고 있으며, 수면은 많이 취하고 있고, 기억력이 다소 부족해 보이나, 망상 및 환청 등은 많이 없어진 것 같습니다.

다만 유즙 증상은 조금 남아 있으나 손 떨림 증상도 없어진 것 같습니다.

그러나 1달 간격으로 증상이 악화(활성화)되는 현상은 남아 있는 것 같습니다.

그 주기가 매월 23일경으로 현재 8월 24일은 6번째 악화(활성화) 기간입니다.

그러나 다행히도 시간이 경과될수록 1차, 2차, 3차 때보다는 악화(활성화)되는 증상이 약하게 발현되는 모습을 보이고 있어 천만다행입니다. 이와 같은 호전 현상은 모두 다 선생님 덕분이라고 아니할 수 없습니다.

처음과 두 번째, 세 번째 악화(활성화)될 때는 많이 힘들었습니다.

유뎅이가 망상과 환청은 기본으로, 30가지 이상의 횡설수설 등을 보여 경찰관 입회하에 병원에 입원을 해야 했고, 진정제 주사며, 그 많은 양의 약과 손발 묶임, 독방에 감금을 당하는 등 또 다른 스트레스 등으로 인하여 무척 많이 힘들었습니다. 그 당시에는 유뎅이 병증이 생리하듯이 1달에 한 번씩 악화(활성화)되는 현상을 파악하지도 못했던 때였습니다.

그래서 8월 3일 아침 비상약으로 박사님이 1주일치 약을 처방해주셨는데, 그 약 중에 써로겔서방정 150㎎(1알)을 100㎎과 50㎎씩 2알로 처방해주시면 안 되나요? 왜냐하면 비상약의 경우 유뎅이 병증의 경중에 따라 가감(加減)을 조절해서 복용하면 좋을 것 같아서입니다.

부디 주의 깊게 잘 보살피시어 현명하신 박사님의 고진선처(苦盡善處)를 바라옵나이다.

감사합니다.

2020. 8. 23.
유뎅이 아빠 올림.

또한 다른 대형병원 선생님들과 마찬가지로 대학병원 선생님과의 상담 시간이 너무나 짧아, 궁금한 점을 물어볼 시간이 너무 없었고, 물어본다고 하여도 의학적 지식이 없는 보호자로서 조리 있게 질문하거나 선생님의 말씀을 이해할 수도 없었기 때문에 대화도 잘 이루어지지 않았습니다. 게다가 환자가 너무 많아 한 사람, 한 사람에게 할당된 시간이 너무나 짧다는 것을 느낄 수 있었습니다.

그저 처방전 받아오기에 급급하였습니다(다른 보호자님에게서도 들음).

유뎅이의 경우 병증이 위중하였고, 병명도 여러 가지라 질문할 것도 많고, 궁금한 점도 많았는데 도저히 상담이 잘 되질 않았습니다. 그래서 처음에는 편지도 몇 장씩 써서 자세하게 설명을 하였지만, 상담 시간이 촉박한 것을 파악한 후에는 될 수 있으면 요약하여 한두 장 이내로 작성하려고 노력하였습니다.

27. 약 복용 극복기

그리고 이후에는 대학병원 선생님의 처방전대로 그대로 복용하려고 노력하였습니다. 그래도 천만다행인 것은 우리 유뎅이가 약을 잘 먹는다는 것이었습니다.

발병 초기에 유뎅이는 약을 무척 안 먹으려고 하여, 가진 수단을 다 써서 복용할 수 있도록 노력하였지만 뜻대로 되질 않았습니다.

정신과 약의 복용은 정신질환 치료에는 기본이자 필수인데, 내가 아무 이상 없는데 약을 왜 먹어야 하냐며 화를 내었고, 약을 먹는 척하면서 약을 버리고, 심지어 입에다 넣어놓고 입속에 감추어 감쪽같이 약을 몰래 내뱉곤 하였습니다. 게다가 인터넷을 뒤져가며 약의 효능 및 부작용 등을 파악하여 자기를 죽이려 하는 약이라고 하면서 약을 절대로 먹지 않겠다고 화를 내곤 하였습니다. 분명히 정신질환의 경우 약의 복용은 기본 필수였는데 말입니다. 발병 초기에 1차 입원을 하게 된 이유가 약을 도저히 먹지 않으려 해서 입원을 하게 되었던 것입니다.

부모로서는 무척 고민이 되는 문제였습니다. 약을 제대로 복용하지 않고는 회복을 할 수 없다는 것을 알았고, 아무리 훌륭한 의사나 상담사에게 진료를 받더라도 치료가 요원하다는 것을 깨달았기 때문에 약의 복용은 최대의 난제였습니다. 그리고 한번 정신질환에 걸리면 최소 3년 이상 치료를 해야 하며, 재발의 경우에는 처음 경과보다 두세 배 이상의 시간이 더 걸린다고 하는 말을 들어왔기 때문에 어떻게 하면 유뎅이가 약을 잘 먹게 할 수 있을지, 몇 날 며칠을 고민에 또 고민을 하였습니다.

당장 내일이라도 퇴원을 하게 된다면 가장 큰 고민거리였습니다.

그래도 입원 병원에서는 반강제로라도 약을 복용시키고, 입안을 뒤져가면서까지 약을 잘 먹었나 안 먹었나 확인을 한다고 하니 안심은 되었습니다. 다만 코로나로 인하여 면회가 통제되는 상황이었고, 유뎅이의 상태를 직접 보지 못한다는 한계가 있었지만, 그래도 그 방법밖에 없는 줄 알았고, 그 방법이 최고인 줄 알았습니다. 저도 그때는 간호사님을 믿고 유뎅이가 약 잘 먹었나 확인 좀 잘해달라고 부탁할 정도였습니다.

그러다 문득 내가 지금 먹고 있는 약도 평생 먹어야 하는 약이기 때문에 유뎅이에게 설명할 필요가 있다고 생각하였습니다. 실제로 저는 당뇨 약을 20년 가까이, 전립선 약은 10년 가까이 복용하고 있습니다. 그래서 아빠가 복용하는 약을 보여주면서 설명을 해주었습니다. "봐라! 아빠가 수십 년간 약을 복용하지 않느냐! 만일 아빠가 당뇨 약과 전립선 약을 복용하지 않거나 복용을 게을리하여 합병증이 온다면 누가 힘이 들겠느냐? 우선은 아빠가 힘이 들겠지만, 보호자 즉 엄마나 가족들이 더 많이 힘들 거야! 그래서 아빠는 약을 꼬박꼬박 잘 챙겨먹는 거야!" 하면서 약을 한 주먹 보여주면서 복용을 하였습니다.

아빠가 실천을 잘한다는 믿음을 심어주어야 했기 때문입니다. 그리고 약간 편법으로 유뎅이 모르게 영양제를 일부러 더 많이 넣어 유뎅이 약보다 더 많게 보여주면서 복용을 하였습니다. 이때는 유뎅이가 병증이 심하여 복용하는 약이 많았습니다.

그래서 유뎅이가 약을 복용할 때마다 아빠도 약을 보여주면서 같이 복용하곤 하였습니다. 당연히 설명도 해주었습니다. 그 설명도 자주 하다 보면 잔소리로 들릴까 봐 최소한으로 줄이려는 노력도 같이 병행하였습니다.

아마 이때부터였을 것입니다. 2차 퇴원 후로는 약에 대한 두려움을 극복하였는지 미처 엄마가 약을 챙겨주지 못한 경우에도 "엄마! 약 먹어야지! 약 줘!"라고 일부러 달라고까지 하면서 약을 잘 복용하였습니다.

2021년 12월 31일 현재까지 다행히도 하루도 게을리하지 않고 약을 잘 복용하고 있으며, 병증도 호전되어 우리 유뎅이가 먹는 약이 아빠 약보다 훨씬 더 적어졌습니다.

참으로 기적이라고 아니할 수가 없었습니다.

28. 새로운 현상 발견(악화 주기)

저는 유뎅이가 6월 22일 엄마, 언니와 함께 대학병원에 다녀온 후 6월 23일에 유뎅이의 병증 자료를 뒤져보다가 우연히 이상한 점을 발견하게 되었습니다(관찰 기록을 쓰고 있었음).

M 병원에 4월 17일 2차 입원하여, 약도 잘 먹고, 치료도 잘 받고 있었는데 5월 20일 갑자기 병증이 악화되었다는 전화를 주치의로부터 받았는데, 도저히 이해가 가질 않았습니다. 분명 다른 이유가 있을 것이라고 어렴풋이 의심만 하고 있었습니다. 또한 병원에서 악화가 되다니 이해가 되질 않았습니다.

그러다 우연히 6월 23일 유뎅이 치료에 관한 관찰 기록을 보다가, 혹여 유뎅이의 병증이 악화되는 주기가 있지는 않을까 하고 발병 초기부터 살펴보기 시작하였습니다. 정말 우연인지는 몰라도 악화되는 시기가 비슷하다는 것을 알게 되었습니다.

유뎅이의 경우 그 시기가 매달 22일에서 25일 즈음에 약 한 달 (28~33)일 간격으로 악화가 된다는 것입니다.

즉, 증상이 악화되는 발현 주기가 있다는 것을 알게 되었습니다(의학 지식이 없는 문외한이 하는 이야기오니 무시하셔도 좋습니다).

그러니까 우리 유뎅이의 경우에는 매달 22일~25일 사이에 10~12일간 증상이 악화되었다가 호전되는 경향이 있다는 것을 알게 되었습니다. 그리고 약 한 달(28~33일)이 경과하면 또 악화 증상이 찾아왔습니다. 마치 생리를 하듯이 주기가 있다는 것을 깨우치게 된 것입니다(혹여 생리 증후군으로 오해할 수 있을지 모르나, 생리 증후군은 아니었음). 그래서 증상이 악화될 때는 복용하는 약을 강하게 쓰다가, 증상이 완화되면 복용하는 약을 줄여서 복용해야 할 것 같았습니다.

예로, 유뎅이가 5월 26일 2차 퇴원 후 술(약)에 취한 것 같아, 복용약을 무식하게 반(1/2)으로 줄여 복용하게 했더니 증상이 많이 호전됨을 알 수가 있었고, 또한 6월 22일 대학병원에 다녀온 후 악화되어, M 병원 처방 약(5월 16일자)을 줄이지 않고 복용하였더니 호전되는 현상을 보았습니다.

저에게 의학적 지식이나 치료 경험은 없지만, 건방지다고 할지라도 꼭 말씀을 드리고 싶었습니다.
우리 유뎅이를 위한 것이라면 제가 욕을 많이 얻어먹더라도 노력할 것입니다.

만일 병증의 악화 시기를 예측할 수만 있다면, 악화 시기에 맞추어 약의 조절이 가능하기 때문입니다.

전문가도 아닌 무지렁이가 아무 개념 없이 하는 말이오니 너무 노여워하지 않으셨으면 좋겠습니다.

그동안의 유뎅이 병증의 악화 이력을 적어봅니다.

유뎅이 증상 악화 일지		
2월 14일경	병증 발현(추정)	
2월 18일	H 대학병원 응급실 내원, **악화**	
2월 20일	M 병원 외래 내원	
3월 16일	M 병원 입원, **악화**	27일
4월 6일	퇴원	
4월 17일	재입원, 약 줄임 원인 추정 **악화**	31일
5월 20일	입원 치료 중 **악화**, 주치의는 약 줄임 원인이라고 하나 스트레스 추정	33일
5월 26일	M 병원 퇴원(악화된 상태에서 퇴원 결정)	
6월 22일	집에서 요양 중 **악화**(대학병원 내원 부담감으로 추정)	33일
6월 29일	대학병원 2차 진료	
7월 22일경	**악화**(활성기) 예의 주시 요망	
7월 24일	약하게 **악화**(활성기). 증상이 초기보다 약함(할머니 댁 방문 및 휴가 기대감으로 잠을 못 이룸)	32일
8월 25일	**악화**(활성기) 증상 발현	32일
10월 1일	**악화**(활성기) 증상 발현	37일
11월 1일 이후	악화 증상은 미세하거나 잘 안 보임	

29. 다섯 번째 악화 증상(편지 내용)

○○○ 선생님께

유뎅이가 7월 23일경 또 악화가 되었습니다(5번째 악화).

그런데 이상하게도 유뎅이의 병증이 약 1달(30일) 간격으로 악화(활성화)가 되고 있는 것 같습니다('악화'와 '활성화'는 같은 뜻임).

한번 악화되면 일주일에서 열흘가량 지속됩니다. 이때에는 약을 조금 더 복용해야 하는데, 선생님과의 예약이 8월 3일로 잡혀 있어 어떻게 해야 할지를 모르겠습니다. 그래서 어쩔 수 없이 부득이하게 선생님이 6월 22일과 7월 13일에 처방한 약과 이전 M 병원의 남은 약을 유뎅이에게 복용하게 하였습니다.

다행히도 선생님 덕분에 이전보다는 악화가 약하게 발현되어서 7월 30일부터는 호전(好轉)되는 양상을 보여 참으로 다행입니다. 다음에 또 악화(활성화)가 찾아오면 어떻게 해야 하나요? 비상용으로 아침 약을 일주일에서 열흘가량 더 처방해주시면 안 되나요? 선생님의 고진선처(苦盡善處)를 바랍니다.

선생님의 고견 없이 약을 마음대로 먹여서 정말로 죄송합니다.

유뎅이 악화 시기의 증상은 아래와 같습니다.

7월 22일 이전 경과

※ 대학병원 약 복용

① 저녁잠은 잘 자고 있음(23:00~01:00경 취침)

② 대체로 잠은 푹 자고 일어남(12:00~14:00경 기상). 12~14시간 취침

③ 식사는 양호. 약도 잘 먹음

④ 자기 병증에 대하여 잘 알고 있으며, 나으려는 의지가 있음

⑤ '손 떨림 증상' 및 '유즙 증상'이 조금 남아 있으나, 망상과 환청 등은 사라진 것으로 보이고, 무기력증 등 전반적 병증이 호전되고 있는 것으로 보임

⑥ 7월 22일까지는 매우 안정적인 상태를 보이고 있었음

7월 23일 ~ 8월 2일 경과(악화 시기)

① 7월 23일부터 미세하게 흥분이 되고, 약하게 헛소리를 하는 등 불안정한 모습을 보임

② 잠을 제대로 못 자고 들떠 있음. 손 떨림, 입 마름 증상 보임

③ 무엇이든 보는 대로 사려고 함. 어린이가 되어가는 것 같음

④ 전화를 많이 하고 주의가 산만함. 현실감 없는 이야기를 함

⑤ 몸에 벌레가 들어가는 꿈을 자주 꾸어 무섭다고 함

⑥ 자주 깜박거리며, 기억을 잘 하지 못하고, 낯선 사람에게 인사를 함
⑦ 기대감과 잡념이 많을 경우 잠을 못 이루고 약하게 병증이 보임
⑧ 약하게 헛소리를 하나 증상은 다행히 이전보다는 약함
⑨ 7월 25일부터 아침 약을 복용함(상태가 매우 불안정함)
⑩ 7월 28일, 29일(활성기 6, 7일차) 약하게 망상 증상이 보이는 등 최고조로 활성기(악화) 현상을 보임
⑪ 7월 31일, 8월 1일, 2일 기본 증상은 존재하나 악화 증상이 호전되는 모습을 보임
⑫ 행동은 부자연스러운 모습을 보이나 대체로 양호함
⑬ 호전되고 있음

7월 23일 악화(활성기)의 특징

① 유뎅이의 경우 약 30일 간격으로 흥분상태가 서서히 보이기 시작하면서 잠을 못 이루고, 불안정한 상태가 지속됨. 특히 잠을 못 자고, 기분이 들떠 있으며, 횡설수설하면서 5일에서 7일 차에 최고조의 활성기를 보이다가 호전되는 모습을 보임
② 병증이 잠을 못 자게 하고, 잠을 못 자다 보니 병증이 악화가 되는 악순환을 보임
③ 이번의 활성기(악화)는 망상은 잠시 약하게 발현하였으나, 환청 등은 보이지 않는 등 이전의 활성기(악화) 때보다는 매우 약하게 발현되었고, 차차 호전되고 있음

7월 23일 이후 악화(활성기)의 수면 상태

① 7월 23일 05:00 취침, 09:00경 기상(4시간 취침)

② 7월 24일 한숨도 못 잠

③ 7월 25일 09:30 취침, 12:30 기상(3시간 취침)

④ 7월 26일 02:00 취침, 11:00 기상(9시간 취침)

⑤ 7월 27일 06:00 취침, 08:00 기상(2시간 취침)

⑥ 7월 28일 02:00 취침, 11:00 기상(9시간 취침)

⑦ 7월 29일 06:00 취침, 08:30 기상(2시간 30분 취침)

⑧ 7월 30일 02:00 취침, 10:30 기상(8시간 30분 취침)

⑨ 7월 31일 06:00 취침, 08:00 기상(2시간 취침)

⑩ 8월 1일 12:00 취침, 09:00 기상(9시간 취침)

⑪ 8월 2일 03:00 취침, 09:00 기상(6시간 취침)

7월25일 약 복용 현황

※ 7월 13일 대학병원 약 아침, 저녁 복용

	아침 (복용)	점심	저녁	1일 복용 총량
벤즈트로핀메실레이트정	2mg	0mg	2mg	4mg
리보트릴정(향정)	0.5	0	0.5	1
쎄로겔서방정(큐로겔정)	50mg	0mg	50mg	100mg
테파올란자핀정15mg	15mg	0mg	15mg	30mg

7월 26일 ~ 8월 3일 약 복용 현황

※ 7월 13일에는 6월 22일 남은 약 및 M 병원 약 복용

	아침 (복용예정)	점심	저녁	1일 복용 총량
벤즈트로핀메실레이트정	1mg	0mg	2mg	3mg
리보트릴정(향정)	0.25	0	0.5	0.75
쎄로겔서방정(큐로겔정)	0mg	0mg	50mg	50mg
테파올란자핀정15mg	0mg	0mg	15mg	15mg
자이레핀정(6월 22일 약)	5mg	0mg	0mg	5mg
큐로겔정(이전 병원 약)	50mg	0mg	0mg	50mg

30. 강남 병원 유튜브 강의 발견

　저는 초기에는 유뎅이의 정신질환에 관련하여 아는 것이 하나도 없었습니다.

　그저 '병원에 가면 잘 고쳐주시겠지, 입원하면 더 잘 고쳐지겠지!' 하는 마음뿐이었습니다. 어떻게 일반인이 정신질환에 대하여 알 수가 있겠습니까? 그래서 병원에 가서 치료 잘 받고, 입원하는 것밖에는 몰랐습니다.

　그러다 유뎅이가 M 병원에 1차 입원을 하고, 2차 입원을 하면서 조금씩 심각성을 깨닫게 되었습니다. 그 어느 누구도 정신질환의 심각성에 대하여 설명해주는 사람도 없었으며, 그보다 중요한 것은 심각성에 대하여 보호자가 자각할 수가 없었으며, 깨달을 수가 없었다는 것입니다.

　들리는 말로는 한번 정신질환에 걸리면 최소 3년 내지는 5년 이상 치료를 한다고 하고, 재발하게 되면 치료 기간이 배로 늘어난다고 하여도 그 심각성을 깨우치기란 참으로 오랜 시간이 소요되었습니다.

　인터넷이고 유튜브 방송을 들어도 무엇이 무엇인지 알아듣는 것은 난감하기만 하였습니다. 그래도 유튜브와 인터넷이 없었더라면 아마도 우리 유뎅이의 정신질환에 대하여 깨우치기란 요원하다는 것도 잘 알 수가 있었습니다.

모르는 것도, 생소한 것도 한 번 두 번 계속 듣다 보면 알 수 있는 게 있었습니다. 그러면서 계속해서 공부하기 시작하였습니다.

처음에는 '조현 양상 장애'라고 진단을 하였기 때문에 조현병에 대하여 집중적으로 공부를 하게 되었습니다. 또한 초기의 증상은 망상, 환청, 와해된 언어, 와해된 행동 등이 존재하고 있었으며, 게다가 '정신병적 장애', '상세 불명 조현병', '공황장애', '조현 양상 장애', '양극성 정동장애', '편집증', '조현 정동장애' 등의 병명으로 진단을 하였기 때문에 병증을 파악하기란 일반인으로서는 쉽지가 않았습니다.

그런데 중요한 것은 약 한 달 주기로 병증이 악화되었다가 가라앉는 등 상태가 매우 심각해 보였습니다. 그러나 이러한 유뎅이의 증상에 대해 알려주는 사람이 하나도 없었습니다. 심지어 대학병원에서도 몰라서 그러는지 알려주지 않았으며, 악화 증상이 나타날 때 병원에 가게 되면 입원을 해야 한다고 하면서 입원 예약을 하고 가라고 하였습니다.

대학병원의 입원은 예약하여 병상의 자리가 나게 되면 입원을 시켜주는 형태였습니다. 그러다 병상이 자리가 나게 되어 입원하려고 하면, "괜찮은데?" 하면서 입원이 취소되곤 하였습니다. 이러한 상황이

2회에 걸쳐 계속 발생하였으나 번번이 취소가 되었습니다.

　그래서 인터넷에 글을 올려 우리 유뎅이와 같은 증상을 보이는 환우나 보호자 및 의사 선생님 등을 찾는다고 호소하였습니다.

　그러다 강남에 있는 병원 선생님의 유튜브 강의를 듣게 되었는데, 우리 유뎅이의 증상과 비슷한 강의를 하시는데 너무나 기뻤습니다. 그렇게 찾고 또 찾았는데 드디어 찾게 되었습니다.

　도저히 알 길이 없을 것만 같았던 유뎅이의 증상에 대해, 어느 날 한 유튜브 방송을 보면서 유뎅이 증상과 유사한 강의를 하는 동영상을 보게 된 것입니다.

　지성이면 감천이라고, 그렇게 찾고 찾던 의사 선생님의 강의를 듣게 되었고 그 강의를 몇 번씩 반복해서 들으면서 선생님의 병원을 부리나케 수소문하여 찾게 되었고 예약을 하기에 이르렀습니다.

　강남 병원은 처음 진료할 때는 1시간을 진료하며, 재진 시에는 30분 간 진료를 한다고 하셨습니다. 내가 정말로 필요했던 상담을 충분히 하신다는 것이었습니다. 또 다른 건 선생님의 마인드가 남다르다는 것이었습니다. 정신과의 진료는 처방 약도 중요하지만, 정신 상담도 매우 중요하다는 것을 스스로 실천하시는 선생님이셨습니다. 저는 매우 만족하였습니다.

　저는 솔직히 전원을 하려고 고민하고 있었습니다.

예약을 하고 난 후 저는 선생님에게 전화를 하여 유뎅이의 증상과 관찰 기록을 먼저 보내어 선생님께서 미리 보시기를 원했습니다. 그런데 선생님께서 흔쾌히 허락을 해주셨습니다. 참 얼마나 다행인지! 앞서 말을 했지만 정신질환은 그 환자의 병을 파악하려면 의사라도 최소 3개월 이상이 걸릴 것이라는 믿음이 있었기 때문에 초진하기 전 하루빨리 유뎅이의 병증에 대한 정보를 미리 알려드리려는 심정에 그리하였던 것입니다.

그리고 강남 선생님께서는 초진은 한 시간, 재진부터는 30분간 진료를 한다고 하니, 얼마나 듣고 싶은 이야기였는지 모릅니다.

그중에 무엇보다도 중요한 것은 무엇인가 물어볼 수 있다는 안도감에 정말로 눈물이 날 지경이었습니다.

지금까지는 의사와 대화가 힘들고, 병증에 대하여 자세히 알려주는 사람도 없었고, 치료의 대책이라든가, 환자의 간호 등에 대하여 심각성을 알려주는 의사나 관계자 등이 없었습니다.

또한 예약제로 운영하다 보니, 환자가 기다리지 않고 즉각 진료를 해주시는데, 환자의 입장에서는 불안하게 기다리지 않아서 좋고, 다른 환자와 부딪치는 경우가 드물어서 시달리지 않아서 좋고, 대기 환자가 없으므로 주변 환경이 조용하고 깨끗하고 쾌적해서 좋았습니다. 그래서 그런지 우리 유뎅이는 강남 병원에 내원해서 진찰받는 것을 두려워하지 않았습니다. 유뎅이에게 대학병원과 강남 병원 중에 어느 곳에서 치료받는 게 좋으냐고 물으니, 흔쾌히 강남 병원에서 치료받자고 하였습니다.

그리고 더욱 확신이 들었던 것은 선생님이 초진을 보던 날(2020년 10월 23일) 정말로 한 시간을 진료하면서 고민이 된다고 말씀하였습니다.

솔직히 저는 대학병원에서 강남 병원으로 전원하려고 마음의 준비를 하고 있었는데, 강남 병원 선생님께서는 내가 진료를 해야 환자에게 유리한 것인지, 대학병원 선생님께서 진료하는 것이 더 좋은 것인지 고민이 된다고 하시면서 상담 시간 내내 고민, 또 고민하시고 이렇게 결론을 내셨습니다.

그래도 대학병원의 의사 선생님은 우리나라에서 조현병 관련 권위자이신데, 대학병원 선생님이 처방을 하였을 때는 그만한 이유가 있는 것이라며, 나는 유뎅이의 치료를 위하여 서포트만 해주겠다며, 대학병원에 다녀오면 그 다음 주에는 우리 병원에 내원하여 상담하자고 하시면서 **진료 회신서**를 써주셨습니다.

즉, **합동 진료**를 해주신다는 것이었습니다.

얼마나 감사한지, 오늘날까지도 그 은혜는 가슴속 깊이깊이 묻고 있습니다.

저는 이때까지도 약의 줄임과 늘임에 대하여 확고한 제 생각을 정립하지 못하였습니다.

3부

12계
(十二誡)

마침내 2021년 9월 7일 강남 선생님 왈, "대학병원 선생님이 지금 유뎅이를 보시면 무척 놀라실 것 같다. 유뎅이가 무척 좋아진 이 모습을 보시면…."
이 얼마나 듣기 좋은 말씀인지 너무 기뻤습니다.
선생님께서 하시는 말씀은 천상(天上)의 소리로 들렸습니다.

31. 합동 진료

● **진료 회신서 1**

병명: 기타양극성 장애(F318)

진료 소견: (진찰 소견, 검사결과, 수술소견, 투약)

교수님 안녕하십니까? 교수님께 f/u 중인 분이 학회 영상(조울증 관련)을 보고 교수님 외래 사이에 경과관찰 및 응급조절을 위해 10월 23일 저희 병원을 방문하셨습니다. 첫 내원 당시에는 과수면 양상에 활동도 떨어져 있는 상황으로 투약 감량을 원하셨지만 최근 몇 주 상간에 수면 및 기분의 변동성이 커 과수면 상황이더라도 처방된 투약을 유지하도록 설명을 드렸습니다.

향후 치료계획: 10월 29일 금일 방문상으로는 과수면 상황은 지속되지만 면담상 이전에 비해 다소 고양된 기분이 보이고, 의욕도 증가되는 상황으로 보여 다시 증상 변동 가능성이 높아 보였습니다. 과수면 양상에 대해 쎄로겔 XR을 IR 제형으로 바꾸어 볼까도 고민했습니다만 과거 투약 경과를 지켜볼 때 약에 의한 과수면 가능성이라기보

다는 변동성에 따른 수면 변화로 보여 일단은 처방된 대로 유지하였습니다. 향후 교수님 진료 사이에 경과를 보면서 진료 회신서 형식으로 교수님께 경과를 말씀드리고 긴급한 경우에는 보조적 도움을 드리겠습니다. 감사합니다. 2020. 10. 29.

이 얼마나 감동적인 사건이 아니겠습니까?

이때를 생각하면 지금도 눈물이 납니다. 어떻게 그런 발상을 하셨는지! 정말로 이때도 **신의 한 수**였습니다. 정말로 고맙습니다. 정말로 고맙습니다. 천 번, 만 번을 더 외쳐댔습니다. 고맙습니다. 정말로 고맙습니다.
천군만마를 얻은 느낌이 바로 이런 것이었습니다.

그래서 2020년 10월 23일부터 2021년 5월 21일까지 대학병원에서 내준 처방전대로 약을 복용하면서 강남 병원에서는 상담을 받았습니다. 그리고 우여곡절은 있었지만, 대학병원 선생님과 강남 병원 선생님의 도움으로 유뎅이의 병증은 차츰차츰 호전되기 시작하였습니다. 아니, **눈으로 보일 정도로 호전되어갔습니다.**
그러나 정신질환은 내일을 장담할 수가 없는 병증이다 보니, 마냥 웃을 수만은 없었습니다. 선생님도 마찬가지이고, 보호자도 자랑하기에는 매우 신중해야만 했습니다.

유뎅이가 호전되는 모습도 보이고, 합동 진료도 7개월 이상 하였고, 강남 선생님에게도 자신감이 생기셨다는 느낌을 받았을 때, 이때 제가 이제는 강남 선생님께서 진료하시는 게 나을 것이라는 판단이 되어 여쭈어보게 되었습니다.

"이제는 선생님께서 우리 유뎅이를 치료해주시면 안 되겠습니까?"

대학병원은 솔직히 상담에 매우 어려운 점이 늘 존재하고 있었기 때문에 내심으로 '하루라도 빨리 강남 선생님이 진료하셨으면 좋을 텐데!' 하고 생각하고 있었습니다.

그런데 선생님께서 흔쾌히 진료 회신서를 써주면서 그렇게 해보자고 허락을 해주셨습니다. 그래서 대학병원 진료를 보게 되던 날 대학병원 선생님께 진료 회신서를 드리면서 "이제는 강남 병원에서 진료를 하면 안 되겠습니까?" 하고 물으니, 강남 선생님도 좋으신 분이니 치료를 잘해주실 것이라며 흔쾌히 허락을 해주셨습니다. 그래서 2021년 5월 21일에 강남 병원으로 전원하여 진료를 계속했습니다.

● 진료 회신서 2

진료 소견 : 교수님 안녕하십니까? 상기인은 교수님께서 외래진료를 지속하며 저희 쪽 외래를 병행해서 진료를 보시는 분입니다. 최근

까지 mood의 변화는 없으나 hypersomnia 지속되는 상황으로, 교수님께서 이전 진료에서 투약감량을 하셨고 4월 9일 저희 병원 외래를 방문하셨을 때 EPS 및 Akathesia 증상이 있어 indenol 12㎎ bid, proimer 2.5㎎ 처방해 투약하면서 해당 증상은 완화된 상황입니다. 수면 양상은 13시간 정도이나 중간에 깨기도 하는 등 이전보다는 나아진 모습입니다. 투약 부작용으로 galactorrhea, irregular mensration이 있고 부쩍 식욕이 증가한 상황입니다. 이전 진료시 lamictal을 12.5㎎ 처방해보았는데 입술 쪽으로 rash가 동반되어 3일째 중단 후 완화되었습니다. 교수님께서 보시기에 경과가 양호하다면 저희 쪽에서 2~3주 간격으로 진료를 보며 투약 조절을 하여 혹여라도 악화 시 재의뢰를 드리는 것도 생각해보았습니다. 교수님의 고견에 따르겠습니다. 2021. 4. 23.

한편으로는 보호자로서 두 병원의 인연을 놓고 싶지는 않았습니다. 만일 유뎅이가 혹여라도 악화되거나 무슨 일이 생기면 또다시 대학병원으로 바로 달려가야 하기 때문에 인연의 끈을 유지하고 싶었던 마음이었습니다.

그러던 2021년 9월 6일 강남 선생님께서 "와! 유뎅이가 많이 좋아졌는데! 아마 대학병원 선생님이 보시면 깜짝 놀라시겠는데!"라며 좋아하셨습니다. 얼마나 고마운 말씀인지! 그보다 더 좋은 말은 없을 것입니다.

선생님께서 하시는 말씀은 천상(天上)의 소리로 들렸습니다.

이런 와중에 강남 선생님께 유뎅이 정신질환 이야기(이제는 말할 수 있다)라는 글을 쓰게 되었습니다.

32. 유뎅이 정신질환과 큐로겔정 이야기

이제는 말할 수 있다.

우리 유뎅이가 대학(전시 디자인학과) 졸업 전 교수님의 추천으로 회사에 입사하게 되어 2020년 2월 3일부터 출근하게 되었습니다. 그런데 상사의 갑질을 견뎌내지 못하고, 동년 동월 17일경 갑자기 정신질환이 발병하게 되었습니다. 그래서 경찰관 입회하에 H 대학병원 응급실로 실려가게 되었습니다.

당시에는 정신질환에 대하여 아는 것이 하나도 없었습니다. 그저 단순하게 '병원에 가서 치료받으면 낫겠지! 입원하면 더 잘 치료가 되겠지!' 하는 일반적인 생각만을 하였습니다. 아니! 다른 생각은 할 수도 없었습니다.

그러다 병증이 악화가 되어 서울 M 병원에서 동년 3월 16일부터 입원 치료를 받게 되었는데, 동년 5월 26일까지 2회에 걸쳐 69일간의 입원 치료와 6월 21일까지 통원 치료를 받게 되었습니다.

그런데 동년 5월 18일경 경과가 좋은 것 같고 유뎅이가 너무 보고 싶기도 하고, 이제는 집에서 충분히 요양할 수 있다는 자신감도 있고 해서, 주치의와 동년 6월에는 퇴원을 생각해보자고 논의하였습니다. 그런데 갑자기 5월 20일경 주치의한테서 전화가 왔는데, 유뎅이가 악화가 되어 퇴원은 잠시 보류해야 한다고 알려왔습니다. 정말로 청천벽력같은 소리를 하였습니다.

그러나 저는 앞서 밝힌 것처럼 유뎅이가 최고로 악화된 상태였지만 퇴원하기로 결정을 하였고, 동년 5월 26일 퇴원을 시켰습니다. 주치의 및 간호사 등은 악화된 상태만은 진정시키고 퇴원을 시키자고 말렸지만, 이미 신뢰도는 금이 간 상태였습니다(신뢰에 금이 간 상황이 여러 번 있었음).

퇴원 당시 집으로 돌아온 유뎅이의 모습은 1차 퇴원 당시보다 더 위중하였으며 **반송장이나 다를 바 없었습니다.**

참으로 기가 막혔습니다.

그래서 이때부터 정신질환에 대하여 공부를 하고, 유뎅이의 **관찰기록**을 작성해가면서 유뎅이를 집에서 요양시키게 되었습니다.

그런데 퇴원 4일 후인 동년 5월 30일 제가 퇴근하고 왔는데, 유뎅이 엄마가 이상한 말을 하는 것이었습니다. "유뎅이가 약만 먹으면 참으로 이상해져! 아침 약 먹고 2시간, 저녁 약 먹고 2시간이 지나면 유뎅이가 이상해진다!" 하는 것이었습니다. 그래서 꼼꼼히 살펴보니 맞는 말 같았습니다.

저는 주치의와는 상의할 시간도 없이, 아니 신뢰가 깨졌기 때문에 이야기하기가 더욱 싫었습니다. 또한 선입견으로 의사로서 자존심 같은 게 있어, 일반인의 생각은 종종 무시하는 경우가 많았기 때문이기도 합니다.

그래서 곰곰이 생각해보니, 일반인이 의학적 지식도 없이 처방 약을 변경하는 것은 무리였습니다. 또한 갑자기 다른 병원으로 전원하는 것은 더욱 힘들다는 것을 짐작할 수가 있었습니다. 단지 처방 약을 전부 반으로 줄여 복용해보자고 유뎅이 엄마와 상의를 하고, 전원은 천천히 추진하기로 하고, 다음 날인 5월 31일 아침부터 유뎅이에 대하여 관찰 기록을 써가면서 복용하게 하였습니다.

그런데 신기하게도 병증이 눈에 띄게 호전되는 것이었습니다. 심지어 퇴원 3주 후 주치의에게 진료를 받으러 가게 되었는데, 유뎅이를 보고 무척 많이 좋아졌다고 하시더라구요. 저는 그 말 한마디를 듣기 위해 무척 많이 노력을 하였습니다. 그때도 주치의에게는 약을 줄여서 복용한다는 말은 하지 않았습니다. 이때까지도 주치의와는 신뢰가 쉽게 회복되질 않았습니다.

이때부터 약에 대하여, 병증에 대하여 더 '열공'하게 되었습니다.

2020년 5월 26일 2차 퇴원 당시 큐로겔정이란 약을 주치의가 1일 복용량 700㎎을 처방하였는데, 5월 31일 이후 모든 약을 반으로 줄여 복용할 당시 큐로겔정도 반으로 줄여서 300~400㎎을 복용시켰습니다.

큐로겔정을 증상에 따라 1일 150~400㎎을 복용하게 하였는데, 하루는 악화 주기도 아닌데 이상하게도 유뎅이가 많이 악화가 되었습니다. 그런데 알고 보니 큐로겔정을 200~300㎎을 복용하게 하였는데, 유뎅이 엄마가 실수로 6월 11일부터 13일까지 100㎎을 복용하게 한 것입니다. 이 상황 때문인지? 아니면 유뎅이 언니가 같은 날 16시경부터 23시까지 미용실에 데려가고, 쇼핑을 하는 등 과로 때문인지는 모르겠으나 악화 주기도 아닌데 유뎅이 상태가 매우 안 좋아 보였습니다. 그래서 깜짝 놀라 급하게 큐로겔정을 다시 250~300㎎으로 증량하여 복용케 하니 많이 호전되는 경험을 한 적이 있습니다.

그 복용 결과는 아래와 같습니다.

● **6월 9일 화요일(점심 약 미복용)**

※ 6월 8일 처방전 약 반으로 줄여 복용
※ 점심 약(리보0.5, 큐로50㎎, 페리1.5㎎)은 상황에 따라 복용

	아침	점심	저녁	1일 복용 총량
벤즈트로핀메실레이트정	0.5㎎		0㎎	0.5㎎
로라반정(향정)	0.5㎎		0.5㎎	1㎎
리보트릴정(향정)	0.5	0	0.5	1
큐로겔정	50㎎	0㎎	100㎎	150㎎

오르필 서방정			300㎎	300㎎
자이레핀정	5㎎		5㎎	10㎎
페리돌정	1.5㎎	0㎎	1.5㎎	3㎎

① 11:30 아침 약 복용

② 16:00 기상

③ 17:00 점심 약 복용

④ 24:30 취침

⑤ 상태 양호

● **6월 10일 수요일**(점심 약 미복용)

※ 6월 9일 약 복용

※ 점심 약(리보0.5, 큐로50㎎, 페리1.5㎎)은 상황에 따라 복용

① 11:20 아침 약 복용

② 15:20 기상

③ 18:30 저녁 약 복용

④ 24:00 취침

⑤ 의욕이 없고, 잠은 많이 자나 **상태 양호**

● 6월 11일~13일(점심 약 미복용)

※ 6월 9일 약에서 큐로겔정을 실수로 줄임

※ 점심 약(리보0.5, 큐로50㎎, 페리1.5㎎)은 상황에 따라 복용

	아침	점심	저녁	1일 복용 총량
벤즈트로핀메실레이트정	0.5㎎		0㎎	0.5㎎
로라반정(향정)	0.5㎎		0.5㎎	1㎎
리보트릴정(향정)	0.5	0	0.5	1
큐로겔정 (실수로 50㎎ 줄임)	50㎎	0㎎	50㎎	100㎎
오르필 서방정			300㎎	300㎎
자이레핀정	5㎎		5㎎	10㎎
페리돌정	1.5㎎	0㎎	1.5㎎	3㎎

① 실수로 큐로겔정 50㎎ 줄여 복용

② 09:45 아침 약 복용

③ 16:00 기상

④ 20:00 저녁 약 복용

⑤ 21:30~23:00 노래방

⑥ 01:00 취침

⑦ 잠은 많이 자나 상태는 양호함

● 6월 12일 금요일(점심 약 미복용)

※ 6월 11일 약 복용

※ 점심 약(리보0.5, 큐로50㎎, 페리1.5㎎)은 상황에 따라 복용

① 09:30 아침 약 복용

② 16:50 저녁 약 복용

③ 01:00 취침

④ 대체로 상태 양호

⑤ 실수로 큐로겔정 50㎎ 줄여 복용

● 6월 13일 토요일(점심 약 복용)

※ 6월 11일 약 복용

※ 점심 약(리보0.5, 큐로50㎎, 페리1.5㎎)은 상황에 따라 복용

① 09:25 아침 약 복용

② 17:20 저녁 약 복용

③ 18~23시 미용실 방문, 왕십리 방문, 용답동 산책

④ **14일 04:00 점심 약 복용 예정.** 잠을 못 이룸

⑤ 05:00경 취침

⑥ 상태는 양호하나 전 ③항으로 잠을 못 자는 것 같음

⑦ 큐로겔정 50㎎을 실수로 3일간 줄여 복용한 것이 불안정하고 기분을 들뜨게 만든 것 같음(추정)

● 6월 14일 일요일(점심 약 복용)

※ 큐로겔정, 페리돌정 추가(기분이 약하게 들뜸)
※ 점심 약(리보0.5, 큐로50㎎, 페리1.5㎎)은 상황에 따라 복용

	아침	점심	저녁	1일 복용 총량
벤즈트로핀메실레이트정	0.5㎎		0㎎	0.5㎎
로라반정(향정)	0.5㎎		0.5㎎	1㎎
리보트릴정(향정)	0.5	0.5	0.5	1.5
큐로겔정	100㎎	50㎎	150㎎	300㎎
오르필 서방정			300㎎	300㎎
자이레핀정	5㎎		5㎎	10㎎
페리돌정	1.5㎎	1.5㎎	2.5㎎	5.5㎎

① 새벽 4시에 점심 약 복용(잠을 못 잠)
② **기분이 들뜸.** 큐로겔정, 페리돌정 추가
③ 09:30 아침 약 복용(큐로겔정, 페리돌정 약간 추가 복용)
④ 14:30 점심 약 복용
⑤ 17:00 저녁 약 복용(큐로겔정, 페리돌정 약간 추가 복용)
⑥ 기분은 업(UP) 되어 있으나 전반적으로 안정적임
⑦ 큐로겔정 줄인 여파가 지속되는 것으로 보임(사견)

● 6월 15일 월요일(점심 약 복용)

※ 6월 14일 약에서 큐로겔 50㎎ 줄임

	아침	점심	저녁	1일 복용 총량
벤즈트로핀메실레이트정	0.5mg		0mg	0.5mg
로라반정(향정)	0.5mg		0.5mg	1mg
리보트릴정(향정)	0.5	0.5	0.5	1.5
큐로겔정	100mg	50mg	100mg	250mg
오르필 서방정			300mg	300mg
자이레핀정	5mg		5mg	10mg
페리돌정	1.5mg	1.5mg	2.5mg	5.5mg

① 저녁 약 큐로겔 50mg 줄임

② 09:20 아침 약 복용

③ 15:45 기상, 점심 약 복용

④ 17:30 M 병원 내원. 병이 많이 호전되었다고 함

⑤ 어제 증상이 많이 개선됨

⑥ 큐로겔정, 페리돌정 약간 추가 복용

⑦ 22:00 취침

⑧ **양호. 6월 12일 이전으로 정상을 되찾음**

그 후 악화 증상이 발현되면 특히 큐로겔정을 많게는 700mg까지 복용을 하게 하였고, 증상이 좋아지면 즉시 150~400mg으로 줄여 복용하게 하였습니다.

이런 경험은 2~3회가량 더 경험을 하였습니다. 그래서 큐로겔정에 대해서는 조금 알게 되었습니다(1일 복용량임).

즉, 유뎅이 병증의 경우 병증이 악화되었을 때는 복용약을 더 증량을 하여 병증을 다스려야 하나, 호전이 되면 복용량을 줄이지 않을 경우 약의 부작용이 병증보다 더 발생되므로 즉시 약을 줄여야 한다는 것을 깨닫게 되었습니다(개인관찰 결과).

그중에 큐로겔정은 우리 유뎅이한테는 잘 맞고, 매우 고마운 약인 것 같았습니다(사견).

그러면서 앞서 밝혔듯이 동년 6월 22일 1달간의 예약 후 대학병원으로 전원하기로 결심하기에 이르렀던 것입니다.

사실은 대학병원으로 전원하기 전에 M 병원에서 첫 번째로 유뎅이를 진료하신 선생님이 개업을 하시게 되어 그 병원으로 가려고 하였습니다.

왜냐하면 정신질환은 다른 질병과 달리 병원을 바꾸기가 매우 힘들다는 것을 잘 알기 때문에 시행착오를 줄이기 위해서 노력하였는데, **주치의가 바뀌게 되면 최소 3개월 이상을 관찰할 시간을 주어야 하는데, 그 시간이 너무나 소중하였기 때문에** 처음 진료를 하신 선생님이 더 유리하다고 판단을 하였기 때문입니다.

그런데 개업병원 의사는 **유뎅이가 M 병원 처방 약을 반으로 줄여 복용하니 증상이 호전되었다는 것과, 한 달에 한 번씩 악화 증상이 발현된다는 것과, 현재 진행되고 있는 증상 등을 소상히 적어 문서로 보여주었음에도 불구하고,** M 병원 처방 약과 유사하게 처방해주셨습니다. 그때 분명히 6월 22일 대학병원의 처방전도 보여드렸는데…. 그런데 아니나 다를까, 개업병원 처방 약 복용 후 바로 악화 증상이 예전 그대로 나타났습니다. 얼마나 어이가 없었던지!

그래서 미련 없이 대학병원으로 가게 되었습니다.

대학병원에서는 유뎅이 엄마가 M 병원 약을 반으로 줄여 복용시켰다고 인턴에게 말을 하였는데도 불구하고, 6월 22일 대학병원의 처방약은 제가 임의로 줄인 약보다 더 많이 줄여 처방해주셨습니다. 그래서 깜짝 놀라 처음 며칠간은 복용시키지 못하였습니다. 왜냐하면 이때 유뎅이가 악화 증상이 나타나기 시작하였기 때문입니다.

그런데 대학병원 처방 약은 M 병원 처방 약과 똑같은 종류인데 몇 가지는 빠졌고, 게다가 약의 양(量)도 줄어들었고, 새로운 약으로 리단정(600㎎) 한 알이 더 추가된 정도였습니다.

그러다 3, 4일 후 유뎅이 병증이 호전되는 것 같아서 제가 임의대로 줄인 M 병원 약에 더해 대학병원 처방 약 중에 리단정 300㎎만을 처음으로 같이 복용하게 하였는데, 그런데 그날 새벽 2시경부터 구토를 하게 되고, 속이 메슥거린다고 하면서 화장실을 5~6번 들락거렸습니다.

전에 없었던 새로운 증상이 나타났습니다.

그래서 즉시 리단정 300㎎ 복용을 중단하고, 제가 임의대로 줄인

M 병원 약을 계속하여 복용하게 하였습니다. 그래서인지 부작용 증상은 금세 사라졌습니다. 그리고 1주일 만인 6월 29일 대학병원에 가게 되었는데, 리단정 부작용 이야기를 들으시고는 리단정을 제외하여 처방을 해주셨습니다.

그리고 이후부터는 별다른 이상 증상이 발현되지 않는 한, 대학병원 약을 그대로 복용하게 하기로 마음먹었습니다.

왜냐하면 약을 줄여야 한다는 저의 판단과 맞았기 때문에 그리하였던 것입니다.

그 후 두세 번 더 시행착오가 있었는데, 그것은 2번에 거쳐 입원을 권유받는데 예약을 잡아놓고 기다리다 보면 병증이 호전되어 주치의가 취소하곤 하였습니다.

그런데 대학병원은 주치의와 상세한 상담이 매우 힘들고, 병증의 경과를 자세히 말할 수 없다는 어려움이 있었습니다. 그래서 그런지 호전될 때 진료하면 약을 줄여주시고, 악화될 때 진료받으면 약을 높여주고 하시는데, 문제점은 환자가 호전되어도 악화될 때 처방된 약을 그대로 복용할 수밖에 없었고, 또한 환자가 악화될 때도 줄어든 약을 그대로 복용해야 하는 문제점 등이 있었습니다.

그래서 매번 병원에 갈 때마다 편지를 적어 보내곤 하였습니다.

그리고 악화될 때 복용할 수 있게 비상약을 별도로 처방해달라고 요구한 적이 여러 번 있었습니다(몇 분에게 보냄).

이후 대학병원의 치료는 계속되었지만 악화 증상은 2020년 11월까지 지속적으로 1달에 한 번씩 찾아왔습니다.

● 퇴원 후 M 병원, 개업병원, 대학병원 처방전

	M 병원 (5/26)	임의 (5/31)	개업병원 (6/26)	대학병원 (6/22)
	1일 복용량			
벤즈트로핀메실레이트정	2mg	0.5mg	2mg	2mg
리보트릴정	3	1~1.5	3	1
큐로겔정(쎄로겔서방정)	700mg	150~700mg	400mg	150mg
자이레핀정(자이프렉사정)	20mg	10mg	20mg	15mg
페리돌정	15mg	3~4.5mg	6mg	0mg
로라반정	2mg	1mg	2mg	0mg
오르필 서방정	900mg	300mg	900mg	0mg
리단정(탄산리튬)				600mg

● 대학병원 6월 29일 처방전(리단정 뺌)

	아침	점심	저녁	1일 복용 총량
벤즈트로핀메실레이트정	0mg	0mg	2mg	2mg
리보트릴정(향정)	0.5	0	0.5	1
쎄로겔서방정	0mg	0mg	150mg	150mg
자이프렉사정	0mg	0mg	20mg	20mg
리단정	부작용 상담 후 리단정 제외			

33. 여덟 번째 찾아온 위기

나는 유뎅이의 병증에 대하여 공부를 하였습니다. 유튜브와 인터넷은 아주 고마운 선생님이었습니다. M 병원에서는 '조현 양상 장애'라고 확진을 하였고, 대학병원 전원 소견서에는 '상세 불명 조현'이라고 진단하였기 때문에 조현병으로만 알고 있었습니다.

그래서 유뎅이에게도 너의 병은 조현병이니 너의 친구 또는 친인척 등 주변의 지인에게는 속이지 말고 진실하게 이야기하라고 알려주었습니다.

왜냐하면 정신질환을 앓고 있으면서 상대방을 속이면 친구나 지인 등이 멀어지게 된다고 자주 말을 들어왔기 때문이었습니다. 그러다 보니 병이 심할 때는 불특정 다수에게도 "나는 조현병이에요" 하고 자랑하였습니다. 나는 깜짝 놀라 "아니! 유뎅아! 유뎅이가 아는 사람, 친한 사람, 친구 등에게 감추지 말고 말하라는 것이지! 불특정인 아무에게나 말하라는 것은 아니지!" 하고 말하니 이해하더라구요. 아마 그때부터는 많이 자제하는 모습을 보게 되었습니다. 그래서 그런지 유뎅이의 친구들은 유뎅이와 현재까지 잘 지내고 있습니다.

그리고 저도 '상세 불명 조현병'의 병증에 대하여 전혀 알지 못하였고, '정신병적 장애'나 '조현 양상 장애'나 '공황장애'나 '양극성 정동장애'나 '편집증'이나 '피해망상'이나 '조현 정동장애' 등 진료기록부나 심리검사 결과 평가서에 기록된, 유뎅이가 앓고 있는 병증에 대하여 문외한이었습니다.

어떻게 일반인이 알 수가 있을까요? 저 또한 전혀 알 수 없었습니다.

대학병원에서 진료를 할 때도 상담을 할 수가 없었던 점이 제일 아쉬웠습니다. 그리고 유뎅이가 한 달에 한 번씩 주기적으로 증상이 악화되는 이유를 알기 위해 노력을 많이 하였습니다. 그래서 인터넷에 올려 경험 있는 의사나 보호자, 환자 등에게 알아보려고 노력을 하였습니다. 그러나 대학병원과 강남 병원에서 합동 진료를 하던 중에 또 한 번의 위기가 찾아왔습니다.

여덟 번째로 유뎅이에게 악화 증상이 나타나기 시작하였는데, 대학병원에서는 데파코트서방정과 다른 약을 가미하여 처방을 해주셨습니다. 데파코트서방정은 유뎅이가 처음으로 복용하는 약이었습니다. 그런데 미묘하게 약의 부작용 증상이 나타나기 시작하였습니다.

이전에 2차 퇴원 당시 M 병원의 처방 약을 복용하면서 부작용 증상을 많이 경험하였기 때문에 이제는 약의 변화에 따른 부작용 증상을 빨리 인식할 수가 있었습니다. 그러나 대학병원에서는 예약시간 말고는 방문하여 문의하거나 진료받을 수가 없었고, 응급실로 가야만 하는 치료 구조였습니다.

그리고 절대로 대학병원 처방 약을 임의로 줄이거나 늘리지 말고 온전하게 처방전대로 복용시켜야 한다고 다짐을 하였었지만, 자식의 아픔 앞에서는 제 마음을 변경하지 않을 수가 없었습니다. 그래서 복용하는 약을 임의로 조절하지 않을 수가 없었습니다. 이때는 강남 병원과 대학병원에서 합동 진료를 하던 시기라서 그 경과를 강남 병원 선생님에게 문의의 글을 올리게 되었습니다.

34. 데파코트서방정 부작용

강남 선생님께

안녕하세요.

유뎅이의 병증은 지난 주(호전 시기)에는 경과가 매우 좋았습니다.

그런데 대학병원과 강남 병원과의 합동 진료 시기인 9월에 **악화 시기**가 여덟 번째로 찾아왔습니다. 그런데 대학병원 주치의께서는 잘 모르겠다고 하시면서 경과를 지켜보자고 하시었습니다. 그러면서 **데파코트서방정을 처음으로 처방해주셨습니다.**

이번에는 악화 시기가 10월 1일에 시작하여 10월 2일부터 비상약을 복용하였고, 대학병원에는 악화 시기인 10월 5일 방문하여 진찰한 후 처방전을 받았습니다.
그래서 저녁부터는 대학병원 처방전대로 복용하였습니다.

그런데 10월 6일 저녁 약을 복용하고, 새벽 3시경에 취침하여 4시에 기상(1시간 취침)하였는데, 전에 없던 증상(약 부작용으로 보임)이 발생이 되어, **다음 날(10월 7일)부터는 저녁 약 중에 데파코트서방정250㎎을 제외하고, 아침 약은 그대로 복용을 하였습니다.**

그래서였는지는 몰라도 다음 날 부작용 증상은 사라졌습니다.

이번 악화 증상은 10월 1일부터 약하게 보이기 시작하여, 10월 13일경까지 지속되었습니다. 그리고 10월 22일 현재는 호전(안정) 시기입니다.

악화 시기의 증상은 매번 비슷하게 나타나고 있었는데, 지금의 악화 증상은 조금 더 심한 것 같습니다. 이번 증상은 ① 잠을 거의 못 잔다(하루에 1시간에서 3시간 이상은 못 잔다) ② 기분이 들떠 있다 ③ 전화, SNS 등을 자주 한다 ④ 친구(남친), 지인 등을 많이 찾는다 ⑤ 보는 대로 사려고 한다 ⑥ 무엇이든 하려고 한다 ⑦ 짜증(화)을 잘 낸다 ⑧ 주의가 산만하다 ⑨ 말이 많아진다 ⑩ 덥다고 한다 ⑪ 큰 소리를 친다 ⑫ 자기 마음대로 생각한다 등등입니다.

또한 이번 악화 시기의 특징은 이성에 관심이 많아지고, 보는 대로 생각 없이 사려고 하고, 언어(말)가 업(UP)되어서 말하는 모습이 강하게 나타나고 있습니다.

그러나 이전과 달라진 점은, 지금은 유뎅이를 잘 이해시키면 자제하려고 노력을 합니다.

그리고 10월 12일부터 약하게 호전되는 느낌을 받았으며, 10월 13일에는 매우 양호해 보이고 호전되는 현상이 분명히 나타나고 있었습니다. 이때부터는 복용약을 조금이라도 줄이거나, 증상에 맞게 변경하면 좋을 것 같은데, 상기에서와 같이 저녁 약 데파코트서방정250㎎만 제외하고 처방전 그대로 복용을 하고 있습니다.

그런데 그날(10월 13일) 22:00경에 저녁 약을 복용하고 23:00경 취침을 하였는데, 02:00경에 기상을 하여 덥다고 괴로워하며, 고함을 몇 번 치다가 02:40경 취침을 하였습니다. 그리고 그날 11:00경에 기상을 하였습니다.

이러한 현상은 약하게 1~2일 전부터 전조 증상이 보였으며, 이것은 전형적인 약물 과용 증상으로 보입니다(악화 시기의 약물은 호전 시기에는 줄여 복용해야 함. 사견).

그래서 10월 14일에는 저녁 약 중에 쎄로켈정 100㎎을 추가로 빼고 복용하게 하였습니다. 아침 약은 그대로 복용하였습니다.

그래서였는지는 몰라도 약하게 들뜬 기분은 존재하나 1월 22일까지 호전 시기 또는 안정 시기가 지속되고 있습니다. 상태는 매우 양호합니다.

그리고 악화 시기에는 잠을 잘 못 잤는데, 지금은 잠을 잘 자고 있으며, 수면 시간이 점점 늘어나 18, 19, 20일은 17~18시간씩 잠을 자고 있습니다.

잠에 취한 것 같습니다. 그래도 기상 후에는 어눌하고 무기력한 증상은 안 보이며, 입 마름, 손 떨림 증상도 안 보이고, 유즙 증상만 미세하게 나타나고 있을 뿐, 상태는 양호하였습니다.

상기에서와 같이 유뎅이에게 악화 시기와 호전 시기가 반복해서 나타나는 현상은 M 병원 2차 퇴원(5월 26일) 이후 벌써 수차례 경험하고 있습니다.

그래서 앞으로 11월 1일경에 또다시 찾아올 악화 시기가 걱정될 뿐입니다.

따라서 유뎅이 병증의 경우 증상이 호전(우울증 또는 안정기)되고, 악화(조증)되는 경과에 따라 복용약을 조절해야만 합니다.

결과적으로 우리 딸은 지금까지 악화 시기의 약(藥)을 호전 시기에 복용하면 약의 부작용(副作用)이 올라오고, 호전 시기의 약(藥)을 악화 시기에 복용하면 증상의 개선이 늦어지고 많이 힘들어합니다. 또한 유뎅이는 상기에서 보듯이 일정량 이상 **약물(藥物)을 과용(過用)하면 부작용 증상이 금방 나타납니다.** 그래서 증상의 경과에 따라 복용하는 약을 가감(加減)할 수 있도록 **비상약**이 필요했던 것입니다.

이에 비상약의 처방에 대하여 어떻게 생각하시는지요?

제 짧은 소견으로는 악화 시기에는 약을 좀 더 복용하고, 호전 시기에는 약을 줄이거나 증상의 경과에 따라 조절하여 복용하는 것이 맞다고 여겨집니다(사견).

따라서 앞으로는 유뎅이가 복용하는 약을 악화 시기와 호전 시기를 구분해서 약을 따로따로 처방해주시면 안 되나요? 왜냐하면 우리 딸의 경우 호전 시기와 악화 시기의 구분이 예상되기 때문입니다.

또한 유뎅이 체질에 맞게 복용하는 약의 양(量)도 신중하게 판단을 해야만 할 것 같습니다(사견, 약물 과용으로 보이는 증상이 여러 번 있었음).

아니면 비상약을 처방해주시어, 증상의 변화에 따라 보호자가 일정 한도 내(內)에서 가감(加減)할 수 있도록 조치해주시면 안 되나요?

부디 참조하시어 진료에 차질이 없으시기를 바랍니다.

감사합니다. 2020. 10. 21.

다음 내용은 약물(데파코트서방정) 과용에 따른 부작용 증상에 대한 것입니다.

● 10월 5일 월요일

※ 10월 5일 대학병원 처방전(질병분류기호 F31.9 G93.9)

	아침	점심	저녁	1일 복용 총량
벤즈트로핀메실레이트정	0	0	2mg	2mg
리보트릴정(향정)	0	0	0.5mg	0.5mg
쎄로겔정	0	0	100mg	100mg
쎄로겔서방정	0	0	50mg	50mg
테파올란자핀정15mg	0	0	15mg	15mg
자이프렉사정	0	0	5mg	5mg
데파코트서방정	250mg		250mg	500mg
쎄로겔정(비상약)	0	0	100mg	100mg

① 05:00 취침, 07:50 기상(2시간 50분 취침). 악화 시기에 방문

② 대학병원 외래 진료. 데파코트서방정 추가, 쎄로겔정200mg 추가

③ 악화 증상 최고조 지속(이하 조증으로 보임)

④ 잠을 못 잠(하루에 1시에서 3시간 이상은 못 잔다)

⑤ 기분이 들떠 있음

⑥ 전화, SNS 등을 자주 함

⑦ 친구, 지인 등을 많이 찾음

⑧ 보는 대로 사려고 함

⑨ 무엇이든 하려고 함

⑩ 짜증을 잘 냄

⑪ 주의가 산만함

⑫ 말이 많아짐

⑬ 덥다고 함

⑭ 큰 소리를 침

⑮ 자기 마음대로 생각함

⑯ 저녁 10월 5일 대학병원 처방전 복용

● 10월 6일 화요일

※ 10월 5일 대학 처방전 복용(저녁 약 데파코트서방정 복용)

① 02:00 취침, 11:30 기상(9시간 30분 취침)

② 12:00 아침 약 10월 05일 대학병원 처방전 복용

③ 몸이 떨리고 머리가 아프다고 호소. 식사를 여러 번 하는 모습을 보임

④ 저녁 약 **쎄로겔정 100㎎ 빼고 복용**. 4~5시간 후 고통 호소

⑤ 식사를 여러 번 하는 모습을 보임. 코가 마름. **복통 호소**

⑥ 악화 증상 최고조 지속(데파코트서방정 부작용 의심. 경계)

● 10월 7일 수요일

※ 10월 5일 대학병원 처방전 복용(저녁 약 데파코트서방정 제외)

① 03:00 취침, 04:00 기상(1시간 취침). 복통 호소

② 새벽에 일어나 무섭다고 함

③ 아빠 출근하지 말라고 함

④ 불안정한 모습을 보임

⑤ 얼굴이 창백함

⑥ 입원하고 싶다고 함

⑦ 냉이 많이 나오고 식초 냄새가 난다고 함

⑧ 머리가 아프다고 함

⑨ 속이 안 좋다고 함

⑩ **평소에 없었던 증상이 나타남.** 약물(데파코트서방정) 과용 의심

⑪ 09:00 아침 약 + **쎄로켈정100㎎ 복용**

⑫ 저녁 약 데파코트서방정 250㎎ 부작용 의심. 저녁에 빼고 복용함

⑬ **내일 아침 약은 데파코트서방정 250㎎은 그대로 복용 예정**

⑭ 상기와 같은 경우 병원 방문이 제한되고, 의사에게 못 가는 것이 매우 불편함

● **10월 8일 목요일**

※ 10월 5일 대학병원 처방전 복용(저녁 약 데파코트서방정 제외)

① 데파코트서방정 부작용 의심. 저녁에 빼고 복용하기로 함

② 아침 약(데파코트서방정250㎎ 포함)은 그대로 복용

③ 저녁 약 데파코트서방정250㎎ 빼고 복용

④ 12:30 취침, 06:00 기상. 08:30 취침, 11:00 기상(9시간 취침)

⑤ 치과 다녀옴. 들뜸 증상이 있음

⑥ **전날의 ①~⑨항의 불안 증상이 개선됨**

⑦ 아직은 약간의 조증 증상이 있음

● 유뎅이 9월말~10월초 악화 시기의 증상

※ 9월 14일 대학병원 처방전

	아침	점심	저녁	1일 복용 총량
벤즈트로핀메실레이트정	0	0	2mg	2mg
리보트릴정(향정)	0	0	0.5mg	0.5mg
쎄로겔정	0	0	100mg	100mg
테파올란자핀정15mg	0	0	15mg	15mg
자이프렉사정	0	0	2.5mg	2.5mg
쎄로겔정(비상약)	0	0	100mg	100mg

9월 21일 월요일부터 27일 일요일까지 경과		
※ 9월 14일 대학병원 처방전 복용, 비상약은 복용하지 않음		
9/21(월)	01:30 취침, 17:00 기상(16시간 취침)	기상 후 매우 맑음
9/22(화)	03:00 취침, 16:30 기상(13시간 취침)	기상 후 매우 맑음
9/23(수)	02:00 취침, 17:00 기상(15시간 취침)	기상 후 매우 맑음
9/24(목)	02:00 취침, 16:00 기상(14시간 취침)	기상 후 매우 맑음. 9월 24일 목요일까지 아직 악화 시기(활성기) 증상 못 느낌

9/25(금)	22:00 취침, 14:15 기상(16시간 취침)	국립정신건강센터 방문. 낮 병원 관련 문의. 유뎅이와 같은 증상이 조울증 환자에게서 나타나는 경우가 있다고 함. 낮 병원 소개. 매우 친절하고 자상함
9/26(토)	02:30 취침, 16:30 기상(14시간 취침)	기상 후 매우 맑음
9/27(일)	02:30 취침, 16:30 기상(14시간 취침)	기상 후 매우 맑음

① 악화 시기 증상은 안 보임. 손 떨림, 입 마름 증상 없음

② 유즙 증상은 약하게 있음

③ 수면은 많이 취하나 기상 후 상태가 매우 좋음. 어눌하고 무기력한 모습 안 보임

④ 전반적으로 매우 정상적이고, 불안한 증상이 안 보임

⑤ 9월 27일 현재까지 악화 시기의 증상이 안 나타남

9월 28일 월요일부터 10월 4일 일요일까지 경과 ※ 9월 14일 대학병원 처방전 복용		
9/28(월)	03:00 취침, 16:00 기상(13시간 취침)	기상 후 매우 맑음
9/29(화)	04:00 취침, 17:00 기상(13시간 취침)	기상 후 매우 맑음
9/30(수)	01:00 취침, 13:00 기상(14시간 취침)	기상 후 매우 맑음. 저스트 댄스 방문
10/1(목)	01:30 취침, 12:40 기상(11시간 취침)	약하게 들뜸
10/2(금)	04:30 취침, 15:30 기상(11시간 취침)	약하게 들뜸. 추석, 할머니네 다녀옴. 건대 친구 만남. 비상약 복용
10/3(토)	04:00 취침, 09:30 기상(10시간 취침)	비상약 복용
10/4(일)	03:00 취침, 07:00 기상(4시간 취침)	화담 숲 다녀옴. 고모와 점심. 친구(오빠) 방문. 비상약 복용

● 10월 5일 월요일

※ 대학병원 처방전(질병분류기호 F31.9 G93.9)

	아침	점심	저녁	1일 복용 총량
벤즈트로핀메실레이트정	O	O	2mg	2mg
리보트릴정(향정)	O	O	0.5mg	0.5mg
쎄로겔서방정	O	O	50mg	50mg
쎄로겔정	O	O	100mg	100mg
테파올란자핀정15mg	O	O	15mg	15mg
자이프렉사정	O	O	5mg	5mg
데파코트서방정	250mg		250mg	500mg
쎄로겔정(비상약)	O	O	100mg	100mg

① 05:00 취침, 07:50 기상(2시간 50분 취침). 악화 시기에 방문

② 대학병원 외래 진료. 데파코트서방정 추가, **쎄로겔정100mg 추가**

③ 악화 증상 최고조 지속

④ 저녁 10월 5일 대학병원 처방전 복용

● 10월 6일 화요일

※ 10월 5일 대학병원 처방전 복용(저녁 약 데파코트서방정 복용)

① 02:00 취침, 11:30 기상(9시간 30분 취침)

② 12:00 아침 약 10월 5일 대학병원 처방전 복용

③ 몸이 떨리고 머리가 아프다고 호소. 식사를 여러 번 하는 모습을 보임

④ 저녁 약 쎄로겔정100mg 빼고 복용 4~5시간 후 고통 호소

⑤ 식사를 여러 번 하는 모습을 보임. 코가 마름. 복통 호소

⑥ 악화 증상 최고조 지속(데파코트서방정 부작용 의심. 경계)

● 10월 7일 수요일

※ 10월 5일 대학병원 처방전 복용(저녁 약 데파코트서방정 제외)

① 03:00 취침, 04:00기상(1시간 취침). 복통 호소

② 새벽에 일어나 무섭다고 함. 아빠 출근하지 말라고 함

③ 불안정한 모습을 보임. 얼굴이 창백함. 입원하고 싶다고 함

④ 냉이 많이 나오고 식초 냄새가 난다고 함. 머리가 아프다고 함

⑤ 속이 안 좋다고 함. 평소에 없었던 증상이 나타남. 데파코트서방
정 의심

⑥ 09:00 아침 약은 쎄로겔정100mg 복용

⑦ 저녁 약 데파코트서방정 250mg 부작용 의심. 저녁에 빼고 복용함

⑧ 내일 아침에는 데파코트서방정 250mg은 그대로 복용 예정

⑨ 상황이 이러한 경우 대학병원은 방문이 제한되고, 의사에게 못
가는 것이 매우 불편함

● 10월 8일 목요일

※ 10월 5일 대학병원 처방전 복용(저녁 약 데파코트서방정 제외)
① 데파코트서방정 부작용 의심. 저녁에 빼고 복용하기로 함
② 아침 약 데파코트서방정 250㎎은 그대로 복용
③ 저녁 약 데파코트서방정 250㎎ 빼고 복용
④ 12:30 취침, 06:00 기상. 08:30 취침, 11:00 기상(9시간 취침)
⑤ 치과 다녀옴. 들뜸 증상이 있음
⑥ 전날의 불안 증상이 개선됨
⑦ 아직은 약간의 '악화(조증) 증상'이 있음

● 10월 13일 화요일

※ **약물 부작용 증상**(쎄로겔정 추정, 순수 개인적 생각임)
※ 10월 5일 대학병원 처방전 복용(저녁 약 데파코트서방정 제외)
① 12:30 취침, 03:30 기상
② 09:00 취침, 10:30 기상(총 5시간 30분 취침)
③ 미용실 다녀옴
④ 볼링 2게임 운동
⑤ 필라테스는 좀 더 지켜보고 하기로 함
⑥ **상태가 양호해지고 있음**(호전 현상 보임)

⑦ 아침, 저녁 약 복용(비티민은 계속 복용)

⑧ 악화 시기의 특징으로 덥다고 함. 안 좋은 꿈을 꿈

⑨ 22:00 저녁 약 복용

⑩ 02:00 기상. 덥다고 괴로워함. 고함 지름. 상태가 호전됨에 따라
약 과용 의심

● **10월 14일 수요일**

※ 10월 5일 대학병원 처방전 복용(저녁 약 데파코트서방정 제외)
※ 쎄로겔정 100㎎ 줄임

	아침	점심	저녁	1일 복용 총량
벤즈트로핀메실레이트정	0	0	2㎎	2㎎
리보트릴정(향정)	0	0	0.5㎎	0.5㎎
쎄로겔서방정	0	0	50㎎	50㎎
쎄로겔정	0	0	100㎎	100㎎
테파올란자핀정15㎎	0	0	15㎎	15㎎
자이프렉사정	0	0	5㎎	5㎎
데파코트서방정	250㎎	0	0	250㎎

① 11:00 취침, 02:00 기상. 02:30 취침, 10:40 기상(12시간 취침)

② 더워서 기상. 덥다고 괴로워함. 상태가 호전됨에 따라 복용약 과
용 의심

③ 쎄로겔정 100㎎ 줄여 복용 고심, 복용(200㎎에서 100㎎으로)

④ 나머지 저녁 약 반(1/2)으로 줄여 복용 고심, 그냥 복용

⑤ 기분이 들떠 있음(조증 증상이 강함)
⑥ 카페 가기, PC방 방문
⑦ 상태는 매우 좋음

● **10월 15일 목요일**

※ 10월 5일 대학병원 처방전 복용(저녁 약 데파코트서방정 제외)
※ 쎄로겔정 100㎎ 줄임
① 02:30 취침, 10:00 기상(7시간 30분 취침)
② 증상이 호전됨에 따라 10월 14일 약 복용
③ 약하게 들뜬 기분은 있으나 상태는 매우 양호
④ 치과 다녀옴. S 내과 독감주사 맞음
⑤ 동대문 비드 사러 다녀옴(피곤하다고 함)
⑥ 상태는 매우 좋음(약 복용은 전날과 같음)

● **10월 16일 금요일**

※ 10월 5일 대학병원 처방전 복용(저녁 약 데파코트서방정 제외)
※ 쎄로겔정 100㎎ 줄임
① 21:00 취침, 10:00 기상(13시간 취침)

② 국립정신건강센터 소개 낮 병원 방문 상담

③ 조증 의심. 성격이 난폭해지는 경향을 보임. 사소한 일에 짜증을 자주 냄. 욕설을 함. 고함을 지름. 사업을 한다고 떠벌림. 명함을 돌리는 등의 증상이 이전에는 약하게 있었는데, 현재 강함. 조증 증상이 많이 보임

④ 그래도 상태는 양호(약 복용은 전날과 같음)

● 10월 17일 토요일

※ 10월 5일 대학병원 처방전 복용(저녁 약 데파코트서방정 제외)

※ 쎄로겔정 100㎎ 줄임

① 01:40 취침, 11:00 기상(9시간 취침)

② 외대 과외선생님 만남. 피곤함 몰려옴

③ 오랜만에 낮잠을 잠. 15:20 취침, 18:00 기상(3시간 취침)

④ 손톱 관리 받음(답십리)

⑤ 상태는 매우 좋음

⑥ 약은 정상적으로 복용

● 유뎅이 10월 15일 전후 호전(안정) 시기 상황

① 10월 12일부터 호전 현상 미세하게 보임

② 10월 13일부터 호전 현상이 분명히 나타남

③ 10월 14일부터 저녁 약 쎄로겔정 100㎎ 줄임(약물 부작용 의심)

④ 10월 15일부터 약하게 들뜬 기분은 있으나 상태는 매우 양호

⑤ 10월 16일부터 약하게 들뜬 기분은 있으나 상태는 매우 양호

⑥ 10월 17일부터 저녁 약 쎄로겔정 100㎎ 줄임

● **10월 18일 일요일**

※ 10월 5일 대학병원 처방전 복용(저녁 약 데파코트서방정 제외)

※ 쎄로겔정 100㎎ 줄임

① 22:00 취침, 11:00 기상(13시간 취침)

② 10월 16일의 ③항 조증 증상이 안 보임

③ 약은 정상적으로 복용

④ **수면 시간이 점차 늘어나고 있음**

⑤ 상태는 매우 좋음(기상 후 어눌함 증상 없음)

⑥ 악화 시기의 증상은 줄어드는 현상을 보임

● 10월 19일 월요일

※ 10월 5일 대학병원 처방전 복용(저녁 약 데파코트서방정 제외)
※ 저녁 약 쎄로겔정 100㎎ 줄임
① 01:30 취침, 13:00 기상 후 식사
② 13:30 취침, 18:00 기상(총 16시간 취침)
③ 약은 정상적으로 복용
④ **수면 시간이 점차 늘어나고 있음**
⑤ 기상 후 상태 양호(어눌한 증상이 없음)
⑥ 악화 시기의 증상이 현저히 줄어들어 보임
⑦ **입 마름. 손 떨림 증상 안 보임. 유즙 증상은 미세함**

● 10월 20일 화요일

※ 10월 5일 대학병원 처방전 복용(저녁 약 데파코트서방정 제외)
※ 저녁 약 쎄로겔정 100㎎ 줄임
① 20:30 취침, 14:00 기상. 15:10 낮잠, 16:10 기상(총 18시간 취침)
② 상태는 매우 좋으나, 잠만 자려고 함
③ 성동구 건강센터 선생님 방문 상담
④ **수면 시간이 점차 늘어나고 있음(잠만 자려고 함)**
⑤ 약은 정상적으로 복용

⑥ 잠은 오래 자나, 상태는 매우 좋음(예전과 다르게 어눌한 증상 없음)

⑦ 악화 시기의 증상은 현저히 줄어듦

⑧ **아빠와의 상담 결과 입 마름, 손 떨림 증상 안 보이고, 유즙 증상은 미세하다고 함**

● 10월 21일 수요일

※ 10월 21일 대학병원 진료 처방전

	아침	점심	저녁	1일 복용 총량
벤즈트로핀메실레이트정	0	0	2mg	2mg
리보트릴정(향정)	0	0	0.5mg	0.5mg
쎄로겔서방정	0	0	50mg	50mg
쎄로겔정	0	0	100mg	100mg
테파올란자핀정15mg	0	0	15mg	15mg
자이프렉사정	0	0	5mg	5mg
데파코트서방정	250mg	0	0	250mg
데파코트스프링클캡슐	125mg	0	125mg	250mg
쎄로겔정(비상약)	0	0	100mg	100mg

① 01:00 취침, 13:00 기상(12시간 취침. 대학병원 진찰 관련 힘들게 일어남)

② 대학병원 외래 방문(진찰) 처방전 받음

③ 아침 약 데파코트스프링클캡슐 125mg 추가 처방

④ 저녁 약 **쎄로겔정(비상약) 100mg 빼고 처방전대로 복용**

⑤ PC방 1시간 다녀옴

⑥ 22:00경 친구 만남

⑦ 01:00경 취침, 약하게 병증은 존재하나 전반적으로 상태는 매우
양호

● **10월 22일 목요일**

※ 10월 21일 대학병원 처방전 복용
① 01:00 취침, 17:00 기상(17시간 취침)
② 수면에 취해 못 일어남(약물 과용 의심). **아침 약 복용. 16:00 성동
정신건강센터 방문 취소**
③ 20:00경 친구 만남(성신여대)
④ 저녁 약 **쎄로겔정(비상약) 100mg 빼고 처방전대로 복용**
⑤ 활성비타민(엽산 포함) 계속 복용 중
⑥ 상태 양호. 호전기라 약을 조금 줄였으면 좋을 것 같음
⑦ 잠을 많이 자려고 함

그래서 증상이 개선되는 듯하였습니다.

**저는 이때부터 약의 줄임과 늘임에 대하여 확고한 제 생각을 다시
한번 되돌아보게 되었습니다.**

35. 강남 선생님에게 쓴 편지 3, 4

10월 23일 강남 병원에서 상담 진료를 받았는데 그때 선생님에게 올린 글입니다.

● **강남 선생님께 세 번째 편지**

안녕하세요.

유뎅이가 10월 23일 선생님과 상담 후에 매우 만족하고 있습니다.

그리고 집에 오는 길에 "선생님에게 명함을 왜 안 주었느냐?" 물으니 웃더라구요. 그래서 "유뎅이도 민망했구나!" 물으니, 그렇다고 합니다.

유뎅이가 며칠 전(악화 시기)까지만 해도 자기는 사업을 할 것이라며 명함을 만들었는데, 보는 사람마다 주곤 했습니다. 이렇듯 호전기에 는 잠은 비록 많이 자나 정신은 매우 건강합니다.

아래 사항은 6일간의 요양 일지입니다.

10월 24일 토요일

※ 10월 21일 대학병원 처방전 복용
① 21:30 취침, 18:00 기상(21시간 취침). 15:00 기상 약 복용
② 기상 후 계속 자려고만 함. 그러나 정신은 맑음
③ 아침 약, 저녁 약 복용. 개인적으로 활성비타민(엽산 포함) 복용
④ 잠을 많이 자고 있음
⑤ 상태는 매우 양호함

10/25(일)	01:00 취침, 17:30 기상(17시간 취침)	상동
10/26(월)	01:30 취침, 19:00 기상(16시간 취침)	상동
10/27(화)	02:00 취침, 18:00 기상(16시간 취침)	상동
10/28(수)	02:00 취침, 19:00 기상(17시간 취침)	상동

이번 일주일간은 상기에서 보듯이 매우 양호하게 지내고 있습니다.

진료에 참고하시기 바랍니다.

감사합니다. 2020. 10. 28.

대학병원으로 전원한 지 약 5개월가량 되었을 때인 2020년 11월 2일 대학병원에서 진료를 보게 되었는데, 대학 선생님께서 이제까지 써온 편지를 다 달라고 하셨습니다. 저는 이때 쾌재를 불렀습니다. '됐다! 됐어! 이제 선생님께서 우리 유뎅이의 병증을 제대로 파악하시겠구나! 이젠 됐어!' 안도의 한숨을 내쉬게 되었습니다. 드디어 선생님께서 편지도 다 읽어주시고, 심지어 검토해보겠다고 다 놓고 가라고까지 하셨습니다. 너무나 고마운 말씀을 해주셔서 얼마나 감사한지 모릅니다.

당시의 편지 내용입니다.

● **강남 선생님께 네 번째 편지**

안녕하세요.

우리 유뎅이가 11월 2일 대학병원에 다녀왔습니다.

선생님 덕분에 대학병원 선생님께서 아주 좋은 말씀을 많이 해주셨습니다.

편지도 다 읽어주시고, 심지어 검토해보겠다고 놓고 가라고까지 하셨습니다.

너무나 고마운 말씀을 해주셔서 얼마나 감사한지 모릅니다.

대학병원의 처방전은 아래와 같습니다.

※ 2020년 11월 2일 처방전

	아침	점심	저녁	1일 복용 총량
벤즈트로핀메실레이트정	0	0	2mg	2mg
리보트릴정(향정)	0	0	0.5mg	0.5mg
쎄로겔정	0	0	200mg	200mg
쎄로겔정	0	0	100mg	100mg
테파올란자핀정15mg	0	0	15mg	15mg
자이프렉사정	0	0	10mg	10mg
데파코트서방정	250mg	0	0	250mg
데파코트스프링클캡슐	125mg	0	125mg	250mg

유뎅이의 경과는 11월 4일 현재까지 변화 없이 잠을 16시간 정도 자고 있으며, 기상 후에는 정신이 맑습니다. 그리고 아직까지는 악화 증상은 보이지 않고 있습니다.

그런데 상기 약 중에 쎄로겔정 100mg을 빼고 복용하고 있습니다. 왜냐하면 10월 13일에 쎄로겔정 200mg과 서방정 50mg을 복용하였는데, 부작용이 의심되는 증상이 갑자기 나타나 쎄로겔정 100mg으로 줄여 복용케 하니 증상이 다음 날 사라졌습니다.

그 후로는 쎄로겔정 100mg과 서방정 50mg을 계속적으로 복용하였습니다. 그런데 이번 11월 2일 처방 약은 쎄로겔서방정은 빠지고 쎄로겔정 200mg, 100mg으로 처방되었는데, 기우(杞憂)이겠지만 걱정이 되어 임의로 쎄로켈정 100㎎을 빼고 200㎎만 복용하게 한 것입니다.

그리고 현재는 잠을 많이 자는 상태라 복용약을 늘려야 하는지도 의문이 듭니다. 저의 미련한 생각으로는 상태가 불안정할 경우가 나타날 때는 쎄로켈정을 50㎎씩 차차로 늘려보려고 합니다.

선생님의 견해는 어떠하신지요?

나머지 약은 처방전대로 복용을 시키고 있습니다.

감사합니다.

2020. 11. 4. 유뎅이 아빠 올림

36. 가슴이 답답한 증상 발현

강남 병원으로 2020년 10월 23일 첫 방문 이후 대학병원과 합동으로 진료를 보았습니다. 대학병원에서 처방을 내어주시면, 그 경과에 대해 강남 병원 선생님께서 상담을 해주시는 형태였습니다. 강남 선생님의 배려가 없었다면 아마 우리 유뎅이의 병증은 더 오래도록 치료를 해야만 했을 것입니다.

또한 유뎅이도 만족감을 표시하고는 예약 날에는 하루도 빠짐없이 열심히 내원하여 진찰을 받았습니다. 만일 우리 유뎅이가 불만족하였다면, 대학병원이건 강남 병원이건 방문하려 하지 않았을 텐데, 그래도 흔쾌히 망설임 없이 진료를 잘 받았습니다.

그만큼 우리 유뎅이가 만족할 만한 치료를 해주셨습니다.

대학병원은 우리나라에서 최고의 권위를 자랑하는 병원이고, 강남 병원은 비록 작은 개인병원이지만 정신질환을 치료하는 데 있어 정확하고 뚜렷하고 확실한 마인드(mind)를 가지고 계신 선생님이셨습니다. 저는 그렇게 느꼈습니다.

그러니 초진은 1시간, 재진은 30분을 할애해 주는 것은 정신 관련 병이기 때문에 무엇보다도 환자를 자세히 관찰해야만 진단을 할 수 있다는 것을 깨우친 선생님으로서 몸소 실천하고 계시며, 정신질환에 대한 이해의 폭이 넓은 선생님이셨습니다. 또 한 사람 한 사람이 다 소중하다고 여기는 선생님으로서 환자를 모두 사랑하시는 것으로 느꼈습니다. 그리고 지금(2021년 3월 29일)까지 우여곡절은 있었지만, 유뎅이의 병증은 많이 호전(好轉)되어가는 것만은 사실입니다.

그러다 2021년 3월 29일 대학병원 주치의께서 유뎅이가 많이 호전되었다고 판단을 하시었는지 명인벤즈트로핀메실레이트2㎎과 **쎄로겔정50㎎을 빼고** 처방을 해주었는데, 한편으로는 좋으면서도 무척이나 당황스럽고, 불안감을 멈출 수가 없었습니다.

왜냐하면 **쎄로겔정(큐로겔정)**은 앞서 살펴보았듯이 우리 유뎅이 병증에는 매우 고마운 약이였기 때문입니다(사견).

그런데 그동안 유뎅이가 약도 잘 먹고, 병증이 많이 호전되어 무난히 견뎌왔는데, 2021년 3월 28일경부터 자가용을 타면 가슴이 조금 답답하다고 하였습니다. 그러나 2021년 3월 29일 대학병원 진료 시에는 증상이 경미하여 병증이라고 생각할 수가 없었기 때문에 대학병원 선생님에게는 이야기를 하지 못하였습니다.

그러다 동년 4월 9일경 자가용을 타고 드라이브를 하는데 갑자기 유뎅이가 가슴이 심하게 답답하다고 또 호소를 하였습니다. 그래서 강남 병원 방문일이 도래된 날에 증상이 악화되었기 때문에 긴급으로 동년 4월 9일 강남 병원에서 처방 약을 주셔서 복용을 하였는데, 복용 후 4일이 지난 4월 13일 아침 기상 후 얼굴을 보니 입술이 붓고, 물집이 잡히더니, 저녁부터는 악화(조증)증상이 약하게 보이고 있었습니다.

이전에는 자가용을 타고 할머니네나, 동네 드라이브를 하여도 가슴 답답한 증상이 미미하여 병증으로 깨닫지 못하였는데, 갑자기 급격하게 나타난 것이었습니다.

그런데 이런 상황에서는 하루빨리 대학병원에 가서 진찰을 받고 처방 약을 받아야 하는데 그러질 못하는 것이 한계점이었습니다. 이때도 응급실로 가거나 예약 날짜에 맞추어 갈 수밖에는 없었습니다.

그래서 그런지는 몰라도 강남 병원에서 주신 새로운 처방전 약과 대학병원 약을 같이 복용하였는데, 약간의 부작용이 나타나게 되었습니다.

유뎅이 입술에 물집이 생성되고, 통통 부어올랐습니다.

혹여 약을 줄었거나, 새로운 약을 대학병원 약과 같이 복용한 것 때문은 아닌지 하는 의구심이 잠시 들었습니다. 그래서 지금까지 대학병원 약을 복용하면서 변경된 약을 처음으로 복용하였기 때문에 강남 선생님께서 처방해주신 약을 13일 하루 동안만 복용하지 않았습니다.

그런데 강남 병원은 이러한 순간순간의 이상 증상을 문의할 수 있도록 개인 카톡방을 개설해주셨는데, 매우 효과적으로 이용할 수가 있었습니다.

그래서 14일 오전에 카톡으로 강남 선생님에게 상기 상황에 대하여 문의를 하였는데, 답장으로 강남 선생님께서 처방해주신 약 중에 라믹탈정(12.5㎎)을 빼고 복용하라고 하시어 즉시 실천을 하였습니다.

이때 처음으로 강남 선생님께서 응급으로 카톡을 이용하여 처방전을 내주셨는데, 그래서였는지는 모르나 동년 4월 19일 현재 입술 부기도 빠졌고, 물집에 의한 상처가 조금 남아 있으나 아물고 있으며, 악화 증상(조증)도 없어지고, 현재 상태는 매우 좋아지고 있는 것 같습니다.

상기에서처럼 강남 선생님은 보호자의 마음을 잘 헤아려주셨으며, 약의 부작용에 대하여 즉각적으로 대처를 잘 해주셨습니다. 제가 믿는 것만큼, 그것보다 더 진료를 잘 해주셨습니다.

그런데 분명한 것은 강남 선생님 처방 약을 복용하고 난 후 유뎅이의 답답한 증상과 입술 상태는 호전되고 있는데, 잠은 2~3시간 늘었고, 식욕이 당기는지 평상시보다 더 먹으려 합니다. 또한 13일 하루 동안 강남 선생님 처방 약을 복용하지 않았는데, 수면이 줄어들고, 먹는 것을 덜 찾는다는 것을 분명히 알 수가 있었습니다.

'이 점 참조하여 우리 유뎅이를 진료하시는 데 도움이 조금이나마 되었으면 좋겠습니다'라고 강남 선생님게 알려드렸습니다. 그리고 혹여라도 선생님을 무시한다는 오해를 사지 않기 위하여 죄송하다는 편지를 하게 되었습니다.

정말 죄송합니다.

제가 올린 글이 선생님의 권위에 누를 끼치는 것은 아닌지!

매우 걱정이 앞섭니다.

그러나 중요한 것은 환자에 대한 마음은 선생님이나 저나 다를 바가 없다고 믿습니다. 오로지 환자의 쾌유를 위해서는 저는 언제나 어디서나 항상 무릎을 꿇을 수 있다는 것입니다.

부디 우리 유뎅이에게 희망을 주십시오.
감사합니다.
항상 감사함을 깊은 마음으로부터 드립니다.

당시의 대처 상황은 이렇습니다.

● 2021년 3월 29일 목요일

※ 2021년 3월 29일 대학병원 처방전

※ 자이프렉사정 5㎎(줄임)

※ 벤즈트로핀메실레이트정 2㎎(제외)

※ 쎄로겔정 50㎎(제외)

※ 질병분류기호: K31.9, G93.9, K95.09.

※ 병명: 급속 순환형 양극성 장애

	아침	점심	저녁	1일 복용 총량
테파올란자핀정15㎎	0	0	15㎎	15㎎
자이프렉사정	0	0	5㎎	5㎎
마그오캡슐500㎎	1000㎎	0	1000㎎	2000㎎

● 2021년 3월 29일부터 4월 9일까지 대처 상황

① 상태가 호전되어 처방 약 중에 벤즈트로핀메실레이트정 2㎎, 쎄로겔정 50㎎은 제외되고, 자이프렉사정은 5㎎으로 줄임

② 3월 29일 처방전 복용 시작

③ 병증이 약하게 올라오는 느낌. 의욕이 없음

④ 잠은 대체로 12~14시간 취침

⑤ **속이 답답하다고 함. 차를 타도 속이 답답하다고 하였으나, 3월 29일 진료 시에는 경미하여 주치의에게는 말을 하지 못함**

● 2021년 4월 9일 금요일

※ 2020년 10월 23일부터 대학병원과 합동 진료
※ 강남 병원 방문 진단, 최초 처방전(가슴 답답증 관련)
※ 병명: F318, Z719

	아침	점심	저녁	1일 복용 총량
프로이머정	O	O	0.5mg	0.5mg
인데놀정10mg	10mg	O	10mg	20mg
라믹탈정25mg	O	O	12.5mg	12.5mg
로라반정0.5mg(비상약)				0.5mg

① 가슴 답답함을 호소하여 처방함
② 3월 29일 대학병원 진료 시 말을 못 함

● 4월 9일부터 4월 13일까지 강남 병원 처방 약 복용 경과

① 답답한 것은 호전됨
② 13일 화요일 수면 시간이 늘어남(20시간 취침)
③ 입술이 붓고 물집이 생김
④ 복용 11일 일요일(2일차)부터 식욕이 늘어남(평소의 2배)
⑤ 3월 29일 대학병원 약은 계속 복용

● 2021년 4월 13일 화요일

① 입술이 붓고, 물집이 생기는 관계로 강남 병원 약 복용 중단
② 카톡 문의 후 결정

● 4월 14일부터 4월 22일까지

※ 강남 선생님 답장: 라믹탈정 12.5㎎ 빼고 복용 권유. 실행 예정
① 01:00 취침, 14:00 기상(13시간 취침). 특이점은 먹는 것을 안 찾음
② 대학병원 약 + 강남 병원 처방 약 복용(라믹탈정 12.5㎎ 빼고 복용)
③ 13~14시간 취침. 손 떨림, 입 마름 증상 없음
④ 유즙 증상은 약하게 있음. 어둔하고 의욕이 없어 보임
⑤ 입술 부작용 증상은 사라짐. 가슴 답답한 증상은 현저히 줄어듦
⑥ 병증과 약증(약의 부작용)이 상존하는 것 같음

● 4월 23일부터 4월 25일까지

※ 강남 병원 방문, 처방 약(가슴 답답함 관련)
※ 병명: F318, Z719

	아침	점심	저녁	1일 복용 총량
프로이머정	0	0	0.5㎎	0.5㎎
인데놀정10㎎	10㎎	0	10㎎	20㎎

① 대학병원 처방 약과 같이 복용

② 잠이 좀 늘고, 먹을 것을 좀 더 찾음

③ 가슴 답답한 증상이 많이 호전됨

④ **의사는 환자와 질환을 보고 판단하여 치료를 하고, 보호자는 의사의 판단과 환자의 증상과 약의 작용을 보고 판단하여 관리하여야 함**

● **2021년 4월 26일 월요일**

※ 대학병원 방문 처방전

※ 질병분류기호: F31.9, G21.1, G93.9, K59.09.

※ 병명: 급속 순환형 양극성 장애

	아침	점심	저녁	1일 복용 총량
테파올란자핀정15mg	0	0	15mg	15mg
자이프렉사정5mg	0	0	5mg	5mg
인데놀정10mg	10mg		10mg	20mg
명인벤즈트로핀메실레이트			2mg	2mg

① 4월 26일 저녁부터 복용

② 답답한 증상은 안 보임

③ 27일 화요일부터 아침 인데놀정10mg은 복용하지 않기로 함(임의)

● 4월 26일부터 5월 6일까지

※ 4월 26일 대학병원 약 복용(아침 약 인데놀정10㎎ 제외)

① 대체로 양호

② 잠을 많이 잠(13~15시간)

③ 가슴 답답한 증상은 안 보임(증상 호전)

④ 자면서 옷을 벗거나, 잠자리를 자주 바꾸는 모습을 보임

37. 수면제(스틸녹스CR) 이야기

2021년 11월 들어서 대체로 양호하고, 친구들도 가끔 만나고, 병증도 많이 호전되어 보였고, 아르바이트도 6개월가량 착실하게 다니고 있었습니다. 그러나 의욕이 없어 보이고, 수면도 불규칙해지고, 식사도 하루 한 끼 반 정도만 먹으면서 전보다는 식사량이 많이 줄었습니다. 잘 먹으려 하지 않았습니다. 그래서 그런지는 몰라도 체중은 예전대로 돌아왔지만, 힘이 없어 보였습니다.

강남 병원 선생님께서는 동년 11월 9일 자이프렉사정 2.5㎎은 빼고 라믹탈정 6.25㎎을 새로이 처방을 해주셨습니다. 대학병원에서 처방해준 약인 자이프렉사정은 올란자핀 성분으로 정신분열증과 양극성 장애 약이며, 이전부터 서서히 줄이고 있었던 마지막 약이었습니다. 이로써 대학병원의 처방 약이 모두 사라진 것입니다. 그만큼 선생님 보시기에도 유뎅이의 주된 병증이 많이 사라진(호전된) 것으로 판단하신 것 같았습니다.

그리고 라믹탈정은 양극성 1형 장애 환자에서의 우울삽화의 재발 방지를 위한 약이었습니다. 즉, 주 증상인 양극성 장애가 호전이 되어 그 재발을 막아주는 약입니다. 그만큼 유뎅이 병증은 호전되고 있었습니다.

유뎅이 증상은 부모가 보기에도 무척 많이 호전되어 보였습니다. 그러나 주 병증 치료도 중요하지만, 치료 과정에서 부수적으로 따라오는 부 증상의 치료도 매우 중요하다는 것을 알게 되었습니다. 그리고 부 증상은 대부분 약물 복용을 줄이면서 자연히 사라졌지만 미세하게 남아 있는 증상, 즉 우리 유뎅이의 경우 의욕이 없고, 수면이 불규칙하고, 식사량이 줄어들었으며, 아직까지는 평상시 건강했던 모습으로는 돌아오지 않았습니다. 그래서 치료 후 예후가 중요하다는 것을 새삼 느끼게 되었습니다.

그렇다고 방심한 것은 아닙니다. 정신질환은 절대로 예견하거나, 방심하여서는 절대로 안 된다는 것입니다. 주 증상이 다 치료가 되어도, 부 증상의 치료가 남아 있고, 부 증상의 치료가 호전된다 하여도 주 증상이 재발할 수 있는 여지가 남아 있으므로 항상 경계를 해야만 합니다.

어쩌면 평생 경계해야 할지도 모릅니다.
어쩌면 운명으로 받아들이는 것도 좋을 듯합니다.
어쩌면 아프던 당시를 생각하면, 고마운 것은 병증이 많이 사라지고 건강을 되찾은 것만으로도 만족하며, 행복하다는 것을 알아야 할 것입니다.

그런데 11월 15일 이후 ① 의욕이 약간 없어 보이고 ② 식사를 하루 한 끼 반 정도만 먹고 ③ 아픈 과거를 기억하기 두려워하고 ④ 밤에 잠을 못 자고 ⑤ 새벽 3~7시에 잠이 들어 7~12시간 정도 자다 일어나고 또 수면을 취하는 식으로 일주일에 2~3일 정도 수면이 불규칙하였습니다.

그래도 총 수면 시간은 7~13시간 유지를 하였습니다. 이때도 엄마가 유뎅이 병증에 대하여 이야기하는 것을 싫어했습니다.

그래서 이와 같은 사정을 11월 30일 강남 병원 방문하는 날에 선생님에게 말씀드리니, 라믹탈정은 12.5㎎으로 증량하였고, 스틸녹스CR 6.25㎎을 새롭게 처방해주었습니다. 여기서 스틸녹스CR은 잠들기 어렵거나 숙면 유지가 어려운 성인에서의 불면증의 단기 치료약이었습니다.

그런데 이상한 것은 새롭게 처방한 스틸녹스CR을 11월 30일부터 12월 11일까지 12일간 복용하였는데, 수면의 개선에 도움을 주는 것이 아니라 되레 증상은 나아지질 않고, 수면을 전보다 더 방해하는 것을 알게 되었습니다. 아침 7~8시에 취침하고, 수면 시간도 짧게는 5~6시간 자는 등 분명히 수면을 더 방해하는 것을 확인하고 또 확인하였습니다.

참으로 이해가 되질 않았습니다.

그래서 12월 12일부터 이번에도 과감하게 임의로 스틸녹스CR을 복용하지 않기로 하였습니다. 이번에는 스틸녹스CR이 정신질환 관련주 치료제가 아니어서 결단하기에 망설임이 없었습니다. 문제가 되어 봐야 잠을 좀 더 못 자는 것뿐이었으니까요.

그렇게 이번만큼은 쉽게 행동으로 실천할 수 있었습니다.

스틸녹스CR를 빼고 복용하였는데, 놀랍게도 수면제 약 복용 이전으로 수면이 돌아오는 것을 쉽게 알 수가 있었습니다. 그리고 유뎅이 상태도 매우 양호하였습니다. 참으로 놀라웠습니다. 아니 수면제 약이 되레 수면을 방해하다니! 참으로 어이가 없습니다.

여기서도 약이 사람의 체질에 따라 어떻게 받아들여지는지, 작용과 부작용에 대하여 똑똑히 체험할 수가 있었습니다.

38. 유뎅이 증상의 호전 이야기

2020년 5월 26일 M 병원 2차 퇴원하여 복용하는 약을 임의로 줄여 복용하게 하였는데, 악화 증상은 지속적으로 발현이 되었으나, 망상 및 환청 등의 조현병 증상은 개선되고 있었으며, 2020년 6월 22일 대학병원으로 전원할 당시에는 조현병 증상은 많이 호전되고 있었습니다. 그래서 대학병원에서 '양극성 장애'라고 진단하기에 무리가 없었을 것이라고 짐작이 갑니다. 그리고 대학병원과 강남 병원에서 합동 진료를 하면서 일부 우여곡절은 있었으나 병증은 더 많이 개선되었고, 2021년 5월 21일 강남 병원으로 전원을 하면서 증상은 더더욱 호전되었습니다.

여기서 개인적 소견을 말씀드리자면, 유뎅이의 병증은 아마 1, 2차 입원 당시에는 **'조현 정동장애'**가 아니었나 의심을 해봅니다(사견).
그리고 대학병원에서 병증의 치료 방향을 제시하면서 병증의 큰 그림을 그리면서 치료해나갔고, 강남 병원에서는 주 증상과 더불어 부수적인 증상 등을 치료해나갔습니다. 게다가 강남 병원에서는 상담 치료를 병행해서 진료를 보았기 때문에 유뎅이가 마음의 정서에 안정을 더 찾을 수가 있었습니다.

마침내 2021년 9월 7일 강남 선생님 왈, "대학병원 선생님이 지금 유뎅이를 보시면 무척 놀라실 것 같다. 유뎅이가 무척 좋아진 이 모습을 보시면…"

이 얼마나 듣기 좋은 말씀인지 너무 기뻤습니다.

선생님께서 하시는 말씀은 천상(天上)의 소리로 들렸습니다.

그러면서 복용하는 약을 서서히 줄이시면서, 병증의 호전도에 따라 다른 약으로 변경해나가셨습니다. 그리고 마침내 대학병원의 처방전 약은 2021년 11월 9일부터 강남 병원 처방전에서 모두 빠졌습니다. 얼마나 다행인지 모릅니다.

이때 처방 약은 다음과 같습니다.

● **2021년 11월 9일 화요일**

※ 강남 병원 11월 9일 처방전
※ 병명: F318, Z917

	아침	점심	저녁	1일 복용 총량
환인벤즈트로핀메실레이트	0	0	1mg	1mg
인데놀정10mg	0	0	5mg	5mg
아빌리파이10mg	0	0	10mg	10mg
리보트릴정0.5mg	0	0	0.25mg	0.25mg
서카톤피알서방정2mg	0	0	2mg	2mg
라믹탈정25mg(신규)	0	0	6.25mg	6.25mg

① 강남 병원 방문. 의욕이 없어 보임, 우울함 보임
② 식사를 한 끼 반 정도 먹음
③ 정신은 맑으나, 약하게 불안감 있음. 그러나 심각한 병증은 안 보임
④ 취침 시간이 늦어지고, 잠은 8~12시간 이상 자고 있으며, 특이 증상 없음
⑤ 상태는 매우 양호함
⑥ 발병 초기 및 입원 당시를 기억하는 것을 두려워함
⑦ 항상 긴장의 끈은 놓지 말 것

그렇다고 안심하는 것은 아닙니다. 정신질환은 장담하거나 과신하거나 자랑을 하면 큰 실망이 올 수 있으므로 보다 신중하게 내일을 보살펴야 합니다.

항상 병증은 숨어서 유뎅이를 공격하려고 도사리고 있기 때문에 재발할 수 있다는 경계심을 늦추지 말아야 할 것입니다.

그래도 다행인 것은 한 달에 한 번씩 10여 일간 찾아오던 악화 증상(조증)도 2021년 12월 31일 현재 426일 동안 뚜렷하게 인식될 정도로 발현되지 않고 있습니다. 또한 그렇게 많이 찾았던 노래방도 찾지 않은 지가 한참 되었습니다.

다만, 이전에는 상사의 갑질에 대하여 생각하길 싫어했는데, 현재는

발병 초기 및 입원 당시의 병증에 대하여 이야기하기를 두려워하고 있습니다.

2021년 12월 31일 현재는 상태가 더 많이 호전되었으며, 주 증상은 보이질 않고 있으며, 부 증상도 많이 사라진 상태입니다. 특히 **'특이 이상 증상'을 찾아볼 수가 없습니다. 앞으로 과거 입원에 대한 두려 움과 정신질환에 대한 트라우마만 극복할 수 있다면 좋을 텐데, 계속 노력을 더 해야 할 것 같습니다.**

대학병원 선생님과 강남 선생님의 노고에 진심을 다해 외칩니다.

감사합니다. 또 감사합니다.

고맙습니다. 또 고맙습니다.

39. 탄산리튬 재처방

2021년 12월 21일 강남 병원에 예약일이 되어 방문하게 되었습니다. 그래서 스틸녹스CR을 복용한 후 수면을 더 방해하여 복용을 중단하였는데, 되레 수면이 더 개선되었다고 선생님에게 조심스럽게 이야기를 하였습니다. 저는 이미 수면제(스틸녹스CR) 복용 후 증상에 대하여 카톡으로 알려준 적이 있었습니다.

선생님께서는 유뎅이와 대화를 하면서 증상은 많이 개선되었다고 하고, 유뎅이는 "의욕 없어요"라고 대답을 하였습니다. 그러면서 "약은 언제까지 먹어야 하나요?" 물었습니다. 유뎅이의 최대 관심사입니다.

선생님께서는 증상이 많이 개선되었다 하더라도 약을 줄이는 것은 신중해야 하고, 지금은 약을 줄이는 과정에 있으니 너무 걱정하지 말고 약은 좀 더 먹어야 한다고 이해시켜주었습니다. 다 아시다시피 정신질환은 재발의 위험성이 높기 때문에 정신질환 약을 장기적으로 복용을 해야만 합니다.

실제로 지금은 유뎅이가 아팠던 과거가 조금씩 생각나서 두려움이 있다고 하면서 기억하기가 싫다고 하였습니다. 이전에 병증이 심할 때는 기억을 하지 못하였고, 아픈 기억뿐만 아니라 과거의 일상의 일도 기억을 잘 하지 못하였습니다. 이에 선생님은 과거가 생각나는 것은 아주 정상적인 것으로, 증상이 호전되고 있다는 신호로 보인다고 하셨습니다. 그러면서 이제는 낮에 활동을 10분이라도 좋으니, 산책이든 무엇이라도 해보라고 권유를 하셨습니다.

야간 아르바이트보다는 주간에 활동을 해보라는 것이었습니다.

그러면서 약을 좀 변경할 것이라며 탄산리튬을 복용해보자고 하셨습니다.

나는 깜짝 놀라 탄산리튬(리단정)300㎎을 복용한 후 부작용에 대한 과거의 이야기를 하였습니다(앞의 2부 「23. 리단정(탄산리튬) 부작용」 참조).

선생님도 이미 알고 계셨던 사실입니다. 그럼에도 불구하고 탄산리튬을 처방하는 것은 그 이유가 있으리라고 믿었습니다. 결과적으로 대학병원에서 진단한 **'급속 순환형 양극성 장애'**의 증상이 호전되었다는 것을 선생님께서는 이미 파악하고 계셨던 것 같습니다. 탄산리튬은 '양극성 장애'에는 무척 좋은 약이나, '급속 순환형 양극성 장애'에 맞지 않는 약이라는 것을 누구보다도 의사 선생님이 더 잘 알고 계시기 때문입니다.

그리고 유뎅이는 한 달에 한 번씩 찾아오던 **악화 증상**이 2021년 12월 31일 현재까지 426일 동안 나타나지 않고 있었습니다. 아마 그래서 선생님께서는 지금은 **탄산리튬**을 복용할 수 있는 때가 되었다고 판단하신 것 같습니다. 그러면서 탄산리튬 복용을 소량으로 시작하자고 하시면서 반 알(150㎎)을 처방해주셨습니다.

처방전은 다음과 같습니다.

※ 2021년 12월 21일 처방전
※ 2021년 12월 21일부터 2022년 1월 11일까지
※ 병명: F318, Z917

	아침	점심	저녁	1일 복용 총량
환인벤즈트로핀메실레이트	0	0	1㎎	1㎎
인데놀정10㎎	0	0	5㎎	5㎎
서카톤피알서방정2㎎	0	0	2㎎	2㎎
아빌리파이10㎎	0	0	10㎎	10㎎
환인탄산리튬정300㎎(신규)	0	0	150㎎	150㎎
리보트릴정0.5㎎	0	0	0	0(제외)
라믹탈정25㎎	0	0	0	0(제외)
스틸녹스CR6.25㎎(서방정)			0	0(제외)

① 수면 장애 관계로 스틸녹스CR6.25㎎ 제외
② 진단 후 라믹탈정25㎎과 리보트릴정0.5㎎은 빠지고. 탄산리튬(150㎎) 추가 처방함
③ 아픈 과거를 떠올리기를 싫어함
④ 21일부터 탄산리튬 복용. 첫 주는 식욕이 늘어나는 것 외 이상 반응 없음

⑤ 둘째 주는 식욕이 정상을 되찾음. 잠도 대체로 잘 잠. 24일 알바 퇴사

⑥ 약하게 기운이 없어 보이고, 의욕도 없고 힘이 없어 보이나, 병증은 잘 안 보임. 대체로 양호

⑦ 416일간 악화 증상 안 보임

⑧ 특이 이상 증상은 안 보임

⑨ 매우 안정적임

복용하던 약이 3가지나 줄었고, 탄산리튬을 새롭게 추가하여 처방을 해주셨기 때문에 예의 주시하고 있으며, 탄산리튬에 대한 부작용이 과거에 있었기 때문에 신경을 바짝 쓰고 있습니다. 다행히도 탄산리튬을 복용한 지 3주가 지나가는데, 1주차에는 식욕이 배로 증가하였으나, 2주차에 들어서는 매우 안정적이며, 식사량도 정상을 회복하고 있으며, 상태는 특이 이상 증상은 안 보이고, 어느 때보다 매우 안정적인 생활을 하고 있습니다. 지금은 **탄산리튬이 우리 유뎅이에게 긍정적인 영향을 주는 것 같습니다.**

오직 선생님만이 결단할 수 있는 탄산리튬의 재처방은 우리 유뎅이에게 좋은 약으로 남아 있으면 참 좋겠습니다(이 또한 '신의 한 수'라고 생각이 됩니다).

현재 상태는 매우 호전되었지만, 앞으로 닥쳐올지 모르는 재발을 염려하며 항상 긴장의 끈을 놓지 말아야겠습니다.

40. 유뎅이 병증의 경과

유뎅이의 정신질환 진행 경과를 보면 아래와 같습니다.

① 2020년 2월 18일 H 대학병원 응급실: 급성 스트레스 반응(Acute stress reaction)

② 동년 3월 2일 M 병원 소견서: 정신병적 장애

③ 동년 3월 9일 M 병원 심리검사 결과 평가서: 단기 정신병적 장애, 편집증

④ 동년 3월 16일 M 병원 소견서: 환자는 급성 증상을 치료 중, 단기 정신병적 장애

⑤ 동년 4월 6일 M 병원 1차 진단서: F208 조현 양상 장애

⑥ 동년 4월 10일 CH 신경정신과의원: F252 조현 정동장애, 혼합형 (2021년 12월경 인식)

⑦ 동년 6월 2일 M 병원 2차 진단서: F208 조현 양상 장애

⑧ 동년 6월 21일 M 병원 의무기록: 상세 불명 조현병, 양극성 정동
장애, 양상 조현 장애, 공황장애(우발적, 발작성 불안). 의증

⑨ 동년 6월 22일 대학병원 초진 처방전: F31.9 양극성 장애. 조현
증상 호전됨

⑩ 동년 11월 2일 대학병원 1차 진단서: F31.9 Bipolar 1 disorder,
rapid cycling

⑪ 2021년 3월 4일 대학병원 2차 진단서: F31.9 Bipolar 1 disorder,
most recent episode

⑫ 2021년 9월 7일 강남 주치의 선생님 왈, 무척 좋아짐(조증, 우울 증
상 호전됨)

⑬ 2021년 12월 21일 강남 병원 진단서: F318 기타 양극성 정동장애,
탄산리튬 처방

⑭ 2021년 12월 31일 현재 주 증상은 많이 호전됨. 정신질환 증상은
안 보임. 부 증상 및 예후 치료 중(의욕이 없음, 아픈 과거 두려움 등)

식사 및 수면은 안정을 찾은 것으로 보임. 부작용 증상 안 보임. 정신 상태는 매우 양호. 탄산리튬이 우리 유뎅이에게 긍정적인 영향을 주는 것 같음(사견)

⑮ 2021년 12월 31일 현재 426일 동안 악화 증상 안 보임

유뎅이 병증은 예후가 좋다고 하나, 만일을 생각하며 계속적으로 관심을 가져야 하겠습니다.

그렇다면 여기서 유뎅이의 정신질환은 유전적 소인이 없는 상태에서, 최초 발병 당시부터 2021년 12월 31일까지의 경과를 생각해보면 의문점이 있습니다.

① 유뎅이의 정신질환은 최초 급성 스트레스 반응(Acute stress reaction)으로 발현되어 '단기 정신병적 장애'로 발달되었고, '급성 증상'을 치료하는 과정에서 '조현 양상 장애'로 발전되었고, '조현 양상 장애'를 치료하면서 '급속 순환형 양극성 장애'로 발전되었고, '급속 순환형 양극성 장애'를 치료해가면서 증상이 호전되었다고 보는 것이 타당할까요?

② 아니면, 최초 급성 스트레스 반응(Acute stress reaction)으로 발현되어 '단기 정신병적 장애'로 발달되었고, '급성 증상'을 치료하

는 과정에서 '조현 정동장애'로 발전되었고, '조현 정동장애'를 치료하는 과정에서 망상, 환청 등 조현 증상이 호전되었고, '급속 순환형 양극성 장애'의 증상만 남아, 양극성 장애를 치료해가면서 증상이 호전되었다고 보는 것이 타당할까요?

③ 아니면 기타 의견은?

매우 궁금합니다.

41. 사회 적응 훈련

M 병원에서 2차 퇴원 이후 낮 병원을 이용하여 사회복귀 적응훈련의 일환으로 다녀보기로 하고 2020년 9월경 지역 정신건강증진센터에 문의를 하였고, 국립 정신건강센터에도 문의를 하여 낮 병원을 소개받았는데, 한 병원은 병증이 심하다고 하시면서 자기네 병원에서는 감당이 안 된다고 퇴짜를 놓았고, 또 한 곳은 유뎅이 또래의 환자가 없고 나이가 많은 할아버지나 아저씨 환자가 많아서 불편하다고 하고, 시설도 낙후되었다고 하면서 유뎅이가 마음에 내키지 않아 했습니다.

정신건강증진센터나 국립 정신건강센터에서의 상담은 매우 인상적이었으며, 친절히 안내해주셨습니다. 참 고마운 분들입니다.

그렇게 시간은 흘러 대학병원에서 치료받게 되었고, 강남 병원에서 정신건강 상담과 진료를 받게 되면서 유뎅이는 마음의 안정을 되찾게 되었고, 대학병원과 강남 병원에서 합동 진찰을 보기 시작한 이후부터 병증은 눈에 띄게 호전되어갔습니다. 이렇게 병증이 호전되다 보니 낮 병원의 필요성을 못 느끼게 되었고, 집에서만 요양을 하다 보니 하루 종일 지내는 것도 무료하게 느껴졌습니다.

그래서 간단한 알바나 사회적응 훈련을 할 수 있는 기관을 찾게 되었습니다.

유뎅이 나이가 20대 초반이라 젊은 사람들이 이용할 수 있는 기관을 찾기란 만만치 않았습니다. 그중에 사당역 부근에서 운영하는 업체를 알게 되어 전화로 상담 예약을 하였습니다. 그러나 거리가 너무 멀고, 유뎅이가 출퇴근하기 곤란하다고 판단이 되었고, 또한 유뎅이의 상태가 멀리 나갈 정도로 썩 좋은 것은 아니었기 때문에 출퇴근하는 것은 무리라는 생각이 되어 일단은 예약을 취소하게 되었습니다. 그래서 될 수 있으면 집에서 가까운 곳을 찾으려 하였습니다. 여기서 '정신질환'은 국가와 사회의 적극적인 도움이 절대로 필요한 질병이라고 생각하게 되었습니다.

그러던 중 2021년 6월경 유뎅이가 알바를 하고 싶다고 하였습니다.
우리 유뎅이가 과연 할 수 있을까? 적응할 수 있을까? 걱정을 하면서도 나는 유뎅이 시간에 맞추어 알바를 구해야지! 회사의 시간에 맞추어 알바 자리를 구하면 안 된다고 이야기하였습니다. 즉 1주일에 3~4회 정도와 하루에 5~6시간 동안 할 수 있는 일자리를 알아보자고 하였습니다.
왜냐하면 유뎅이는 보통 새벽 2~3시경에 취침하여 14~16시경에 기상을 하였고, 하루에 12~14시간 잠을 자고 있었으며, 잠을 자고 일어나면 상태가 매우 양호하였기 때문에 15~24시 사이의 알바는 충분히 할 수 있을 것이라는 믿음이 있었습니다. 그리고 출근 시간도 30분 이내 거리로 고려해야 한다고 알려주었습니다.

 그런데 우리 유뎅이가 이해를 하였는지, 상기의 조건으로 세 군데 면접을 보게 되었는데 모두 합격을 하였습니다. 참으로 대견하였지만, 한편으로는 걱정이 되었습니다. 적응을 잘해낼 수 있을까? 일은 잘해 낼 수 있을까?
 그래서 합격한 세 곳 중에 출퇴근이 용이하고, 유뎅이가 가장 맘에 든다고 하는 한 곳을 선택하게 하였습니다. 그 사이 엄마, 아빠는 합격한 2곳을 둘러보았습니다. 한 곳은 거리가 멀어 일단 제외하였고, 두 곳은 다 출퇴근이 용이(容易)하고 시설도 괜찮아 보였습니다.

 그래서 유뎅이는 집에서 가까운, 지하철로 두 정거장 거리에 위치한 PC방을 선택하였습니다. 요즘 PC방에서는 간단한 음식도 해서 판매하고 있었는데, 30여 가지 이상 되는 메뉴를 간편하게 조리하여 팔고 있었습니다.
 처음이라 당황은 되었지만, 며칠간 보조로 배우면서 적응하기 시작하였는데, 생각보다 빨리 적응을 하였습니다.

 나는 적극적으로 응원을 하였습니다. 그래서 22~24시 퇴근을 하는데 자가용으로 퇴근을 시켜주었습니다. 출근은 혼자서 전철을 이용하였구요.

저는 매일같이 유뎅이 퇴근을 시키면서 유뎅이의 상태를 확인하였고, 직장 동료와 잘 지내는지, 진상 손님은 없었는지, 다른 어려움은 없는지 묻곤 하였습니다. 그리고 진상 손님의 대처법이라든가, 동료와의 친분관계를 유지하는 방법 등을 가끔씩 이야기해주곤 하였습니다. 또 일은 항상 내 일처럼 해야 한다고 강조하였습니다. 유뎅이가 전(前) 직장에서 상사의 갑질로 인하여 정신질환이 찾아왔기 때문에 항상 신경을 곤두세웠습니다(유뎅이 병증은 말하지 않음).

그러다 어느 날 유뎅이가 아빠에게 물었습니다. "아빠, 지금은 정상 근무를 하면 안 되겠지? 매니저분이 정상근무를 하라고 해서!" 그래서 저는 "당연히 안 되지! 지금은 돈보다도 사회적응 훈련 기간이니, 몸과 마음에 무리가 되면 큰일이야! 유뎅이 생각은 어때?" 되물으니, 유뎅이도 "저도 그렇게 생각을 해요. 아무래도 무리일 것 같아요" 하는 것이었습니다.

유뎅이는 지금 자기의 몸과 마음의 상태를 정확히 꿰차고 있다는 것을 알 수가 있었습니다. 참으로 유뎅이가 대단해 보였습니다.

사실 오랜 투병 생활로 하루하루가 무료하고, 무엇인가 일을 하면 치료에 더 도움이 될 것이라고 생각하였습니다. 실제로 퇴근하고 돌아오면 유뎅이의 상태가 매우 좋다는 것을 느꼈습니다.

알바 나가는 요일(수, 목, 금)이 되면 평상시보다 활기차고 분주히 출근 준비를 하는 것을 보면 대견해 보였습니다.

유뎅이의 알바는 2021년 6월에 시작하여 무사히 근무를 잘하였고, 12월 24일까지 하였습니다. 그래도 6개월씩이나 근무하였다는 게 정말로 믿기지 않았습니다.

12월 25일부터 연말과 1월에는 유뎅이 생일이 있어 많은 친구들과의 만남이 예정되어 있어서 쉰다고 하고 있습니다. 이 얼마나 고마운 일이 아니겠습니까?

저는 여기서 '정신질환' 관련 질병을 치료하기 위해서는 국가나 지방 자치단체에서 현실적으로 도움을 줄 수 있는 방안이 마련되어야 한다고 생각합니다. 보호자의 능력이나 노력만 가지고는 분명 부족한 점이 많고, 대처 능력 또한 한계점이 있었습니다.

어떻게 상기에서와 같은 현상 등을 일반인이 이해할 수가 있을까요?

저도 우리 딸을 보호하면서 '정신질환'은 사회와 의료기관이 모두가 관심을 갖고 대처해나가야 하고, 사회의 도움 없이는 보호자가 홀로 감당하기에 매우 어려운 질병이라는 것을 새삼 느끼게 되었습니다.

분명한 것은 '정신질환'은 사회의 많은 관심과 도움과 손길이 절실하게 필요하다는 것입니다.

42. 긍정적 사고방식

우리 유뎅이에게 처음으로 정신질환이 찾아온 날 솔직한 심정은, '아무것도 몰랐다'는 것입니다. 병명을 들었을 때도 '이게 뭐야?' 하는 정도로 인식을 하였습니다.

유뎅이가 앓고 있는 정신질환이 얼마나 심각한 것인지는 2~3개월에 접어들면서 인식을 하기 시작하였습니다.

처음에는 '약만 잘 먹으면 좋아질 거야. 아니면 입원하여 치료하면 더 빨리 치료가 되겠지!' 하는 평범하고 안이한 일반적인 생각만 하였습니다.

그러다 2020년 5월 26일 M 병원에서 2차 입원과 퇴원을 하면서 그 심각성을 비로소 깨우치기 시작하게 되었는데, 이때부터 인터넷과 유튜브를 통하여 공부를 시작하였고, 유뎅이와 비슷한 증상을 가진 환우나 보호자와 치료 경험을 가지고 계신 상담사나 의사 선생님 등을 찾기 시작하였습니다.

그러나 같은 증상의 환우나 의사 선생님을 찾기란 쉽지가 않았습니다.

유뎅이의 정신질환은 날이 갈수록 심해지기만 하였는데, 유뎅이 엄마도 유사한 증상을 보였습니다. 아니 어떨 때는 유뎅이보다 더 심각한 증상을 보였습니다.

참으로 난감하기 그지없었습니다. 그래서 긍정적으로 생각을 하려고 노력하였습니다. 유뎅이 증상 중의 하나로, 어린이로 돌아간 듯한 느낌을 받았습니다.

아기처럼 되어갔습니다.

앞서 밝혔듯이 중, 고등학교 및 대학 다닐 때는 엄마나 아빠를 별로 찾지를 않았습니다. 그런데 엄마를 찾고 "아빠! 직장에 안 가면 안돼?"라고 하면서 아빠 곁에 붙어 있으려고 하였습니다. 그래서 유뎅이 엄마에게 "유뎅 엄마! 유뎅이가 엄마를 찾네! 몇 년 만이야! 얼마나 좋아!" 하고 위로를 해주었습니다. 엄마를 이해시키는 것도 유뎅이 병을 고치는 것만큼 중요하였습니다.

유뎅이의 초기 병증은 망상과 환청, 와해된 언어 등의 구사로 나타났지만, 또 하나의 특징은 아기가 되어간다는 것을 많이 느꼈습니다. 그래서 긍정적으로 생각하기로 하였습니다. 어렸을 때 엄마, 아빠만 찾던 아이가 성인이 되어 엄마, 아빠를 찾으니 이 또한 얼마나 기쁜 일인가요? 그러면서 하루빨리 호전되어 친구들과 쇼핑도 하고, 술집도 가고, 돈도 벌고 하는 일상적인 생활로 돌아갈 수만 있기를 바라며 노력하였습니다.

그러나 코로나가 기승을 부렸습니다. 그런데 유뎅이는 친구를 찾고 노래방을 가려고만 하였습니다. 그래서 우선 먼저 노래방을 집에다 설치를 하였습니다.

그리고 친구들은 집 반경 1㎞ 안에서만 만나게 유도를 하였습니다. 코로나로 노래방이며 음식점을 가지 못한다고 이해를 시켜주었습니다. 엄마와 아빠는 친구들에게 유뎅이의 사정을 이야기하며 이해를 구하였습니다. 또한 유뎅이에게도 친구들에게 너의 병을 속이지 말고 다 알려주어야 친구가 이해를 하고, 친구 사이가 끊기지 않는다고 누차 강조하였습니다.

하루는 유뎅이 고등학교 과외 선생님이 오셨습니다. 그것은 유뎅이가 보고 싶다고 전화를 하였기 때문입니다. 실제로 병증이 심할 때는 옛 친구며, 자기에게 도움을 준 사람이나, 자기 기억에서 무작위로 생각나는 사람에게 무조건 전화를 걸어 만나고 싶다고, 보고 싶다고 말하곤 하였습니다. 특히 핸드폰을 찾아주신 택시 기사님이 고맙다고 하면서 많이 찾곤 하였습니다.

그런 와중에 과외 선생님이 2~3회 방문을 해주셨는데, 참으로 고마운 분이셨습니다. 오셔서 우리 유뎅이와 이야기를 하면서 많이 독려해주셨습니다. 우리 유뎅이가 매우 만족해하는 모습이 너무 보기 좋았습니다.

그리고 다소 멀리 나가는 경우에는 몰래 따라가거나, 돌아올 때 전화하면 아빠가 마중 간다고 하면서 유뎅이의 동선 파악에 많이 신경을 썼습니다. 유뎅이가 친구를 만나러 가면 부모는 얼마나 두려운지 모릅니다. 게다가 유뎅이의 자존심을 상하지 않게 하기 위하여 최대한 유뎅이의 심정을 존중해주었습니다. 그래서 그런지 친구들도 집에서 노래를 하고, 최대한 유뎅이의 심정을 헤아려주었습니다.

그러다 보니 유뎅이는 아무에게나 "나는 조현병이에요" 하고 알려주곤 하였습니다. 당시에는 '상세 불명 조현병'으로 진단을 하였기 때문에 부모도 그런 줄만 알았습니다.

얼마나 황당하였던지….

그래서 차분하게 "유뎅아! 친구나 지인, 친척 등에게는 너의 병명을 숨기지 말아야 하지만, 불특정 다수나 별로 친하지 않은 사람에게까지 특별히 말할 필요는 없는 거야!" 하고 이해를 시키니 그 후론 잘 말하지 않았습니다.

그래서 그런지 연세가 많으신 외할머니에게는 말하지 않았습니다. 연세가 많으신 외할머니가 유뎅이 사정을 알면 혼절하실 것이 분명하였기 때문에, 유뎅이에게 "너의 병이 호전이 되면 그때 추억으로 이야기하자!" 하면서 유뎅이를 이해시켜주었습니다.

한참 아플 때면 외할머니를 많이 찾곤 하였습니다.

그리고 우리 유뎅이는 친구 등이 찾아오는 것을 많이 좋아했습니다. 정신질환이 차차 호전되면서 친구를 만나거나 알바를 하거나 친구의 생일이며 특별한 날이 되면 만나기를 즐거워했습니다. 엄마, 아빠도 반대보다는 응원을 해주었습니다.

그러면서 유뎅이가 집에서 잠을 자거나, 무기력한 생활을 하는 가운데에서도 호전되는 모습을 느낄 수가 있었습니다. 그래서 될 수 있으면 유뎅이가 가고 싶은 곳이 있으면 잔디밭이라도 돌이라도 주워 와 깔아줄 것이며, 하고 싶은 것이 있다면 무엇이든 다 해주려고 단단하게 마음에 무장을 해나갔습니다.

하루는 유뎅이와 편의점에 갔는데, 담배를 사는 것이었습니다. 친구들이 피우거나, 커피숍이나 술집 등 주변에서 사람들이 담배를 피우는 모습을 보면 멋있어 보이고 궁금하다며 자기도 피우고 싶다고 하였습니다.

유뎅이는 대학 다닐 때도 담배를 피우는 것이 매우 궁금하다며 많은 호기심을 갖고 있었는데, 부모나 언니가 담배를 피우지 않다 보니 많이 자제를 하는 것 같았습니다. 그래서 저는 지인에게 담배를 얻어다 주면서 한번 피워보라고 권한 적이 있었습니다.

그땐 엄마와 같이 피워보라고 두 개비를 얻어다 주었는데, 담배를 피울 용기가 없었는지 한참이 지나도 담배가 그대로 있었으며, 결국 피우지 못한 것 같았습니다.

저는 그때도 담배를 피워보지 않고 어떻게 담배가 좋고 나쁜지를 알 수가 없으므로 피워보라고 권유한 것입니다. 직접 담배를 피워보지 않고는 옆에서 보면 멋스러워 보이고, 맛있어 보이고, 특히 고민이나 화나는 일이 있을 때 담배를 피움으로써 마음을 달래거나, 담배에 진정효과가 있다고 하는 친구들의 이야기를 들을 때면 귀가 솔깃해하는 것도 사실입니다.

저는 평소에도 무조건 해보지 않은 것은 경험해보라고 하였으며, 매사에 긍정적으로 생각해보라고 하였습니다.

그래서 담배를 사 가지고 와 엄마도 한 대, 아빠도 한 대, 다 같이 피워보자고 하였습니다. 엄마나 아빠는 원래 담배를 피우질 않아서 서툴렀지만, 한 모금 피워보고는 기침이 나고 메스꺼워 도저히 피울 수가 없었는데, 유뎅이는 신기해하며 한 모금 두 모금 피워댔습니다. 아마 처음 경험을 하는 모습이었습니다. 그러다 3~5모금 피우는 순간 기침을 해대며 도저히 자기와는 안 맞는다며 손사래를 치는 것이었습니다.

이런 걸 왜 피우냐며, 그동안 담배 피우는 모습이 멋있게 보이고, 마음을 달래거나 진정효과가 있다거나 스트레스가 해소된다는 친구들의 말소리가 다 믿기지 않는다고 하였습니다.

"맞어! 담배건 술이건 자기 몸에 맞아야 하는 거야! 또한 의지가 약한 사람일수록 담배에 의지하거나 담배 핑계를 대는 거야! 아빠를 봐! 어떠한 어려움이든, 어떠한 고통이 찾아와도 담배 없이도 잘 견뎌내잖아!" 하면서 무엇이든 사람은 자기 의지에 따라 약이 되기도 하고 독이 되기도 하는 것이라며 이야기를 해주었습니다.

당시에는 기분이 들뜰 때면 호기심이 많아져 무엇이든 생각나면 무조건 하려고 하던 시기였습니다.

43. 깨달음

우리 유뎅이를 22개월 이상 보호관찰을 하면서 미진했다고 생각이 되거나 후회되는 일들이 종종 발생을 하였습니다.

'이렇게 하면 어땠을까? 저렇게 하면 더 좋았을 텐데… 이렇게는 하지 말았어야지' 하는 등, 한참이 지나고 난 후 반성하게 되는 일이 너무 많았습니다.

처음에 병증과 처방 약에 대하여 잘 알지 못했을 때는 전혀 느끼지 못했는데, 시간이 지나면 지날수록 나중에 되돌아보면, 이해를 못 해준 일들을 생각하면 눈물이 납니다.

그래서 생각을 해봅니다.

삼위일체! 정신질환은 다른 질병과 달라 **환자와 보호자(가족)와 의사가 삼위일체**가 되어야 합니다. 어느 사람 하나 중요하지 않은 사람이 없습니다.

의사는 환자를 치료하고 보호자(가족)를 일깨워야 하고, 보호자(가족)는 환자를 잘 간호하며 상태를 면밀하게 파악을 해야 하고, 의사 선생님도 잘 관찰을 해야 합니다. 환자는 의사의 말을 잘 듣고 보호자(가족)의 지도를 잘 따라야 합니다.

특히 환자는 약 복용을 게을리하지 말아야 할 것이며, 보호자(가족)는 환자를 세심히 이해하고, 병증을 성격으로 보지 말고, 환자의 어투나 행동 등은 일단 병증으로 보아야 하며, 약 복용에 대한 관리 감독을 잘해야 합니다.

의사는 환자의 상태에 따라 처방전을 신중히 고려해야 하며, 보호자(가족)를 지속적으로 교육하여 정신질환에 대해 일깨워주어야 합니다. 즉 보호자(가족)도 환자와 같이 살펴봐야 합니다.

어찌 보면 보호자(가족)가 환자의 호전도를 좌우할 수도 있습니다. 보호자(가족)가 조금 더 힘이 들더라도 가장 중요한 역할을 해야만 합니다.

보호자(가족)는 환자를 매일매일 수시로 옆에서 간호를 하면서 항시 환자를 볼 수 있지만, 의사 선생님은 1주일 아니면 한 달, 두 달, 심지어 세 달 만에 볼 수도 있습니다. 즉 보호자(가족)는 환자의 병증 상황을 매일매일 체크할 수 있다는 것입니다. 특히 환자에게 약을 복용시키면서 약에 대한 작용 및 부작용 등을 직접 눈으로 파악할 수가 있습니다.

그렇다면 환자 입장에서 누가 더 소중한 존재일까요? 당연히 보호자(가족)일 것입니다. 따라서 보호자(가족)도 공부를 하여 환자뿐만 아니라 **의사 선생님을 판단할 줄 알아야 합니다. 의사 선생님을 판단할**

줄 알면 치료의 반 이상은 해결되었다고 판단하여도 무리는 아닐 것입니다(사견).

보호자(가족)님이 얼마나 소중하고, 고귀하고, 훌륭한 사람인지를 스스로 깨우치시기를 바랍니다. **정신질환자의 치료는 보호자(가족) 하기 나름이기 때문입니다.**

그렇다고 의사 선생님을 폄훼하는 것은 아닙니다. 당연히 의사 선생님은 절대적인 존재입니다. 그렇듯 소중하고, 고귀하신 선생님을 어떻게 만나느냐? 어떤 분을 선택할지는 순전히 보호자(가족)의 몫이라고 할 수가 있겠습니다. 정신질환은 약 복용이 가장 중요합니다. 그렇다고 약을 억지로 복용시키는 것보다, 약을 왜 먹어야 하는지 이해부터 구해야 합니다.

약 복용을 잘못 이해하면 그것처럼 약 먹기가 매우 불편해지는 경우가 없습니다. 그냥 자연스럽게 우리가 일상에서 밥을 먹거나 영양제를 먹듯이 부담감이 없도록 이해시켜주어야 합니다.

그리고 정신질환은 뇌의 문제로 오는 뇌 질환이므로 치료 시간이 좀 오래 걸리는 질환이라는 것을 인식하여 조급하게 생각하여서는 안 됩니다.

시간의 여유를 갖고 병증의 관찰 일기를 써가면서 노력을 한다면 분명히 좋은 결과가 있을 것이라고 굳게 믿습니다(사견).

보호자(가족) 12계(誡)는 제가 우리 유뎅이를 간호하면서 느낀 점을 쓴 글입니다.

꼭 이렇게 실천해보셨으면 합니다.

44. 보호자(가족)의 12계(誡)

'**정신질환**'의 경우, 보호자(가족)는

① 약 복용에 충실하라!

- 약 복용

② 매사에 긍정적으로 생각하라!

- 긍정적 사고

③ 병증에 관심을 갖고, 항상 **공부**하며 **관찰 일기**를 작성하라!

- 노력

④ 보호자의 노력이 의사의 치료보다 더 **중요함**을 깨우쳐라!

- 자각

⑤ 병증과 성격의 차이를 **구분**하라!

- 연구

⑥ 환자의 치료는 **관리**하는 것임을 명심하라!

- 명심

⑦ 무조건 **환자 편에 서서**, 무조건 환자의 말을 경청하고, 무조건 이해하라!

- 경청, 이해

⑧ 복용하는 약의 작용과 부작용에 **주목(注目)**하고, 세밀하게 관찰하라!

- 관찰

⑨ 의사는 환자와 질병과 병증을 보고 판단하여 치료하지만, 보호자는 **의사의 판단과 환자의 증상**을 보고 관리하라!

- 관리

⑩ 좋은 의사를 만나거나, 고르거나, 선택하는 것은 보호자의 **권리**이므로 의사와 환자를 동시에 관리하라!

- 판단

⑪ 의사와 처방전을 꼼꼼히 살피고, 병증과 비교하여 환자처럼 **생각**하라!

- 관점

⑫ 다른 질병과 달리 정신과적 질병의 치료에는 시간이 많이 필요하므로 **조급함을 버리고, 되돌아보면서, 시간의 여유를 갖고** 냉정하라!

- 냉정, 즐김

45. 무조건 경청하라!

정신질환자, 즉 당사자에게 중요한 것 중의 하나가 당사자의 말을 **'경청'**하기인 것 같습니다. 보호자 12계(誡) 7항에서 말했듯이 '무조건 환자 편에 서서, 환자의 말을 무조건 경청하고, 무조건 이해'하라는 것입니다.

당신이나 저나, 본인의 입장에서, 전문가의 입장에서 말하라는 것이 아니라 당사자 입장에서 당사자가 하는 말을 무조건 들어주라는 것입니다. 의사든, 보호자(가족)든, 친구든 간에 당사자의 말을 기본적으로 들어주고, 이해하고, 공감해야 합니다.

당사자는 생각으로부터 고립되어 있기 때문에 무조건 들어주어 공감대를 최대로 형성해주고, 또한 당사자는 자기의 생각이 이미 정립되어 있기 때문에 다른 생각을 하지 말고 조건 없이 경청하고, 당사자를 이해해주어야만 합니다.

최대한 들어주고 공감대가 형성이 되었을 때, 그때 이야기를 하여도 절대 늦지가 않습니다. 오늘이 아니면 내일, 내일이 아니면 한 달 후라도 충분히 경청하고 난 후 이야기는 맨 나중에 하라는 말입니다.

그러면 그때 동병상련의 마음으로 이야기를 하여도 충분히 빠릅니다.

우리 유뎅이의 경우도 마찬가지로 무조건 들어주고, 무조건 이해하고, 유뎅이의 말이나 행동 등은 성격이 아니라 병증으로 받아들여주었고, 동병상련의 마음으로 보살펴주었으며, 부모는 언제나 항상 유뎅이 편이었습니다.

46. 끝맺음

저도 우리 유뎅이에게 처음으로 **정신질환**이 찾아왔을 때는 아무것도 몰랐다는 것이고, 당시의 상황은 다음과 같았습니다.

첫째로 정신질환 관련 아는 상식이 전혀 없었다는 것입니다. 그래서 상황이 심각하다는 것을 인식하지 못하였습니다.

둘째로 정신질환 관련하여 아는 것이 전혀 없다 보니 어떻게 대처해야 할지, 치료는 어떻게 해야 할지, 병원은 또 어디로 가야 할지 도무지 할 수 있는 것이 하나도 없었습니다.

셋째로 정신질환의 심각성에 대해 무지했습니다. 무조건 '병원에 가면 되겠지, 입원 치료하면 되겠지' 하는 안일한 생각으로 대처를 하였습니다. 정말로 지금 생각하면 아찔합니다.

넷째로 시간의 중요성입니다. 정신질환은 뇌 문제이므로, 뇌 질환을 치료하려면 다른 질병과 달리 시간이 많이 필요합니다. 그래서 조급한 마음은 버리고 시간을 즐길 줄 알아야 합니다. 늦더라도 일단 시작하면 빠르다는 것입니다. 만일 늦었다고 시작을 하지 않는다면 매일매일 퇴보가 되는 것입니다. 만일 저도 뒤늦게라도 시작하지 않았다면 우리 유뎅이 정신질환이 어떻게 호전이 될 수 있었을까요? 그래서 지금 이 순간이 가장 중요한 것입니다. 시간은 매우 공평해서 누구에게나 똑같이 기다려주질 않고 지나가기만 하지만, 우리는 시간을 붙들지 말고 따라가면서 나의 것으로 만들려고 노력할 때 시간이 나를 따라오게 될 것입니다. 또한 시간은 매우 소중하고 고귀하지만, 흐르고 나면 누구의 것도 아니므로, 시간이 남아 있을 때 내 편이 되도록 즐기시기를 바랍니다. 시간은 단 1초, 한 순간, 찰나라도 천금, 만금보다도 더 소중한 것입니다.

다섯째로 보호자(가족)의 중요성입니다. 가족 모두가 합심을 해야 합니다(일심동체). 아마 보호자(가족)는 정신질환 환자의 치료를 하는 데 있어 반 이상을 차지할 정도로 매우 중요한 존재입니다. 보호자(가족)는 항상 환자의 지근거리에서 보살피기 때문에 병증의 상황을 의사보다도 더 정확히 알 수가 있기 때문입니다. 그러기에 공부를 하여 정신질환자의 병증과 의사의 진찰 사이에서 관리 감독을 해야만 합니다. 저도 우리 유뎅이를 간호하면서 보호자(가족)가 정말 중요하다는 사실을 깨우치게 되었습니다. 보호자(가족)가 의사 선생님보다 더 중요한 역할을 해야만 한다는 사실을 깨우치기까지 많은 시간이 소요되었습니다. 아니, 긍정적으로 생각하면 시행착오가 더 많은 지식을 알려주었습니다. 모르다 보니 배울 것이 많아서 좋았습니다. 시행착오를 겪다 보니 깨우치는 것이 더 깊어지고, 더 넓게 생각하게 되었습니다. 무식하면 용감하듯이, 무지하니 의문점도 많이 생기고 질문의 폭도 다양했습니다. 그래서 처음에는 무조건 보고, 듣고, 묻고, 생각하면서 깨달았습니다. 하나를 깨우치니 둘을 알게 되고, 둘을 알게 되니 셋에 의문점이 들고, 그 의문점을 풀기 위해 질문과 공부를 하게 되다 보니 학습의 폭이 넓어지게 되었고, 그 폭이 넓어지다 보니 내 마음에서도 자연스레 환자와 병증을 이해하는 폭이 넓어지게 되었습니다.

여섯째로 약 부작용과 작용을 세심히 파악하라는 것입니다. 정신질환 약은 대부분 약의 부작용이 일반 약에 비해 조금 더 많이 발생합니다. 그렇다고 약을 복용하지 않을 수는 없습니다. 약의 부작용보다는 병증의 치료가 더 중요하니까요. 그래서 병증이 호전되면 복용하는 약이 줄어들고, 부작용도 같이 자연스레 줄어들게 되는 것입니다. 그렇다고 약의 부작용이 심한데 마냥 정신과 약을 무조건 복용하는 것도 무리가 따릅니다.

상기에서 보듯이 다음과 같은 우리 유뎅이의 경과를 참고할 수 있겠습니다.

① 5월 26일 2차 퇴원 후 5월 31일부터 **반(1/2)으로 약을 줄여 복용**한 경과(19)

② 6월 11일경 실수로 **큐로겔정을 줄여 복용**하였을 때의 경과(32)

③ 6월 22일 대학병원 전원 당시 **새 처방 약 리단정 복용** 후의 경과(23)

④ 6월 27일경 **前 주치의 처방전 복용** 경과(24)

⑤ 10월 5일 **새 처방 약 데파코트서방정 복용** 후의 경과(34)

⑥ 2021년 4월 9일 **가슴 답답한 증상을 치료**하는 과정에서의 경과(36)

⑦ 2021년 11월 30일 수면 문제로 **새 처방 약 스틸녹스CR 복용** 후의 경과(37)

⑧ 2021년 12월 21일 **탄산리튬 재처방**에 따른 경과(39)

⑨ 악화 시기 당시 **복용하는 약의 줄임과 늘림**에 따른 병증의 악화와 호전도 등의 변화 상황과 **새로운 처방 약 복용** 당시 증상의 경과

이와 같은 경과를 보았을 때 우리 유뎅이의 경우 증상 악화 시기에는 복용하는 약을 늘려야 하지만, 호전 시기에는 복용하는 약을 줄이면서 안정을 되찾았습니다.

또한 새로운 약에 대한 반응(부작용)이 나타나거나 인지가 되었을 경우, 즉시 의문점을 풀려고 노력한 덕분에 해결할 수 있었습니다.

그리고 우리 유뎅이의 경우 복용하는 약의 일정량 이상을 복용하면 악화가 되는 경우도 많이 경험하였습니다.

결론적으로 말하자면 사람마다 각자의 체질이 다 있다는 것이고, 약의 작용과 부작용도 사람마다 다 다르다는 것이고, 병증의 증상 변

화도 다 제각각이라는 것이고, 사람마다 각각의 복용량에 한계가 있다는 것이고, 일정 양(量) 이상을 복용하면 신체에 변화가 발생할 수 있으므로 세심하게 잘 살펴보아야 한다는 것입니다(사견).

그렇다고 약을 마냥 줄인다고 해서 호전되는 것도 아니고, 무조건 약을 많이 복용한다고 해서 능사가 아님을 잘 파악해야 합니다. 따라서 각 개인의 고유의 체질과 신체의 조건과 정신질환의 증상에 따라 병증을 잘 파악하여 환자에 맞는 처방 내지 치료를 해야 한다고 생각합니다(사견).

이와 같이 병증의 변화나 증상의 호전도에 따라 약물의 변화나 약 복용 시의 작용과 부작용 등이나, 각자 고유의 체질에 맞게 변화되는 병증 등은 오로지 보호자나 가족만이 매일매일 확인할 수 있는 것입니다. 또한 의사의 의중도 잘 파악을 해야만 합니다.

따라서 보호자(가족) 여러분! 보호자나 가족 여러분이 얼마나 중요한 역할을 하는지, 얼마나 고귀한 존재인지를 스스로 자각하여야만 합니다.

보호자(가족)는 당사자(환자)에게만큼은 천사입니다.

보호자(가족) 여러분! 망설이지 말고, 지금 이 순간부터 공부를 하십시오. 일단 시작하면 늦지 않습니다. 시작하면 더 빨리 달릴 수 있습니다.

지금 즉시 실천해보세요.

여기에 더해 매사에 '**나는 할 수 있다**'라는 긍정적인 사고를 한다면, 시작하는 순간 늦기보다는 오히려 매우 빠르다는 사실을 알게 될 것입니다.

저는 이제서야 약의 줄임과 늘임에 대하여 미약하나마 제 생각을 정립할 수가 있었습니다.

환우와 보호자와 가족 여러분!
정신질환은 시간의 여유를 가지고, 보호자(가족)가 중심에 서서 핵심적인 역할을 다하고 이끌어나갈 때 환자는 비교적 빨리 호전이 된다는 것을 하루빨리 깨우치시기를 바랍니다.
치료의 시작은 경청과 이해와 긍정적 사고로부터 시작하십시오.

그리고 "**우리는 할 수 있습니다**"라고 외치십시오.
그러면 나는 나를 나라고 외칠 수가 있습니다.

무지개는 산 너머에 있지 않습니다(헤르만 헤세).

이 책을 정신질환 당사자(환우)와 보호자님과 가족 여러분을 위해 바칩니다.

매사에 감사합니다. 늘 행복하세요.

항상 고맙습니다.

언제나 사랑합시다.

나의 물망초(勿忘草)

For get me not(나를 잊지 말아요)

아빠! 유뎅이를 잊지 말아요.
유뎅이를 생각해 주세요! 말하네

너는 ○유뎅
永遠히 영-원히 아빠 딸이에요.
영영 永-永 엄마의 예쁜 딸이에요.

비록 마음이 아파 잠시 멀리 있어도,
비록 가슴이 메어 한순간 떨어져 있어도,
비록 옳지 않은 정신에 잠시간 팔려 있어도,

우리 예쁜 딸 유뎅이 잊지 않을 거예요.
어찌 잊을 수가 있단 말인가요?

아빠는 잊지 않을 거예요.

엄마는 잊지 못할 거예요.

47. 유뎅이의 정신질환 발병 경위서

(가) 재해 발생 경위(유뎅이에게 3주간 무슨 일이 있었나)

유뎅이는 대학에 2018년도에 입학하여 2020년도에 졸업을 하였습니다.

대학 졸업 예정 시기, A 회사(이하 "회사"라 한다)에 교수님의 추천으로 면접을 보게 되었고, 합격하게 되어 2020년 2월 3일부터 출근하라는 전화를 받았습니다.

사회에 첫발을 내딛는 유뎅이에게 매우 기쁜 일이었습니다.
왜냐하면 새로운 시작을 좋은 회사에서 하게 되어 매우 기대감이 높았기 때문입니다.

우리 가족도 함께 유뎅이의 취업을 축하해주었습니다.

● 출근 1주차

① 2월 3일 월요일(출근 1일차)

첫 출근날은 매우 긴장감과 압박감을 안고 있는 상태에서 업무를 하게 되었습니다. 긴장되는 마음은 당연한 것일 것입니다.
직장에 첫 출근이란 기대감과 설레임, 신비감, 회사 직장인에 대한 로망 등등으로 많은 호기심을 가득 품고 출근을 하였습니다.

첫 출근을 하자마자 상해박물관 동관 프로젝트에 투입돼 동관에 관한 책 한 권 분량 가까이 되어 보이는 문서를 공부하고, 숙지하라고 상사가 명령하였습니다.

출근 첫날은 생소하기도 하고 낯설기도 하여, 정신이 하나도 없이 하루를 보냈습니다. 하지만 저는 상사나 선임자에게 인수인계받은 것이 하나도 없어 **탕비실이 있는지도 몰라**, 물 한 모금 마시지도 못하였습니다.

첫 출근 후 퇴근하는 길에 유뎅이는 마냥 어리기만 하다고 생각했는데, 어엿하게 큰 회사에서 공동체 생활을 하는 직장인이 되었다는 것에 대해 큰 자부심을 갖게 되었고, 엄청 뿌듯한 마음이었습니다.
첫 회사가 큰 회사라 적응하는 것이 힘들고 많이 두려웠지만, 차차 적응해나갈 저만의 미래가 재미있게 느껴져서 두려울 것 하나 없다고 단단하게 마음을 다져나갔습니다.

② 2월 4일 화요일(출근 2일차)

둘째 날도 출근하자마자 상사는 평면도 숙지와 함께 동선 계획 시안을 작업하라고 지시하였습니다. 지하 2층부터 지상 6층까지 총 8개 층의 연면적 약 24만 평이 넘는, 중국어로 된 평면도를 숙지하라고 명령한 후, 숙지도 제대로 되지 않았는데 동선 계획까지 짜라고 시키셨습니다. 신참인 인턴에게 이것이 맞는 업무인지 매우 의문스럽고 궁금했지만, 상사의 말씀대로 업무에 임하였습니다.

업무 내용은 지하 2층 지상 6층의 연면적 약 24만 평이 넘는 중국어로 된 도면을 주면서 그 평면을 하루 만에 모두 파악해 여러 가지 동선을 짜는 작업이었습니다. 평면 CAD 파일을 EPS 파일 도면으로 불러와 그 하나하나의 평면에 여러 가지 다양한 동선을 파악해 시안을 만드는 작업에 하루라는 시간이 무척 짧게 느껴졌습니다.

파악해야 하는 동선은 한 가지 동선도 아닌 관람자 동선, VIP 동선, 선택 동선, 관리자 동선 등 4가지로 각 층마다 약 3만 4천 평이 넘는 도면에서 동선을 파악하고, 포토샵과 일러스트 프로그램을 번갈아가면서 동선을 그리는 작업으로 야근을 하면서까지 시키셨습니다.

출근 둘째 날인데도 탕비실이나, 물 먹는 위치 또한 안 알려주고,

야근시키는 동안 밥 먹는 시간 또한 따로 알려주지 않았고, 맛없는 샌드위치를 유뎅이의 야간 식권을 사용해 마음대로 가져와 그거 하나 주면서 저녁 아홉 시 넘게 일을 시키셨습니다.

그리고 그날 유뎅이의 몸 상태는, 회의 시간에 예정에 없던 생리가 갑자기 터져나왔는데, 생리대가 없어서 긴급으로 화장지로 대처하였고, **상사에게 질문하면 "야! 그것도 몰라?"라고 하며 '핀잔'을 주었고, 질문을 안 하면 "야! 왜 질문을 안 해!"라고 '핀잔'을 하였습니다.**

유뎅이의 몸 상태는 갑자기 생리가 발생되어 생리통과 함께 몸이 만신창이가 되었습니다. 오늘 하루는 스트레스의 연속이었습니다.

또한 퇴근 후 집에 돌아와 첫 사회 초년생이 반듯해 보이려고 신었던 새 구두 속 발에서는 피가 철철 흐르고 있었습니다. 유뎅이는 이런 고통도 못 느낄 만큼 오늘 하루 열심히 업무에 열중한 것이었습니다. **오늘 하루는 정말 악몽같이 길고 질긴 하루였습니다. 오늘 하루가 자기 인생에서 가장 힘들었던 경험이라 말해도 과언이 아닐 정도였습니다.**

정말 악몽 같은 하루였습니다.

특히, 오늘은 이해가 안 되는 일들이 참 많았던 하루였습니다.

상사가 자신의 물건(파란색 박스라고 칭하는 것)을 로비 1층에서 가져오라고 시키셨는데, 1층 로비에 혼자 내려가 아무리 찾아보아도 파란색 박스 같은 것은 보이지 않았습니다. 왜냐하면 유뎅이는 서류 박스처럼 생긴 파란색 박스를 상상하고 내려갔습니다. 그래서 찾다 찾다 없어서 파란 파우치가 눈에 보이길래, 혹시나 해서 가져갔는데 "맞어! 맞어!"라고 하시면서 좋아하셨습니다. 알고 보니 상사의 화장품들이 가득히 들어 있는 화장품 파우치를 가져오라고 시킨 것이었습니다. **이때도 "야! 1층에서 물건 좀 가져와!" 하고 '반말'로 지시하였습니다.**

유뎅이는 벙찌고, 힘들게 고생을 했는데 상사의 잔심부름이 너무 허무하단 생각을 하게 만들었습니다. 어떻게 화장품 파우치를 박스라고 표현하면서 가져오라는 업무를 시키실 수가 있는지, 이해가 조금 가지 않았습니다.

어떻게 박스를 파우치로 연관하여 생각할 수가 있을까요?

유뎅이는 오늘 급히 해야 할 업무가 많이 쌓여 있는데, 상사의 화장품 파우치를 가져오라는 심부름을 하는 저의 처지가 이해가 되질 않았습니다.

회사생활이 매일매일 이렇게 갑갑하다고 한다면 어떻게 사회생활을 해나가야 할지 앞길이 막막하게만 느껴졌습니다.

둘째 날에 단단하게 마음잡고 회사생활을 열심히 하자며 파이팅을 외쳤지만 벌써 유뎅이의 밝은 모습을 잃어가고 있는 것 같아 너무나도 마음이 아팠습니다.

③ 2월 5일 수요일(출근 3일차)

셋째 날은 관별 레퍼런스(참조 이미지)를 찾도록 상사가 명령하셨습니다.

조각관, 도장관, 도자기관, 문인의 세계관 등등 여러 가지의 다양한 관들이 분포되어 있는데, 여러 층의 다양한 관들의 디자인을 하기 위해서 관별 레퍼런스 이미지 분위기를 찾는 업무였습니다.

하지만 알지 못하는 업무를 알려주지도 않은 채, 세부적인 사항 없이 신입인 알바가 알아서 그 관별로 쇼케이스 크기나, 유물의 크기도 모르는데도 레퍼런스를 찾게 하는 업무를 시키셨습니다.

또한 회의할 때 잘못된 레퍼런스가 있을 경우, 상사가 레퍼런스 파일에 넣어놓은 것들 중 상사가 실수한 것이 있었는데, **유뎅이에게 물으며 "야! 이게 왜 여기 있니?"라고 떠넘기셨습니다. 유뎅이는 가슴이 철렁거리며 마음이 내려앉는 느낌을 받았습니다.**

그리고 **"신입인 알바가 질문을 너무 많이 한다"라고 '핀잔'을 주며, "야! 신입 때문에 업무의 흐름에 방해가 된다"라고 하였습니다(정작 상사는 자리에 앉아 화장을 하고 있었습니다).** 무슨 말인지 모르겠고, 어떤 말로 상사의 비위를 맞춰야 하는지도 의문이 들었습니다. 또한 업무 이외의 일을 맘대로 시켰는데 그 예로, 상사의 자리에 자신이 다니기에 걸리적거리는 폼 보드 판을 커터칼을 가져와 직접 자르라고 명령을 하였습니다.

또한 상사는 출입카드를 출근 후 제대로 챙겨주지 않아서, 로비 1층에서 방문객증으로 계속 찍고 출근을 하였습니다.

지금 생각해보니, 상사의 업무 지시는 항상 무차별하였으며, 신참이 모르는 업무도 무조건 명령만 하였습니다. 결과적으로 상사의 생략된 말에 내포되어 있는 의미는 엄청나게 다양한 말들이 많았던 것 같습니다.

퇴근해 집에 와서 씻고, 회사에서 있었던 업무를 되짚어보고, 이런저런 잡무를 하고 나니 벌써 밤 12시가 되어 잠을 자고, 아침 5시 50분 알람에 깨어 일어나 또 다시 답십리에서 판교까지 출퇴근을 해야 했습니다.

가만히 보니, 유뎅이만의 여가 시간을 즐길 수 있는 시간이 없었던 것 같습니다.

④ 2월 6일 목요일(출근 4일차)

넷째 날은 24만 평짜리 평면 안에 있는 슬로프라는 타원형 슬로프를 3D프로그램을 이용하여 만드는 것을 명령하였습니다. 이 일은 유뎅이가 처음 접하는 업무였습니다. 비단 이것뿐만 아니라 출근 첫날부터 시작했던 업무들이 다 생소한데도 상사는 그렇게 명령만 하였습니다.

프로그램의 숙지가 아직 안 된 알바생이었던 유뎅이에게는 상사도 못하는, 스프링 모형의 타원형 슬로프를 만들라고 명령하는 것은 아주 벅차고 힘든 일이었습니다.

하지만 굴하지 않고 어떻게 만들어야 할지 방법을 계속 모색하였습니다. 하지만 이러한 일은 처음 하는 일로, 가르쳐주지도 않고 막연히 해보라고만 시키셨습니다.

그래서 교수님께 전화해 어떤 프로그램을 이용해 어떠한 방식으로 만들지 조언을 구해보기도 하였지만, 교수님에게도 까다로운 논제였는지 확연한 답변을 해주시진 못하였습니다.

생소하기도 하고, 상사도 어찌할지 모르는 논제를 어떻게 신입에다 알바인 자기가 할 수 있을지 많은 생각이 들었습니다. 처음부터 너무 어려운 논제를 주니, 머리에 혼란이 오는 것 같은 느낌을 받았습니다.

그래도 실망하지 않고 계속 인터넷에 방법을 모색해가며 계속 만들어보려고 노력하였습니다. 이 업무 말고도 3D프로그램 스케치업을 이용해 모든 층을 스케일에 맞게 붙여 전체 층의 층고가 보이게 정가운데를 자르는 업무를 맡아서 이것을 해결하였습니다. 그렇게 업무를 끝내고 퇴근하였습니다.

퇴근 후의 심정은 내가 한계에 다다르는 것에 대하여 해결해나가려는 나의 의지가 너무 재미있게 느껴졌습니다. 왜냐하면 엄청나게 큰 퍼즐을 하나하나씩 조각을 맞춰나가는 느낌이었습니다. 그래서 어려운 것들에 부딪쳐도 굴하지 않고 열심히 해보려고 노력하였습니다.

⑤ 2월 7일 금요일(출근 5일차)

다섯째 날은 스케치업 3D프로그램으로 타원형 스프링 모형의 슬로프를 입체적으로 스케일에 맞게 실현시키는 작업과, 중국어로 된 전체 평면도에서 상사도 찾다 포기한 뮤지엄샵, 서점 등 이런 작고 평수도 애매한 부분들을 평면도 안에서 찾는 업무를 시키셨습니다.

중국어로 된 평면 약 3만 4천 평이 넘는 도면에서 중국어를 하나하나 한자를 해석해 작은 부분에 무엇이 있는지 찾는 업무를 시키는 것이었습니다.

하지만 중국어의 단어 해석은 오역이 굉장히 많아 영어로 번역해보아도 무슨 말인지 도무지 이해가 불가능한 것이 많았습니다.

이날은 처음으로 치과 예약 덕분에 눈치 안 보고 6시 정시 퇴근시간 가깝게 6시 20분경 퇴근을 하였습니다.

이날도 업무에 대하여, 중국어의 한자 오역에 대해 제대로 가르쳐주지도 않았습니다. 자기가 스스로 인터넷을 찾아보면서 3D프로그램을 숙지하여 해결할 수 있었습니다.

한 층의 면적이 약 3만 평이 넘는 평면도에서 숨은 그림 찾는 업무는 숲에서 바늘을 찾는 것과 같은, 눈이 빠지게 힘든 일이었습니다.

이런 복잡한 업무와 어려운 업무에 시달리니, 매일매일 암흑 속에서 사는 것만 같았습니다.

이날 퇴근 후 치과에 가서 충치 치료를 할 때 마취를 하는데, 너무 행복해서 눈물이 났습니다. 어린 나이에 큰 회사생활에 적응하는 것이 너무 어려웠던 것 같습니다.

그러나 회사업무는 너무나도 유뎅이에게 잘 맞고 재미있었던 것 같은데, **인간관계를 대하는 것이 사회 초년생에게는 너무나도 버거웠던 일인 것 같습니다.**

3일 첫 출근날부터 7일(5일차)까지 일을 하였는데, 상사는 몰라서 그러는지 업무에 대하여 가르쳐주려고 하지도 않았습니다. 회사는 학교가 아니라며 가르쳐주는 곳이 아니라고 말씀하셨습니다. 그래도 저는 기본적인 것들의 인수인계가 바로 되어야지 업무를 할 수 있다고 생각했었는데, 상사의 마인드가 도무지 이해가 가지 않았습니다.

심지어 회사의 동선이나, 탕비실 등 기초적인 회사생활의 편의 시설마저도 알 수가 없었고, 저 혼자 알아가야 했던 것들이 너무나도 서러웠습니다.

신입 알바생인 유뎅이는 상사가 시키면 시키는 대로 할 수밖에 없으며, 모르면 인터넷을 뒤지든, 모르면 모르는 대로 일을 할 수밖에 없었습니다.

상사가 시키면 당연히 해야 하는 업무라고 생각을 해, 작은 잔심부름들까지도 자기의 처지를 생각 안 하고, 모든 것들에 대해 최선을 다하려고 노력했습니다.

예를 들어 자기는 탕비실이 있는지도 몰라 물도 못 마시고 일하고, 회사 히터 때문에 목이 타고, 배도 고프고, 상사의 눈치도 봐야 하고, 너무 힘들고, 낯선 회사 분위기에 상사도 모르는 일을 신입인 알바생에게 시켜서 알아서 척척 해야만 했던 게, 너무 숨 막히는 일상이었던 것 같습니다.

얼마나 황당한 일인지 모릅니다.
회사의 업무가 원래 이런 건가 싶기도 하고, 업무 숙지를 제대로 할 시간도 주지 않고 내일을 맞이하려니 불안에 떨어야만 하였습니다. 하루하루 끈에 매달려 삶을 연명해가는 느낌이었습니다.

첫 주는 긴장을 많이 하다 보니, 잠을 제대로 잘 수가 없었던 것 같습니다.

그래서 잠을 제대로 못 자니, 비몽사몽으로 첫 주를 보낸 것 같습니다.

● 출근 2주차

① 2월 10일 월요일(출근 6일차)

중국에서 돌아오신 팀장님이 오전부터 회의를 주재하는 자리에 들어가서 점심시간 전까지 약 2시간 가까이 회의를 하였습니다.

오후에는 레퍼런스 참고 이미지를 찾는 업무를 시켰습니다. 계속해서 큰 평수에 들어가는 레퍼런스를 한 8~9가지 구역별로 참고 이미지 분위기를 찾아서 넣는 작업이었습니다. 그렇기에 유물의 크기별로 쇼케이스를 구별하거나, 조명에 민감한 유물에 대비해 이러한 것들은 참고해서 관별 유물에 맞는 레퍼런스 참조 이미지를 찾는 작업이 중요했습니다. 때문에 이러한 정확한 모든 층에 위치한 관별 분위기와 이러한 조명값, 쇼케이스 크기가 일치하는 것을 찾는 것은 어려운 작업이었습니다. 그럼에도 불구하고 관별 색깔에 맞게 레퍼런스 참조 이미지를 찾아 각각 파일에 넣어두는 작업을 하였습니다.

그 작업을 다 하고 퇴근하겠다고 말했지만, 상사의 눈과 마음에 안 들었는지 "많이 못 찾았다"라고 또 '핀잔'을 주었습니다.

"많이 못 찾았다"라고 '핀잔'을 받고 바로 퇴근하면 안 좋게 말을 할까 봐 두려웠지만 눈치를 보고 있다가 퇴근한다고 말씀드리고 퇴근을 했습니다.

하나도 가르쳐주지도 않으면서 신입인 알바생이 얼마나 빨리 업무를 할 수가 있을까요? 업무 파악과 인수인계에 대하여 아직까지 제대로 가르쳐주지도 않았는데, 업무 능률을 올리기엔 너무나도 벅찼습니다.

정말 오늘 하루도 피가 마르는 하루였던 것 같습니다.

신입인 알바가 퇴근하는 것도 항상 눈치 보고 퇴근해야 하니, 정말 숨이 막혀왔습니다. 내일도 상사보다 먼저 일찍 출근해 열심히 업무를 할 예정이었지만, 상사의 눈치를 볼 것을 생각하니 앞날이 막막하였습니다.

② 2월 11일 화요일(출근 7일차)

첫 신입이었고, 알바생인 유뎅이가 탕비실이 어디 있는지, 회사 물품이 어디 있는지, 그러한 사소하고 기초적인 당연한 것들도 교육받지 못하여 질문을 하라는 상사님의 말씀을 반영해 업무를 하다가 막히는 것이 있으면 팀원들에게 바로바로 질문을 하였습니다.

왜냐하면 상사가 잘 가르쳐주지도 않지만, 자기가 간단한 업무를 질질 끌고 있는 시간이 너무 아깝게 느껴졌고, 팀원의 조언 한마디에 자기는 더 빠르게 업무를 할 수 있었기 때문이었습니다. 또한 팀원의 조언 한마디에 자기의 업무 능률은 생각보다 더 빨라질 수 있었기 때문입니다.

그렇기 때문에 상사의 조언이 꼭 필요했습니다.

하지만 우리 팀 전시 디자인실에서 제일 높은 상사에게 질문하면, 아는 것이 한정되어 있어서 그런지 답을 잘하지 못하였습니다. 그래서 다른 디자이너 선배님들에게 더 많은 질문을 하게 되었습니다.

한번은 과장님께 질문하러 가는 유뎅이를 상사께서 불러세워놓고 "야! 질문을 그만 좀 하라"며, "야! 너는 기본이 안 되어 있다"라는 등 '폭언'을 하며, "야! 너 때문에 업무에 집중이 안 되고 흐름이 끊긴다" 라고 '반말'을 해가며 '핀잔'을 주었습니다.
유뎅이는 애써 침착하게 웃으면서 "잘하도록 하겠습니다. 알겠습니다" 대답을 하고 난 후 **우는 것조차 팀원들에게 피해가 갈까봐 화장실에 가서 엉엉 울었습니다.**

유뎅이가 눈물이 난 것은 나의 행동이 팀원에게 피해가 갔다는 상사님의 말씀에 서글펐고, 팀원들에게 너무 죄송한 마음이 커서 진정할 수가 없어서 계속 화장실에서 눈물이 나와 진정이 되지 않았습니다.
또한 억울했던 점은 **"질문을 안 하면 의사소통이 안 되어, 안 된다"** 라고 하시었던 상사의 말씀이 너무 어이없게 들렸던 것입니다.

질문을 해도 욕을 먹고, 안 해도 욕을 먹는 자기의 처지에 더욱 서러워서 눈물이 계속해서 나와, 아무리 발을 동동 굴러도 진정이 되지 않아 3번 정도 화장실을 왔다갔다 안절부절 해가면서 혼자 눈물을 진정시키고, 다시 업무에 집중하려고 노력하였습니다.

　상사는 출근 1일차부터 알려주는 것 하나 없이 "야! 너는 기본이 안 되어 있어!" "야! 너는 이런 거 할 줄 아니?" "야! 너 때문에 팀원이 집 중을 못 해!" "야! 너 때문에 일하다 흐름이 끊겨!" "야! 넌 기본이 안 되니, 생각 좀 해!" "야! 너는 그런 것도 모르니?" "야! 파일 다 열어보 고 네가 알아서 해!" "야! 네가 알아서 좀 해!" 하는 등 유뎅이에게 첫 날부터 항상 조그마한 것에도 '반말'과 함께 '핀잔'을 주었습니다.
　자기는 계속해서 일을 하였는데, 중국어로 되어 있는 파일이 오역 이 되어 '꺽쉘' 등의 외계어로 표기되어 있는데, 파일에 일일이 들어가 서 CAD 파일을 찾고 평면도를 찾아서 업무를 계속 진행하였습니다.

　외계어처럼 보이는 파일명을 한낱 알바생이 모르는 것은 당연한 것 인데도, **'반말'과 함께 모른다고, 기본이 안 되어 있다고 '핀잔'을 들어 서 너무 슬픈 하루였습니다.**
　유뎅이는 원래 밝고 착한 아이인데 상사님 때문에 우울해지고, 자 기의 본래 모습을 점차 하나씩 잃어가는 하루였습니다.

③ 2월 12일 수요일(출근 8일차)

오늘은 상사가 월차를 내고 회사에 출근하지 않았습니다.

상사가 없는 만큼 업무하기 편하고, 마음에 압박감 없이 편히 업무에 임할 수 있었던 것 같습니다. 그래서인지 일의 능률이 더 오를 수 있을 것만 같은 마음이었습니다.

오늘 업무는 상사가 어제 미리 내주었는데, 중국어로 된 평면도에서 뮤지엄샵, 서점 등등 어디에 위치하는지 찾는 업무를 계속하였습니다.

상사가 중국어 평면도에서 계속 찾다 못 찾은 업무를 유뎅이에게 시키신 것 같았습니다. 그것은 자기도 못 찾았다며 네가 한번 찾아보라고 말씀하셨기 때문에 쉽게 짐작할 수가 있었습니다.

그래서 위치를 계속 찾으려고 중국어로 된 평면도에 조그맣게 표기되어 있는 중국어 단어를 하나하나 해석해가면서, 모든 방을 샅샅이 뒤져서 서점과 뮤지엄샵 등등이 어디에 위치하는지 찾는 업무를 하였습니다.

유뎅이에게 '반말'과 '핀잔'을 주는 상사가 없어서 그런지 마음 편히 일을 할 수가 있었고, 업무에 더욱 재미있게 매진할 수 있어서 매우 좋았습니다.

④ 2월 13일 목요일(출근 9일차)

  상해박물관 관별로 조명에 따른 유물의 민감도, 유물 크기, 유물에 따른 층고, 유물에 따른 동선 등의 정리된 표를 기획자 분에게 여쭈어 얻은 것인데, 그것을 정확히 숙지해 이것들과 조합해 맞는 레퍼런스(참조 이미지)를 찾으려고 하였습니다. 그것을 오늘 하루에 평면 크기나 관별 크기나 층고를 참고해 구별해서 레퍼런스(참고 이미지)를 찾으려 노력했습니다.

  왜냐하면 기획자분들은 계속해서 이러한 표들을 수정해나가는데, 이렇게 바뀌는 정보들을 전시 디자이너들이 잘 알고 있어야지만 업무를 척척 해나갈 수 있다고 대학에서 배웠기 때문입니다.

  그래서 기획자분들이 작업해놓은 표를 다시 숙지해가며 모든 업무를 숙지하고 퇴근을 하였습니다. 퇴근하면서 기획자분들이 작업해놓은 표를 가지고 나왔는데, 집에 가서 그 업무 내용을 토대로 공부를 해서 레퍼런스 참조 이미지를 찾으려고 하였기 때문입니다.

  오늘도 벅찬 일이였지만, 묵묵히 자기 할 일을 끝내고 퇴근하니 뿌듯하였습니다.

  요즘은 밤에 잠을 잘 못 이루고 있습니다. 왜냐하면 그동안 쌓여온 업무 스트레스와, 출근해서 상사를 대하기가 너무 불안하고 두려웠기 때문입니다.

그래서 피로도 풀고 싶었고, 아무런 생각 없이 잠을 좀 푹 자고 싶은 생각이 너무나도 간절했습니다.

⑤ 2월 14일 금요일(출근 10일차)

오늘은 회사가 있는 ○○역까지 출근을 하지 않아서 좋은 것도 있지만, 제가 존경하는 교수님들을 뵈러 가는 것이 너무나도 기쁜 일이었습니다.

대학 졸업장도 받고 교수님도 뵐 생각을 하니 너무 벅차고 기분이 좋았습니다.

학교에서 교수님과 많은 대화를 나누면서 좋은 조언을 많이 해주셨습니다. 저에게 정말 피가 되고, 살이 되는 조언들을 들으면서 눈물을 흘리며 감명 깊은 대화를 교수님들과 나눴습니다.

'오늘만 같은 날이 계속되면 얼마나 좋을까?' 하는 생각이 들 정도였습니다,

● 출근 3주차

① 2월 17일 월요일(출근 11일차)

어제 일요일 상사에게 카톡으로 "일주일, 하루만 쉬면 안 될까요?" 등의 내용을 보냈습니다. 유뎅이는 몸이 아프거나 이상하다고 느끼진 않았습니다. 그저 무섭고 두려움에 회사 가는 것이 너무나도 힘겹게 느껴졌을 뿐이었습니다.

그런데 상사는, 그러면 그만두라고 하여, 점심 경에 상사와 대화를 한 후 유뎅이의 짐을 챙겨두겠단 말을 듣고 자기 짐을 건드리지 말라고 말씀드리고, 자기 짐을 챙기러 회사에 직접 출근해 모든 물건들을 가지고 퇴근을 하였습니다.

(나) 증상의 발현과 악화

출근 첫날부터 상사는 유뎅이에게 중국어로 된 도면을 숙지하라고 요구하였습니다.

둘째 날은 출근하자마자 평면도 숙지와 함께 동선 계획 시안을 짜라고 하였습니다. 지하 2층부터 지상 6층까지 총 8개 층의 연면적 24만 평이 넘는 평면도의 숙지를 명령하였는데, 유뎅이는 숙지도 제대로 못한 상황인데 동선 계획까지 짜라고 시켰습니다. 신참인 알바생에게 맞는 업무인지는 모르지만 시키는 대로 하였습니다.

그런데 유뎅이는 중국어를 모른다는 것입니다.

그런데도 보채고 채찍질하면서 결과물을 빨리 만들라고 재촉을 하였습니다.

그래서 야근까지 하게 되었습니다.

참으로 이해가 되질 않았습니다. 초보자인 신참을 야근을 시키다니, 아빠의 경험상으로는 이해는 안 되었지만 '회사의 급한 사정이 있겠지' 하고 생각했습니다.

보통은 초보자는 수습 기간이 있어 회사에 적응할 때까지 며칠이고, 몇 주고 힘든 일보다도 준비 기간을 주어 회사 사정이나 업무환경 등을 읽게 하는 것이 보통이라 생각하였습니다.

즉, 업무의 준비 기간을 주는 것이 정상이라고 생각하였습니다.

저는 아빠로서가 아니라 한 일반인으로서 상식에 안 맞는 일이었다고 생각합니다.

그런데 회사의 방침이었는지는 알 수 없으나, 계속적으로 비상식적인 업무가 계속 요구되었습니다.

출근 첫날부터 유뎅이가 퇴근해서 오면, 회사 일에 대하여 아빠에게 사정을 이야기해주곤 하였습니다. 아빠로서는 이야기를 들어 주며 상담 아닌 상담을 하게 되었습니다.

처음 이야기를 할 때는 신기하기도 하고 대견하기도 하여, 웃으면서 대화를 하였습니다. 둘째 날부터 도면을 주면서 과제를 해결하라고 하고, 이해되지 않는 일을 시키거나 하여도 처음 들어가 일하는 회사이니 적응을 잘하라고 격려하였습니다.

출근 2주차가 되면서 의문점이 들었지만, '회사 적응하는 기간이라 그럴 수도 있겠지'라고만 여겼습니다.

어찌되었든 회사는 가르쳐주지도 않으면서 일을 시킨다는 것입니다.

① 탕비실이 있는지도 몰라 하루 종일 물 한 모금 못 마시고
② 생전 처음 보는 24만 평이나 되는 도면 7장을 주면서 동선 파악을 요구하고
③ 중국어도 모르는데 중국 도면을 주면서 일을 시키고
④ 신입인 알바생에게 그 결과물을 생산하도록 종용하고
⑤ 회의 시간에 생리가 나와 생리대를 사러 가려 해도 시간이 없어서 화장지로 대체하고
⑥ 차장님이 아래층에 가면 파란 박스가 있으니 가져오라고 시켰는데, 파란 박스는 없었고, 무엇인지 알 수가 없어서 눈치껏 찾아보니 파란색 파우치가 있어 가져다주니 "맞어! 맞어!"라고 만족하였는데, 수십 분 개고생하면서 등골이 오싹하도록 소름이 나는 경험
⑦ 또한 아무도 회사와 업무에 관련된 것을 알려주지도 않고 일을

시킨다는 것

⑧ 그리고 과장님에게 질문하러 가는 나를 불러 질문을 그만 좀 하라며, **"야! 기본이 안 되어 있다"**라는 등 '폭언'을 하며, **"야! 너 때문에 업무에 집중이 안 되고 흐름이 끊긴다"**라고 '반말'로 '핀잔'을 주었습니다. 아무도 알려주지 않은 업무를 초짜가 어떻게 할 수가 있을까요?

⑨ 그리고 상사는 출근 1일차부터 유뎅이에게 업무나 회사에 관해 알려주는 것 하나 없이 **"야! 기본이 안 되어 있어!" "야! 너는 이런 거 할 줄 아니?" "야! 너 때문에 팀원이 집중을 못 해!" "야! 너 때문에 일하다 흐름이 끊겨!" "야! 넌 기본이 안 되니, 생각 좀 해!" "야! 너는 그런 것도 모르니?" "야! 파일 다 열어보고 네가 알아서 해!" "야! 네가 알아서 좀 해!"**라고 하는 등 유뎅이에게 항시 '반말'로 '핀잔'을 주었다고 합니다.

도대체 어떻게 된 일일까요?

이것은 분명 우리 유뎅이가 멍청하거나, 상사가 개념이 없거나 둘 중 하나일 것입니다.

여기서 분명한 것은 우리 유뎅이는 졸업하면서 A+ 학점을 받은 과목도 있다는 사실입니다.

또한 면접 보는 날, 옆에 있던 분이 "그럼 나 짤리는 거야!" 하는 말을 들었습니다. 처음에는 무슨 말인지 몰랐으나 며칠간 근무하면서 알게 되었다고 합니다. 인턴이 잘리는 것은 파리 목숨과 같다는 것을….

그리고 더 충격적인 것은 인턴에서 정규직으로 채용되기란 하늘에 별 따기고, 1년 내지 2년 견뎌도 잘하면 계약직으로밖에 연장이 안 된다고 하고, 계약직도 1년 내지 2년 근무하면 퇴사한다고 하는 말을 들었습니다.

정말 소름끼치는 일이 아닙니까?

그래서 유뎅이는 경력을 위해 2년만 잘 버티자고 말하였습니다.
아빠인 저도 또한 상식에 반하는 내용을 들으면서 매우 실망하였습니다.

2주차 월요일에는 회사에서 퇴근해서 유뎅이에게 이해 안 되게 일을 시키던 상사가 이해가 된다며, 너무 고맙다고 합니다. 왜냐고 물으니 나의 고통을 알게 해주고, 내가 모르는 것을 알게 해주어 너무 고맙다고 합니다. 그때까지만 해도 '회사에 적응을 잘하고 있구나' 하고 안심하였습니다.

그리고 12일 수요일부터는 **"회사가 다 보이네"**, **"선배님들의 마음이 다 읽히네"**, **"아빠가 회사를 차려야 하네"**, **"배반은 하지 말아야 하**

네", "경청이 중요하네", "신중해야 하네", "말을 하지 말아야 하네", "선배님들의 마음을 다 알 수 있네", "중국어가 보이네" 등의 말을 하였습니다.

그때까지도 일반적인 회사생활에서의 궁금증을 표현하는 줄 알았습니다.

또한 금요일(14일)은 회사에 휴가를 신청하였습니다. 대학교에서 졸업증명서도 받고, 교수님이 보고 싶고, 소개해준 고마운 마음을 전달하고자 저녁 약속을 하였습니다.

이렇게 유뎅이의 집과 회사에서의 행동은 매우 정상적인 것 같았습니다.

그런데 15일 토요일 저녁에 회사 가기가 두렵다며 일주일간 휴가를 갖는다고 하였습니다. 일반 상식적으로 이해가 되지 않는 말을 하기에 속사정은 묻지 않고, '회사에 부적응하는구나!' 이해하고, 그러면 그만둘 땐 그만두더라도 월요일 아침에 정상 출근하여 "사회 진출 초년생으로서 사회 진출이 아직 이른가봅니다"라고 사정을 말하라고 타일렀습니다.

그리고 3주차 17일 월요일에 도저히 회사를 나갈 수가 없었는지, 출근이 두렵다며 회사의 상사에게 전날인 16일(일요일) 카톡을 보낸 것 같습니다.

상사와의 카톡 내용은 유뎅이 친구 B라는 아이가 알려주어 알게 되었는데, 저는 17일 퇴근 후 저녁에 그 카톡 내용을 보고 눈물이 쏟아졌습니다.

그 내용을 요약하면, "일주일만, 내일 하루만, 쉬면 안 될까요", "수석님이 제에게 결과물을 보여달라고 채찍질하면 전 버거워요", "계속 오늘 끝내려고, 저 요즘 수면제 없으면 못 자요", "귀신이 보일 것 같아요", "진짜 회사 못 가겠어요", "중국어가 보이니까 너무 무서워요", "제 생각이 없어져요", "제가 허탈해서 죽을 것 같아서"라고 하고 있습니다.

이제야 유뎅이의 고통이 어떠했는지 알게 되었습니다.
왜 그렇게 행동을 해야만 했는지 이해하게 되었습니다.

상사는 어떻게 신입에게 첫날부터 경력자나 전문가와 같은 일을 시키면서, 그 결과물을 내놓으라고 채찍질을 하고, 가르쳐주지도 않으면서, 숙지도 안 되고 모르는 게 더 많은 업무를 '막말'과 '반말'을 해가며 막무가내로 명령을 하였는지, 아빠인 저는 알 수가 없습니다.

또한 월요일(17일) 저녁에 유뎅이 친구 B가 걱정이 되었는지, 유뎅이 언니 앞으로 상사와의 카톡 내용과 함께 B 자신과의 카톡 내용을 같이 보내왔습니다. 그 B와의 카톡 내용도 또한 매우 충격적이었습니다.

그 내용을 요약하면, 학교생활을 할 때는 그러지 않았는데 비속어 (욕)를 많이 사용하고, 술 먹고 말하는 사람처럼 말끝을 흐리고, 자기가 공황장애가 온 것 같다고 말을 하며, 숨을 헐떡거리고, 맥락 없는 이야기를 하고, 설리가 왜 죽었는지, 코로나가 왜 왔는지 알 것 같은 느낌이라고 하고, 중국어를 모르는데 갑자기 중국어가 보인다고 하면서, 회사에 다니면서 멘탈이 약해진 상태라 하며 병원에 꼭 데려가보라고 당부하고 있습니다.

우리 유뎅이가 사회 초년생으로 부푼 꿈을 갖고 회사에 출근하여, 한편으로 불안하면서도 호기심과 생소함으로 마냥 즐거울 줄 만 알았던 회사생활이 경력자나 고참들에게 요구되는 결과물을 생산하도록 강요받았다는 것에 매우 충격적이면서도, 이해가 안 되었습니다.

출근 첫날부터 24만 평이 넘는 도면을 주면서 동선을 짜고 그 결과물을 가져오라고 강요당하고, 게다가 야근까지 시켜가면서 한국어가 아닌 중국어로 작성된 도면을 주고 해결하라고 하니 얼마나 심적으로 부담이 많이 되었겠습니까?

게다가 유뎅이는 중국어를 전혀 모르는데 말입니다.

어떻게 출근한 지 얼마 되지도 않은 초짜에게 결과물을 가져오라고 강요하고, 채찍질을 하였는지 도저히 이해가 안 됩니다.

또한 회사의 환경 및 업무 내용과 업무의 과정 등을 하나도 가르쳐주지 않았다고 하니 참으로 원망스럽습니다.

더 나아가 기초적인 회사의 구조나 생필품의 위치 등도 전혀 모르는데 어떻게 회사생활을 할 수 있겠습니까?

또한 출근 첫날부터 탕비실이 있는지도 몰라 물 한 모금 마시지도 못하고, 회의 시간에 갑자기 생리가 나왔는데도 생리대가 없어서 긴급으로 화장지로 대처하고, **상사에게 질문하면 '반말'로 "야! 그것도 몰라?" '핀잔'을 주고, 질문을 안 하면 '반말'로 "야! 왜 질문을 안 해!"라고 '겁박'을 하고, 그야말로 스트레스의 연속이었습니다.**

유뎅이와 차장과의 카톡 내용에서도 보면 알 수 있듯이, 유뎅이의 고통을 그대로 보여주고 있습니다.
"일주일만 하루만 쉬면 안 될까요?" 하소연하고 있으며, **"수석님이 저에게 결과물을 보여달라고 채찍질하고", "계속 오늘 끝내려고 저 요즘 수면제 없으면 못 자요"**라고 말하며, **"귀신이 보일 것 같아요", "진짜 회사 못 가겠어요", "제 생각이 없어져요", "몸이 아파요"**라고 '원망'을 하고 있습니다.

사회 초년생의 회사생활은 그야말로 지옥이었을 것입니다.
이와 같은 상황은 사회 초년생인 유뎅이에게는 너무나 큰 **'업무 과중'**과 **'스트레스'**의 연속이었을 것입니다.

아빠는 그런 사정도 모르고 회사에 적응하지 못하는 것 같아서 퇴사를 종용했습니다. 참으로 나쁜 아빠입니다.

이와 같은 사정으로 우리 사랑하는 딸이 정신병원에 가는 지경에 이르니, 참으로 한탄스럽고 원망스럽습니다.

(다) 증상의 발견과 응급실

아빠인 저는 2월 17일 월요일 오전까지 유뎅이의 증상을 전혀 눈치 채지 못하였습니다. 사회 초년생으로 당연히 겪는 과정이라고만 생각하였습니다.

그래서 15일 저녁에 회사가 두렵다며 일주일 쉬어야겠다고 말을 할 때도 '유뎅이가 회사에 적응하지 못하는구나!' 하고 안타까워했습니다. 그리고 그만둘 땐 그만두더라도 월요일에는 정상적으로 출근하여 "사회 진출 초년생으로써 사회 진출이 아직 이른가봅니다"라고 사정을 이야기하라고 타일렀던 적이 있었습니다.

유뎅이의 속사정은 묻지도 않았습니다. 왜냐하면 회사에 부적응하는 것으로 판단하였기 때문입니다.

그런데 저는 월요일(17일) 저녁에야 유뎅이 친구 B라는 아이가 유뎅이 언니에게 카톡을 보내와 유뎅이의 고통을 알게 되었습니다. 그동안 유뎅이는 자신에게 닥친 정신적 어려움과 고통과 심각성을 말하지 않았습니다. 아니, 회사생활이 다 그런 것인 줄만 알았고, 자각하지 못하였던 것 같습니다.

17일 월요일 저녁 회사에서 퇴근을 하고 집에 왔는데, 유뎅이 친구 B라는 학생이 걱정이 되었는지, 유뎅이 언니 앞으로 카톡을 보내와 심각성을 알게 되었습니다. 차장과의 카톡 대화와 B와의 카톡 대화를 같이 보내주었는데, 그 내용은 정말로 충격적이었습니다.

그래서 다음 날(18일) 저는 회사 출근을 미루고 유뎅이를 데리고 병원을 가기 위해 집에서 대기하고 있었습니다.
그러다 증상이 갑자기 악화되어 경찰관 입회하에 구급차량의 도움으로 H 대학병원 응급실로 가게 되었습니다.

유뎅이가 회사 출근 후부터 잠을 잘 못 이루고 있었는데, 아마도 17일 전까지 3~4일간 내리 한숨도 못 잔 것 같습니다.
H 대학병원 응급실에서는 **'스트레스에 의한 급성 반응'**이 보여 입원을 해야 한다고 하였습니다. 그 입원 병동이 폐쇄 병동으로 면회가 제한되고, 외부인 출입이 통제되는 곳이라고 하고, 또한 유뎅이가 너무 불쌍하고 가련해서 도저히 입원을 시킬 수가 없었습니다.

그래서 의사 선생님이 통원 치료를 하려면 집에서 간호를 잘해야 한다면서 원고의 곁에 항시 사람이 붙어 있어야 한다고 하여, 원고의 엄마는 그날로 직장을 그만두게 되었습니다.

유뎅이의 증상은 다음과 같습니다.

① 말이 많아짐 ② 헛소리를 함 ③ 잠을 못 잠 ④ 상스런 욕을 함 ⑤ 몹시 덥다고 함 ⑥ 중국어가 보인다고 함 ⑦ 코로나를 두려워함 ⑧ 특정 정치를 욕함 ⑨ 윗층에서 이상한 소리가 들린다고 함 ⑩ 귀신이 보인다고 함 ⑪ 자기 몸 상태에 대해 자각을 못 하는 등입니다.

그런데 19일 H 대학병원에서 코로나 환자가 확진되어, H 대학병원으로 진료를 할 수 없게 되어 다음 날 20일 M 병원으로 가게 되었습니다.

M 병원에서도 장기 치료를 요하며 상태가 위중하여 입원을 해야 한다고 하였으나, 여기서도 원고가 너무 가엾고 불쌍해서 도저히 입원을 시킬 수가 없었습니다.

그래서 엄마의 보호 아래 당분간 통원 치료를 받아보기로 하였습니다.

그리고 보호자가 환자를 꼭 옆에서 지켜보아야 하고, 환자를 혼자 두면 위험하고, 주변에는 흉기가 되는 칼 등을 없애라고 하였습니다.

정신질환 환자의 입원 병동은 일반 입원실이 아니라 밀폐되거나 면회가 통제되는 폐쇄 병동이라고 하니 참으로 어이가 없었습니다.

평소에는 상상하지도 못한 일이 벌어지고 있었습니다.

당시 유뎅이는 자각 증상을 전혀 알지 못한다는 것이 가장 큰 문제였습니다.

가만히 되돌아보면, 14일 금요일경 회사를 일주일간 쉬어야겠다고 할 때부터 이상이 온 것 같습니다.

저는 이와 같은 상황에 대하여 도무지 이해할 수가 없습니다.

평시 아무 탈 없이 활달했던 아이에게 도대체 무슨 일이 있었던 것인지?

매우 궁금하지 않을 수가 없습니다.

(라) 결어

알바생인 유뎅이는 회사에 적응할 수 있는 신입 교육을 전혀 받지 못하였습니다.

심지어 회사의 구조나 동선, 비품의 위치 등을 알려주지도 않고 일만 시켰습니다. 알바생인 신참 유뎅이는 회사 경험이 전무하고, 경력자도 아닌데 어떻게 상사의 업무를 다 알아서 할 수가 있었을까요? 알바생을 경력자처럼 일을 부려먹는데 어떻게 감당할 수 있었을까요?

사회 초년생인 유뎅이는 당연히 회사생활이 다 그런 줄로만 알았습니다.

또한 유뎅이가 업무에 대하여 알려달라고 묻거나, 질문을 하는데도 상사는 **"야! 회사 분위기를 망친다"** 하고, **"야! 기본이 안 되어 있니?"** **"야! 그것도 모르니!"** 하고, '반말'과 함께 수시로 '핀잔'을 해대니, 어떻게 회사생활을 견딜 수가 있단 말입니까?

상사의 직위를 이용한 **'갑질'**과 **'질책'**과 **'핀잔'**과 **'반말 섞인 말투'**는 신입인 알바생에게는 적응하기가 어려웠을 것이고 '지옥'과도 같았을 것입니다.

그렇지 않아도 아는 사람 하나 없고, 회사 분위기가 낯설고, 회사에 근무해본 경험이 없는 알바생인 유뎅이에게는 회사가 끔찍해 보였을 것입니다.

더군다나 알바생으로 일하는 사회 초년생이 업무와 관련된 교육을 전혀 받지 못하였고, 업무와 관련된 일을 가르쳐주지도 않으면서, 일을 시켰다는 것은 **폭력**에 더 가까운 것일 것입니다.

심지어 회사의 구조나 동선, 생필품 등과 탕비실조차도 어디 있는지 전혀 몰랐다고 하니 참으로 어처구니가 없습니다.

결과적으로 상사의 '반말'과 '갑질'과 보이지 않는 묵시적 압박과 칠흑 같은 정신적 폭력과 알지 못하는 생소한 업무를 무리하게 시키는 과정에서 과중한 '업무 스트레스'가 계속적으로 쌓이고 쌓여 급성으로 '정신적 질환'이 발병하였다고 볼 수 있을 것입니다.
그리고 알바생인 유뎅이에게 업무에 대한 버거움보다는 유뎅이에게 벅찬 업무나 상사의 갑질이 더 부담감으로 작용하지 않았을까요?

게다가 상사에게 결과물을 내놓으라고 채찍질당하는 알바생인 유뎅이에게는 새로운 환경의 회사 업무가 '중압감'과 '압박감'의 '부담'으로 작용하였을 것입니다.
알바생에게 얼마만큼 많은 능력을 바랐단 말입니까?

알바생에게는 단순한 노무와 주변 정리와 심부름 등을 하는 초보적인 일이 맞을 것입니다. 만일 신입인 알바생에게 테스트를 하기 위해 상사가 **'갑질'**을 저질렀다면, 그것은 더 큰 **'폭력'**이 될 것입니다.
결국 사회의 초년생인 유뎅이에게 **상사의 다정스럽지 않은 눈빛은 따가운 불빛에 더 가까웠을 것이며, 예사롭지 않은 말투는 자애로움보다는 '언어폭력'으로 다가왔을 것입니다.**
이것은 분명히 직위를 이용한 **'갑질'**인 것입니다.

그리고 유뎅이에게는 원래 정신질환과 관련된 **기저질환**이나 **기왕증**이 없었습니다.

 이에 유뎅이의 갑작스런 병증은 상기에서 알 수 있듯이, **상사의 '반말'과 '핀잔'과 각종 모욕적인 언행들**과, 업무의 과격한 진행과 결과물을 재촉하는 상사의 채찍질로 인하여 두려움과 고통 속에서 업무를 수행하는 과정에서 급격히 발현된 병증이고, 상사(차장)와의 카톡 내용을 보더라도, **"일주일만 하루만 쉬고 와도 될까요?", "수면제 없으면 못 자요", "중국어가 보이니까 너무 무서워요"**라고 하소연을 하고 있으니, 이로 인하여 병증이 발병하여 악화되고 있었음을 잘 알 수가 있고, 친구의 카톡 내용에서 알 수 있듯이, **학교생활을 할 때는 그러지 않았는데 비속어를 사용하고, 숨을 못 쉬고, 말의 맥락이 없고 두서없이 말을 하며, 갑자기 중국어가 읽힌다 하고, 회사에 다니면서 멘탈이 약해졌다고 하고, 또한 귀신이 보인다, 코로나랑 우주를 말하며 나의 이상은 코로나 때문이라고 횡설수설**하니, 아무래도 불안 장애 같으니 병원에 꼭 데려가라고 하고 있습니다. 이로써 병증이 악화되고 심화되었다는 것을 확인할 수가 있습니다.

 그리고 H 대학병원의 의무기록에서는 퇴실 시 진단명 '급성 스트레스에 의한 반응 또는 정신질환(Acute stress reaction)'이라고 하고 있으며, M 병원의 소견서에서는 '급성 증상을 치료 중'이라고 진단하고 있으며, 또한 심리 검사에서는 단기 정신적 장애 및 편집증, 피해망상, 정신분열과 "직장 상사로부터 '갑질' 당한 것에 대한 '피해의식'이 가장 크게 두드러집니다"라고 하고 있습니다.

그 결과로 근로복지공단 자문위는 '단기 정신병적 장애'라고 진단하였고, M 병원 소견서에서는 '정신병적 장애'라고 판단하고 있습니다.

이를 종합해보면, 유뎅이에게 새로운 업무에 따른 정신적 스트레스와 고통이 계속적으로 쌓여, 정신질환이 급격하게 발생되었다고 보지 않을 수가 없고, 여기서 상사의 '반말'과 '핀잔'은 유뎅이의 스트레스와 인과관계가 상당하다고 할 것입니다.

따라서 신참이자 알바생인 유뎅이에게 상사의 '과격한 업무 지시'와 수시로 '반말'로 '핀잔'을 주고, 특히 '갑질'로 인해 가슴에 멍울을 지게 하고, 가르쳐주지도 않으면서 업무를 수행하게 함으로써, **이로 인한 스트레스와 업무의 과중한 부담과 압박감 등으로 인하여 '급격히 찾아온 스트레스에 의한 반응 또는 정신질환(Acute stress reaction)'이 발현되었고, 이에 근로복지공단자문의는 '단기 정신병적 장애'를 진단하였으며, M 병원에서는 병증이 악화되어 '양상 조현 장애'로 진단하기에 이르게 된 것이고, 향후로도 지속적인 '정신과적 치료'가 필요할 것으로 판단된다고 하고 있습니다.**

감사합니다.

※ 대법원 1999. 1. 16. 선고 98도3732판결에서 "성폭력 범죄의 처벌 및 피해자 보호 등에 관한 법률 제9조 제1항의 상해는 피해자의 신체의 완전성을 훼손하거나 생리적 기능에 장애를 초래하는 것으로, 반드시 외부적인 상처가 있어야만 하는 것이 아니고, 여기서 생리적인 기능에는 육체적 기능뿐만 아니라 '정신적 기능'도 포함된다."

48. 편지

● 네 번째 편지 - 유뎅아! 많이 힘들지

그래, 이 못난 아빠를 용서하지 마라.

얼른 퇴원해서 이 아빠를 많이 때려서 아빠가 아프다고 소리칠 때까지 혼내주거라!

아빠가 정신 차리도록.

아빠는 유뎅이에게 혼이 날 준비를 하고 있다.

부디 빨리 건강을 찾아서 이 못난 아빠를 혼내주기 바란다.

아휴!

유뎅이가 아픈데 아빠가 해줄 것이 하나도 없네.

아빠가 이렇게 무기력하다는 것을 깨우치니 정말 가슴이 아프다.

유뎅이가 빨리 회복되기만을 간절히 빌 뿐….

'약 잘 먹고' 건강이 회복되면 다시는 떨어지지 말자.

지금도 후회하고 있지만, 건강을 되찾으면 절대 떨어져 있지 말자!

아빠의 못난 결정이 훗날 너에게 빛이 되기를 바랄 뿐.

다시는 유뎅이와 헤어지지 않도록 노력할게.

'약만 잘 먹으면' 집으로 빨리 보내달라고 애원할게.

손가락 걸고 약속.

2020. 3. 18. 09:00

정말 못난 *아빠가*

● **일곱 번째 편지 - 내가 사랑하는 우리 예쁜 딸에게**

오늘은 유뎅이가 입원한 지 나흘째 되는 날이야!

어제 간호사님과 처음으로 전화 통화를 했어.

사실은 간호사님과 전화가 되는 것을 어제야 알았지.

통화에서 점심은 다 잘 먹었고, 약은 아직까지 거부해서 힘들게 먹었다고 들었어.

그래도 밥을 잘 먹었다는 소식을 듣고 얼마나 다행인 줄 몰라.

엄마는 유뎅이가 밥을 못 먹을까 봐 조마조마 하고 있었거든.

그리고 병원에 매점이 있는데, 먹고 싶은 거나 필요한 거 있으면 간호사님에게 말씀을 드려서 달라고 해. 아빠가 매점에 돈을 많이 맡겨놨거든. 필요한 것 있으면 간호사님에게 뭐든 말씀을 드려. 그러면 다 해주실 거야.

특히 두유는 떨어지지 않도록 해달라고 요청을 하였어. 또한 전화 카드도 맡겨놓았는데, 필요하면 전화해.

그런데 전화는 간호사님이 유뎅이가 약 잘 먹고, 말 잘 들으면, 전화 걸게 해줄 거야! 그러니 선생님 말씀 잘 들어!

어제는 이모가 유뎅이의 사주를 보았는데, 유뎅이가 너무 예뻐서 주변 사람이 시샘을 하여 병이 발병되었다고 하네. 정말 예쁜 것도 탈인가 봐.

그리고 이번 일로 유뎅이가 더욱 단단해질 거라고 하네. 쇠가 달구어져 망치로 두들겨서 단단한 쇠로 거듭 탄생되는 것처럼.

어떻게 그렇게 딱 맞추는지 아빠도 경악을 했지.

그래 유뎅아, 지금 네가 겪고 있는 현 상황은 유뎅이를 더 단단하고, 견고하게 성인이 되는 과정의 일환이라고 생각해.

아프리카에서 나이가 들면 성인식을 하는 것을 TV에서 본 적이 있는데, 무척 힘든 과정(활을 쏘고, 불 위를 걷고 등등)을 겪고 통과되어야만 진정한 성인이 되는 것이었어.

유뎅이도 성인이 되기 위한 일종의 시험 같은 것이 아닐까? 아니면 성인식이라고 할까? 아니면 유뎅이가 마음이 착하고, 여려서 호된 신고식을 하는 것이 아닐까?

아빠가 언젠가 말하기를 "어떠한 어려움과 고통이 닥치더라도 긍정적으로 생각하면서, 그 어려움 자체를 즐겨라!"라고 말한 적이 있었을 거야!

유뎅이는 생각이 나니!

아마 너는 강한 쇠가 아니라 다이아몬드가 되어서 아빠 앞에 나타날 거라고 믿어. 어차피 너는 보석이잖아! 설마 아빠만 그렇게 생각하나? 맞아, 너는 다이아몬드 보석이 될 거야.

언젠가 유뎅이와 네 친구가 아빠를 '한남'이라고 하였는데, 아빠 왈, "그래 아빠는 한남이야!" 했더니, 너희 둘이서 배꼽이 빠지도록 뒹굴면서 웃어댔는데, 속으로는 정말 걱정이 많이 되었어! 너희가 배꼽이 빠질까 봐!

그래도 다행히 괜찮았지만, 앞으로는 그렇게 크게 웃지 마! 아빠가 걱정이 되어 혼났으니까! 아니, 그렇게 마음껏 크게 웃어! 지구가 종말이 온다고 해도 유뎅이가 웃는 모습이 보고 싶어! 사랑하는 우리 예쁜 딸아! 부디 단단하고 건강한 유뎅이로 새롭게 태어나기를 빌게.

지구가 종말이 온다 해도, 나는 우리 유뎅이만을 사랑할래요.
아빠는 아직도 '한남'이니까요!

2020. 3. 19. 04:11
세상에서 가장 바보인 팔불출 아빠가

● 열한 번째 편지 - 유뎅이 노래방 만들기

(2020년 3월 21일 토요일)

오늘은 갑자기 병원에서 전화가 왔다.
유뎅이가 열이 많이 나서 전화를 했다고 한다.
열이 더 오르면 전화하겠다며 대기하라고 하였다.
아빠의 가슴이 철렁 내려앉았다.
어찌할 바를 몰라 가슴이 쿵쾅쿵쾅거렸다. 어찌된 일일까?

곰곰이 생각하다가, 평시에 유뎅이가 덥다고 부채를 부치고, 윗옷을 벗었던 기억이 떠올랐다. 그래서 아빠는 얼른 간호사님에게 전화를 걸어 그간의 자초지종을 알려주었다. 그래서였는지, 더 이상 전화가 오지 않았다.

다음 날 일요일에 전화를 하여 물어보았더니 열은 정상으로 회복되었다고 하였다. 얼마나 다행인지 모른다.

그리고 수액(영양제)을 잘 맞추었다고 하고, 일요일 아침 늦게까지 잠을 잔다고 하였다.

그래, 유뎅이 증상 중에 사뭇 열이 많이 난다고 하였지.

그래서 부채를 부치고, 아빠도 옆에서 부채질을 해주곤 하였지.

어찌되었든 간에 열이 떨어졌다니 참으로 다행이다.

사랑하는 딸 유뎅아! 벌써 일주일이 지나가네. 기분은 어떠니!
약은 잘 먹고 있는 거지!
선생님 말씀을 잘 듣고, 약만 잘 먹으면 건강을 빨리 찾을 수가 있어.

아빠도 전립선과 당뇨 때문에 아침, 점심, 저녁으로 약을 먹는 것을
보았을 거야. 아빠도 선생님이 주시는 약을 먹고 건강하게 지낼 수가
있는 거야!
만일 아빠가 약을 안 먹는다고 상상을 해봐! 그러면 어떻게 되겠
어? 매일 골골대면서 유뎅이도 못 알아보고, 병원에 입원이나 하고,
일도 못 하고, 돈도 못 벌고, 더 싫은 것은 너희들에게 짐이 되고, 슬
픔을 안겨주는 거야.

그러면 우리 예쁜 유뎅이를 못 볼 수가 있지.
얼마나 가슴 아픈 일이겠어! 아빠는 상상하기도 싫다.

그래서 아빠는 악착같이 약을 먹는 거야. 얼마나 고마운 일이야. 의
사 선생님과 약이 세상에 존재한다는 것이.

유뎅아! 약은 너에게 이로운 존재야! 아빠에게도 물론이고.

우리가 배가 아플 때나 감기에 걸렸을 때도 약을 먹으면 빨리 낫잖아!

우리 유뎅이도 약을 잘 먹어서 유뎅이에게 찾아온 병마를 빨리 물리쳐서 건강이 회복되기를 바래. 그래야 엄마, 아빠가 행복해하고, 하루 빨리 아빠, 엄마를 볼 수가 있지.

유뎅아! 사랑한다.

천 번, 만 번을 외쳐도 모자라는 우리 유뎅이에 대한 아빠의 마음은 항상 부족함을 느끼네.

아! 그리고 유뎅이 방에 에어컨 설치가 완료되었어.

너무 늦게 설치해서 미안한 마음이 든다.

더 빨리 설치해주었어야 했는데….

앞으로는 유뎅이가 필요한 것이 있으면 더 빨리 신속하게 해결 해 줄 것을 다짐해본다.

(2020년 3월 22일 일요일)

오늘은 유뎅이가 열도 내리고, 잠도 푹 잔다고 하니, 내일이 기대가 된다.

우리 유뎅이의 증상이 얼마나 호전이 되었을까?

오늘은 아빠가 쉬는 날이라 일찍 일어나 노래방 꾸미는 일을 시작하기로 하였다. 유뎅이가 퇴원하면 엄마, 아빠 그리고 유뎅이 친구들과 신나게 노래를 부를 수 있는 장소를 만들어 주고 싶어서다.

오늘의 작업 목표는 방과 거실에 방음과 난방을 위한 보온 벽지를 붙이는 일을 하려고 한다. 오늘 최대한 마무리 공사까지 하려고 한다.

그런데 밤 9시 30분까지 작업을 하였으나 95% 정도 완성을 하였다.

보온 벽지 도배 작업은 퇴근 후 짬짬이 벌써 5일째 하고 있다.
유뎅이가 빨리 퇴원을 하면 짠 하고 보여주고 싶어서, 오늘은 마무리까지 하려고 하였는데 마음만 급했나 보다.

내일(월요일)은 방 외벽의 방음 공사를 할 예정이다.

유뎅이가 빨리 건강을 회복하고 집으로 돌아오기만을 손꼽아 기다린다.

이제 아빠는 내일 출근을 해야 하고, 배도 고프고, 힘이 많이 들어서 좀 쉬어야겠다.

우리 유뎅이도 약 잘 먹고, 건강하고, 씩씩한 모습으로 아빠와 엄마와 만나는 날을 고대하며 하루를 잘 보내기를 바란다.

오늘은 시간이 매우 빨리 지나간 것 같다.

2020. 3. 22. 24:15
우리 유뎅이의 쾌유를 기다리며 아빠, 엄마가

● 열네 번째 편지 - 우리 예쁜 딸 유뎅이에게

오늘은 2020년 3월 25일 수요일, 유뎅이가 입원한 지 10일째다.

어제는 유뎅이가 전화를 해 너무 반가웠다.
처음 입원했을 때 상황보다는 많이 좋아진 것 같다.

병이 발생했던 2월 18일 대학병원 응급실에 갔을 때를 떠올려 본다.
그때는 3~4일 후에 경과가 많이 좋아졌다. 눈으로 보일 정도로 호전이 되었다. 그런데 병의 심각성을 인지하지 못하였고, 병이 몸속에 내재되어 있는 증상에 대하여 잘 알지 못하였다.

유뎅이 병이 악화되어 M 병원에 입원을 하고 난 후에야 유뎅이 병에 대하여 자세히 알게 되었다. 얼마나 후회가 되는지 모른다. 좀 더 적극적인 치료와 약 먹는 것에 신경을 썼어야 했는데…. 정말 후회스럽다.

그러면 유뎅이와 떨어져 있지 않아도 되었고, 입원하는 일은 없었을 텐데….

이번 일을 기회로 유뎅이의 병증에 대하여 공부하여, 다시는 우리 예쁜 유뎅이와 떨어져 있는 일을 만들지 말아야겠다고 다짐을 해본다.

오늘은 2020년 3월 26일 목요일, 유뎅이가 입원한 지 11일째다.

하루하루가 빨리 지나갔으면 좋겠다.
그러면 유뎅이를 더 빨리 만날 수 있을 테니까.

오늘은 유뎅이의 전화를 받았다. 목소리는 좀 어두웠지만, 저번에 전화한 목소리보다는 맑아졌다. 약도 잘 먹고, 간호사 선생님 말씀도 잘 듣는다고 하니 참으로 기쁘다.

또한 오늘 주치의 선생님과 면담을 하였는데, 유뎅이가 간호사 선생님 말씀을 잘 듣고, **약을 잘 먹어서 다음 달에는 퇴원해도 괜찮을 것**

같다고 하셨다.

원래 예상은 3개월 이상 입원을 해야 한다고 하셨다.

그러면서 병원처럼 집에서 약만 잘 먹는다면, 입원한 지 한 달 만에 집에서 요양을 해도 괜찮을 것 같다고 하셨다. 참으로 반가운 말씀이다. 이렇게 기쁜 날이 없다.

아마 기적인 것 같다.

보통 환자들은 최소 빨라야 3~4개월이 되어야 퇴원할 수가 있다고 하였다.

유뎅아, 선생님이 입원 한 달 후에는 집에서 요양해도 괜찮을 것 같다고 하셨어.

병원에서처럼 약을 잘 먹어야 한다는 전제를 달았지만….

아빠는 그래도 좋아. 네가 열심히 병을 이기려고 노력한 덕분이야. 앞으로도 퇴원하는 그날까지 선생님, 간호사님 말씀을 잘 듣고, 약을 잘 먹어서 더 건강하게 엄마, 아빠, 언니, 보리와 만나자.

네가 지금 아픈 병은 약만 잘 먹으면 잘 고쳐지는 병이야.

그런데 이 병은 고약스럽게도 약을 잘 안 먹으려 하지.

약을 안 먹으려는 것이 이 병이 악화가 되는 원인이었던 거야!

그런데 유뎅이는 선생님, 간호사님의 말씀에 따르면 약을 잘 먹는다고 하니 참으로 다행스러운 일이야. 그래서 주치의 선생님이 종합적으로 판단할 때 한 달(4월 중순경)만 있으면 집에서 요양해도 괜찮을 것 같다고 판단을 하신 것 같아.

유뎅아, 조금만 더 참고, 잘 견뎌내서 조만간 우리 기쁘게 만나자.

오늘은 2020년 3월 26일 금요일, 유뎅이가 입원한 지 12일째다.

오늘은 아빠가 야근하는 날이라 근무를 하고 있는데, 엄마가 저녁을 싸가지고 왔다.
엄마가 항상 고생을 많이 한다.

저녁을 다 먹고 있는데 갑자기 유뎅이가 편지를 보냈다고 불쑥 내밀었다.
밥 먹기 전에 보여주면, 눈물에 밥 말아 먹을까 봐 밥 다 먹고 난 후에 준다고 하였다.

엄마, 아빠는 유뎅이가 입원한 날부터 눈물로 밤을 지새웠다.

유뎅이도 현 상황에 대하여 이해할 수가 없었겠지만 엄마, 아빠 또한 기가 막히고, 코가 막히고, 청천벽력과 같은 현 상황을 어떻게 이해할 수가 있단 말인가?

아직도 믿겨지지가 않는 지금의 현 상황을 도저히 받아들일 수가 없어서 눈물로 하루하루를 지새웠다. 오늘 같은 현 상황이 황망하기 그지없다.

그런데 이렇게 유뎅이가 편지를 써서 보내오니 기쁘기가 한량없다.

내용도 내용이지만 편지를 썼다는 것과, 그것도 가족에게 썼다는 것에 대하여….
이것은 유뎅이의 증상이 많이 호전되었다는 반증이기도 하기 때문이다.

정말로 고맙다. 유뎅아! 잘 버텨주고, 선생님, 간호사님 말씀을 잘 듣고, 약도 잘 먹어서 고맙다.

주치의 선생님이 한 달(4월 중순)만 있으면, 집에서 요양해도 된다는 말이 부모를 위로해주려고 립서비스 한 말이 아니었다는 생각이 든다. 참으로 고마운 분들이다.

오늘 아빠는 예상보다 2~3개월 빨리 유뎅이를 만날 수 있다는 생각에 가슴이 벅차오른다.

유뎅아! 우리 예쁜 딸 유뎅아! 고맙다. 고맙다. 고맙다. 고맙다. 고맙다. 고맙다.

그리고 의사 선생님 바뀌는 것은 너무 염려하지 마! 아빠 엄마가 선생님 만나서 그간의 사정을 말씀드려서 잘 돌봐달라고 부탁을 드릴거야. 아니, 어쩌면 새로운 선생님이 더 잘 돌봐주시지 않을까? 아빠는 그렇게 믿어.

아빠는 요즘 너무 기뻐! 좋은 소식만 들려와서. 유뎅이가 건강하기만 하면 그것으로 만족해. 그래도 앞으로는 우리 아프지는 말자! 알았지, 우리 예쁜 딸!

그리고 친구 S 전화번호는 010-××××-××××인데, ○○○는 전화번호를 모르겠네. 전화번호가 바뀌었는지, 언니가 전화해보니 다른 사람이 받았고, 누군지 모른다고 해.

엄마, 아빠는 네가 지금 세상에 다시 태어나는 것 같은 기분으로 유뎅이를 만나는 날까지 참고 기다릴게. 부디 건강하게만 있어줘.

그리고 3층은 이사 가라고 이해를 구했어, 계약 기간이 12월이야. 아마 올해 안에는 가겠지.

유뎅아! 편지 정말 고맙고, 감사해!
정말로 하늘에 감사하다고 말해본다.
감사합니다.

2020. 3. 27. 20:35(유뎅이 전화가 걸려옴)
세상에서 제일 예쁜 유뎅이 아빠

● 열여섯 번째 편지 - 나의 물망초

오늘은 3월 31일 화요일, 유뎅이가 입원한 지 16일차다.

유뎅아! 드디어 꺾인 하루가 지나갔네!

퇴원이 14일밖에 안 남았네.

아빠는 하루하루 지나는 것이 너무 좋다.
유뎅이를 만난다는 생각에 너무 기대가 된다.

짧다면 짧고, 길다면 긴 시간을 떨어져 있다 보니, 슬픔도 깊었지만,
배울 점도 많은 시간이었던 것 같다.

그중에 우리 예쁜 딸의 소중함을 알게 된 것이 가장 기쁘고, 엄마,

언니, 그리고 우리 친구, 인척 등 가족의 소중함을 안 것이 또한 기쁘고, 가족의 건강이 분명 소중하다는 것을 깨우치게 된 것이 정말 기쁘다.

유뎅아! 이제 조금만 참고 기다리면 집에서 요양할 수가 있어.
다시는 우리 유뎅이와 헤어지는 일은 없을 거야.

그만큼 유뎅이도 자기 병에 대하여 긍정적으로 생각하고, 약을 잘 먹어서 병과 싸워 이겨야 해.

아빠도 이제는 유뎅이 병에 대하여 많은 공부를 하여, 조금은 더 이해할 수가 있어, 더 이상은 유뎅이를 입원시키는 것 같은 실수를 하지 않을 거야!

오늘은 어떻게 지내고 있니!

네 주변에 아픈 사람이 많을 거야.
그분(아픈 사람)들의 고통이 무엇인지 보살펴주는 것도 어쩌면 의미 있는 일일지도 모르지! 앞으로 퇴원하는 날이 얼마 안 남았지만, 거기서도 배울 점이 있을 거야. 매사에 어려움이 닥쳐도 긍정적으로 생각하는 마인드를 갖는 것도 좋은 경험이 될 거야.
아참, 주치의 선생님이 바뀌셨다는데? 유뎅이의 첫 느낌은 어떠했니!

많이 궁금하네?

아빠는 어제(3월 31일) 월요일 저녁에 새로운 의사 선생님과 상담했는데, 유뎅이가 걱정하는 시력과 유뎅이의 상태에 대해서 여쭈어봤지. 시력을 아마 일시적 현상으로 눈에 대한 약을 처방하고 있다고 하셨고, 상태는 매우 좋아지고 있다고 하셨지.

아빠는 매우 긍정적으로 생각하고 있어.

새로 오신 선생님은 선생님다운 모습이 매우 훌륭하다고 생각해. **따라서 유뎅이는 선생님, 간호사님 말씀 잘 듣고 약을 잘 먹어서** 부디 한 달 후에는 집에서 요양받을 수 있게 노력했으면 좋겠다.

엄마, 아빠는 2주 후에는 유뎅이를 집에서 간호하면서 유뎅이를 볼수 있었으면 좋겠다.
요즘은 유뎅이가 전화를 해서 너무 좋아.
'오늘도 전화가 오겠지!' 하면서 기대를 걸고 있지. 은근히 기다려지는 거 있지!
지금 전화가 오려나? 조금 있다 오려나?
항시 전화기를 붙들고 사는 것이 요즘의 즐거움이지.

엄마는 많이 기다리고 있어. 엄마한테는 매일 전화를 했으면 하는데…

어제는 엄마도 아빠도 그동안 많이 힘이 들었던지 피곤이 몰려와 초저녁부터 잠을 잤어. 유뎅이는 몇 시에 잤니? 잠이 유뎅이에게는 보약이래. 잠을 충분히 잠을 자야 병의 호전이 빠르다고 해.

유뎅아! 아빠는 영원히 네 편이야.
또한 너의 친구이며, 동지이며, 너의 동반자야.

아래 글은 아빠가 오랜만에 유뎅이를 생각하며 쓴 시(詩)인데, 마음에 드는지 모르겠네….

2020. 3. 31.
유뎅이만을 사랑하는 아빠, 엄마가

나의 물망초(勿忘草)

For get me not(나를 잊지 말아요)

아빠! 유뎅이를 잊지 말아요.
유뎅이를 생각해 주세요! 말하네

너는 ○유뎅
永遠히 영-원히 아빠 딸이에요.
영영 永-永 엄마의 예쁜 딸이에요.

비록 마음이 아파 잠시 멀리 있어도,
비록 가슴이 메어 한순간 떨어져 있어도,
비록 옳지 않은 정신에 잠시간 팔려 있어도,

우리 예쁜 딸 유뎅이 잊지 않을 거예요.
어찌 잊을 수가 있단 말인가요?

아빠는 잊지 않을 거예요.

엄마는 잊지 못할 거예요.

우와! 예쁜데! 유뎅이는 장미,
우와! 멋진데! 유뎅이는 마술,
우와! 예술인데! 유뎅이는 천사,

지다가던 노인이 노래하네,
길거리 총각들이 외치네,
가게에 들르던 아가씨가 찬사를 보내네,

잊지 말라던 유뎅이가 말을 하네!

잊지 않을 거예요. 잊혀지지 않을 거예요.
나에 대한 사랑, 속 넓은 애정, 마음(心) 깊은 관심,
엄마, 언니, 일가 친척 그리고 보리,
아빠! 우리 가족 영원히 잊지 말아요.

유뎅이는 엄마, 아빠의 세상에서 제일 예쁜 딸이니까요.

2020. 3. 31. 화요일 11:33

아빠가 유뎅이를 그리며

● 스물네 번째 편지 - 조현병의 현실과 아빠의 폐쇄공포증

유뎅이의 조현병 현실

도대체 무엇이 잘못된 것일까? 4월 6일 퇴원 후에도 우리 유뎅이는 약도 잘 먹었고, 병을 이겨내려는 의지가 매우 강했는데! 아빠는 유뎅이의 병에 대하여 많은 의문점으로 하루하루를 보낸다.

왜냐하면 이 의문점이 풀리지 않으면 우리 유뎅이의 병을 치료 하는 데 매우 나쁜 영향을 미치기 때문이다.

그래서 조현병에 대하여 공부를 하고, 유뎅이의 증상에 대하여 연구하면서 의문점을 풀기 위해 노력을 하고 있다. 그리고 곰곰이 생각하면서, 고민을 수없이 해본다.

유뎅이 병은 전문가의 도움이 절대적으로 필요한 것은 분명히 맞다. 그런데 문제는 전문가의 도움이 종료된 이후, 즉 퇴원 후 어떻게

집에서 요양해야 할까? 또 많은 고민에 빠지게 한다. 이번에는 실수하지 말아야 하는데….

유뎅이의 병이 발병된 이후 치료하는 과정을 되새겨보면서 검토를 하는 것이 맞는 것 같다. 처음 발병을 하였을 때는 귀신도 보이고, 윗집에서 무어라고 한다는 등 삼십여 가지 이상한 말을 하였다.

그러나 지금은 많이 호전이 되어 여섯 가지 정도의 증상이 남아 있다.

유뎅이의 증상을 보면 5월 5일 현재 병의 초기보다 많이 호전된 것만은 사실이다. 그러나 그중에 지속적으로 발견되는 증상은 다음과 같다(아빠 생각임).

① 의심이 많다(의심증).

② 어느 이슈에 꽂히면 집착을 한다(집착증).

③ 사람의 낯선 인상을 경계한다(경계증).

④ 병이 다 나았다는 확신을 한다(독단증, 확신증).

⑤ 현실감 없는 말을 가끔씩 한다(비현실성).

⑥ 특히 자기 병증을 인정하지 않는다(자각 증상 부재).

이것들이 현재까지 나타나는 미약한 증상들이다.

그러면 **병원에서 입원 치료**하는 것과 **집에서 요양**하는 것과의 차이점은 무엇인가? 무엇이 다른 것일까? 이것에 대하여 분석을 해본다.

우선 **병원 입원 치료**의 방법은 다음과 같다.

① 약을 꼬박꼬박 먹는다(강제로라도 약 먹는 것을 감시한다).

② 긴급 시 약 투여가 용이하다(의사, 간호사님 상주).

③ 규칙적인 생활을 한다(일과표).

④ 외부와의 교류를 차단한다(친구, 인터넷, 전화 등등).

⑤ 전 4항에 따라 잡념, 잡생각 및 고민 등이 현저히 적어진다.

집에서 요양 방법은 다음과 같다(유뎅이 경우).

① 현재 약은 꼬박꼬박 잘 먹는다(초기에는 그러지 못했다).

② 긴급 시 약 투여가 불편하다(의사, 간호사 부재).

③ 불규칙적이지만 외부 활동 없이 생활을 잘한다(보호자 상주).

④ 외부와의 교류를 차단하지 못한다(친구, 인터넷, 전화 등등).

⑤ 전 ④항에 따른 잡념(의심, 경계 등) 잡생각, 고민 등이 급격히 많아진다.

위에서 보듯이 병원에서의 입원 치료와 집에서 요양하는 차이점은 무엇인가? 무엇의 차이점이 보이나! 무엇이 다른 것인가?

병원 입원 시 2항은 엄마 아빠가 할 수가 없다.

그러므로 병원에서 충분히 치료가 되어야 한다. 즉 입원 치료이다. 그것은 의사 선생님이 판단할 부분이다.

그런데 여기서 특이한 점은 병원 입원 시 4항 5항과, 집에서 요양 시 4항 5항의 차이가 선명하게 드러난다.

집에서 요양할 때는 스마트폰을 무제한으로 사용을 하였다. 또한 인터넷도 규제 없이 사용을 하였다. 엄마 아빠는 이것이 유뎅이에게 도움이 된다고 생각을 하였다.

그러다 보니 잡념, 잡생각이 많아지고, 고민 등이 많아지고, 의문점이 많아지고, 자연스럽게 의심을 많이 하게 된다. 결국 정신의 혼란이 발생하게 된다. 또한 친구와의 교류는 좋지 않은 결과를 발생시켰다.

그리고 '태블릿 PC를 무엇으로 살까? 노래방 기계는 어떤 것으로 할까? 도배지 색상은?' 등등 평상시에는 기쁘게 논의가 되지만, 현재 유뎅이는 고민에 빠지고, 잡념이 들어가고, 깊은 집착으로 빠져드는 경향이 강하다.

결과적으로 치료 중에는 하지 말아야 하는 것들을 하고 있었다.
결과만을 알려주고, 중시했어야 했다.

유뎅이 병은 정중동의 '조용한 휴식'과 '고요함'이 필요불가결(必要不可缺: 반드시 요구되고 없어서는 아니됨)한 것인데, 잡념, 잡생각이 들어가면 의구심이 들어 병의 치료에 해악이 된다. 최소한 초기에는 그렇다.

비전문가인 엄마, 아빠가 큰 착각을 한 것 같다.

그래서 만일 입원 시 2항 '긴급 시 약 투여가 용이하다'가 해결(호전)되어 퇴원을 하게 되면, 집에서 치료 및 요양 기간 동안은 핸드폰을 멀리하고, 친구를 멀리하고, 시사나 뉴스 등을 멀리하고, 외부 출입을 멀리해야만 한다.

즉, '잡념', '잡생각' 등 '고민거리'를 멀리하여야 한다. 그리고 '생각' 자체를 하지 말아야 한다. 병이 호전될 때까지…. 그래서 병에 대한 두려움을 극복하고, 서서히 '내성'을 키워야 한다.

유뎅이의 건강을 회복하는 것만큼 더 중요한 것이 또 무엇이 있을까?

유뎅아! 지금 네가 입원해서 치료하는 것은 절대로 무의미한 것이 아니야!

위에서 말했듯이 유뎅이의 치료를 위해 입원생활은 '조용하고 고요한 휴식'이 필요해서 하고 있는 거야! 아무 잡념 없이, 아무 사심 없이 휴식을 취하고 있는 거지. 그중에 '잠(수면)'만큼 최고 좋은 '보약'은 없지.

집에서는 과연 병원만큼 그렇게 할 수가 있을까? 냉정하게 생각을 해봐.

유뎅아! 이제 입원 치료는 얼마 안 남았어.
지금껏 고생했는데, 유종의 미를 거두어야 하지 않을까?

조금만 더, 조금만 더 참자! 유뎅아!

아빠의 폐쇄공포증 이야기

아빠 나이쯤 되면 산전수전을 다 겪게 되어서 어느 정도 위험한 상황에 대해서는 슬기롭게 대처하고, 위기를 극복할 수가 있게 되지.

그래서 어른이 되면 아이들이 무서워하는 것도 대수롭지 않게 대처를 하게 된단다.

그런데 아빠도 겪어보지 못한 새로운 상황을 맞이하면 당황하는 것도 있지.

예를 들어 아빠의 폐쇄 공포증에 대하여 이야기해볼까?

폐쇄공포증도 일종의 정신질환이야.
아빠는 지금껏 살면서 겪어보지 못한 일을 겪었었지.

어느 날 교통사고로 MRI를 찍는데 무서움이 몰려왔어.

일명 '폐쇄공포증', 정말로 무서운 공포였지.

옛날에는 우물 안에 들어가 청소도 하고, 장롱 속에 숨어들어가 숨바꼭질도 하였지만, '폐쇄공포증'이란 알지도 못하였지.

그런데 버스도 탈 수가 없었고 심지어 자가용 뒷좌석에도 못 탈 정도였어. 면도할 때는 얼굴 마스크팩도 하지 못하였어. 영화관도 못 들어갈 정도였어. 비행기는 꿈도 못 꾸었지. 참으로 힘이 많이 들었지.

그래서 될 수 있으면 폐쇄된 곳을 피하는 게 상책이었지. 그래서 아빠가 비행기를 안 타려고 하였던 것을 유뎅이도 잘 알 거야. 아빠는 폐쇄라는 것을 멀리하고 잊으려 노력한 것이었지. 그러면서 폐쇄나 밀폐를 잊으려 노력하면서, 서서히 적응하고 이해하려 노력을 하였어.

그리고 폐쇄된 공간이 무엇인지 연구하고 노력하였지.
그래서 폐쇄된 공간을 향하여 한 걸음, 한 걸음씩 앞으로 앞으로 나아갔어.

아주 조금씩, 조금씩 접근을 하였지.

버스를 탈 때도 앞쪽으로, 택시를 탈 때도 앞좌석으로, 안면 마스크는 구멍을 내어 눈을 가리지 않게 하고, 영화관은 조금 넓고 밝은 곳으로 자리를 잡는 등 노력하였지. 이것은 시야가 확보되기도 하지만 폐쇄 공간의 관문이기 때문이지.

그리고 잊으려 노력을 하였지. 생각도 하지 않으려 애썼지.

또한 현실 속에서 부딪치며 노력을 하였지. 그러다 보니 지금은 자동차 뒷좌석에도 잘 탄단다. 비행기도 탈 수 있다는 자신감이 들고. 이것은 아빠의 내성을 키웠기 때문이기도 하지만, 어느덧 폐쇄된 공간은 아빠의 친구가 되고 있었지.

폐쇄 공간이 무엇인지 알았기 때문에 친구가 될 수 있었고, 친구가 되었기 때문에 폐쇄 공간이 무엇인지 더 잘 알 수가 있었지.
친구는 원래 무섭지가 않거든.

그리고 이 모든 것을 잊으려 노력하였어. 그러면서 세월이 흐르다 보니, 아직도 잔상은 남아 있지만, 지금은 많이 좋아졌단다.

세월이 약이었어. 잊는 데는 세월이 약이라는 것을 알게 되었지.
즉 **'조용하고 고요한 휴식'**과 **'망각'**이 좋은 보약이었단다.
또한 한 걸음 한 걸음씩 도전하는 것도 내성을 키우는 데 도움이 되었지.

여기서 중요한 것은 아빠는 병원 치료도 받지 않고 스스로 극복을 하였어.

솔직히 병이라고는 생각하지 못하였지.

유뎅아! 아빠는 너의 병의 고통은 알 수가 없지만, 이해는 할 수가
있어.

스스로 극복하려고 노력하는 것이 중요한 것 같아. 어떨 때는 병과
친구가 되어 놀아보기도 하고, 어떨 때는 친구와 다투어보기도 하고.

그런데 유뎅이 병은 지금으로선 아무 생각 없이 **'조용하고 고요한
휴식'과 '명상'하는 것과 '망각'**이 치료에 도움이 될 것 같아.

그리고 난 후 서서히 하나씩 하나씩 도전하는 거지. 정말로 천천히…

'조용하고 고요한 휴식'은 생각 없이 쉬는 것이고, '명상'은 말 그대
로 생각 없이 생각하는 거야. 즉 아무 생각, 잡념, 고민 없이 '묵상'하
는 것이지. 망각은 말 그대로 잊는 것이고.

그러면 정신이 맑아지고, 밝아지고, 깨끗해지지.
유뎅이한테는 아마 현 시점에서 매우 필요한 치료법 중에 하나가
아닐까?

유뎅아! 너의 병도 알고 보면 아무것도 아니야! 몰랐을 때는 당황하고 두려웠지만, 아빠는 지금 유뎅이의 병에 대하여 공부하고 연구해 보니, 정말 아무것도 아니라는 것을 알게 되었지. 유뎅이도 곧 알게 되겠지!

그리고 유뎅이는 반드시 자기 병을 이겨내고 친구가 되어, 집으로 돌아오겠지!

엄마, 아빠는 항상 유뎅이를 믿으며, 유뎅이의 판단을 존중할게.

2020. 5. 10.
유뎅이만을 사랑하는 엄마 아빠가

● 스물여덟 번째 편지 - 우리 사랑하는 딸에게(퇴원 관련)

유뎅아, 5월 11일에서 15일까지 전화가 별로 없네!
퇴원도 말하지 않고.

아빠는 좋은 현상이라고 보는데, 유뎅이 생각은?

입원 치료에 잘 적응하고 있다는 것인데, 그래도 걱정이 되네.

유뎅이가 진심으로 병을 이해하고, 병을 이겨내려고 애쓰는 것이라면 매우 좋은 일인데, 아빠가 생각하는 것이 맞는 거겠지!

자식은 원래 이러나 저러나 걱정이 많이 되거든.

유뎅이가 냉정을 찾아가는 것 같아 아빠는 참 좋다.

그러다 보니 편지 쓸 내용이 별로 없네. 이러다 편지를 그만 써야되는 것 아닐까? 은근히 좋으면서도 걱정이 되네.

아빠가 편지를 안 쓰는 날이 오는 것이 정말 좋은 것인데, 아마 그날이 가까워지는 느낌이 드네. 아마 곧 마지막 편지 쓰는 날이 오겠지!

유뎅아, 고맙고 또 미안하다.
고마운 것은 네가 병을 잘 치료하고 있는 것이고, 미안한 것은 다시는 떨어져 있지 말자고 다짐했었는데… 그 약속을 못 지킨 것이야.
그런데 유뎅이가 아프고, 엄마 아빠가 치료할 수가 없으니…

유뎅이가 지금처럼 병에 잘 적응하여 입원 치료를 잘 받고, 병을 이겨내려는 의지가 강렬하면 더 이상 떨어져 있지 않아도 되겠지.

아빠는 항상 유뎅이를 믿거든.

유뎅이는 반드시 병을 이기는 방법과 적응하는 방법을 찾을 것이라고…

오늘은 5월 18일 월요일이야.
16일 토요일 유뎅이 편지 잘 받았어. 유뎅이 말은 전부 맞아.
아빠도 유뎅이가 집에서 요양할 수 있기만을 고대하고 있어.

그러나 지금은 잔 병증(잔불)이 남아 있나 없나 확인하는 기간이라 조금만 더 참고 기다려야 해. 이젠 고지가 저기 눈앞에 보이잖아!

그리고 산재 관련해서는 유뎅이가 신경을 쓰면 안 돼. 너는 조용하고, 고민이 없고, 고요한 환경이 필요한데, 잡생각에 빠져들면 유뎅이 치료에 안 좋은 영향을 미치거든.

또한 입원과 산재와는 무관해. 산재는 일어난 재해에 대하여 잘잘못을 가리는 거지, 앞으로 일어날 일이나, 입원 치료하고는 아무런 관련이 없어.

그리고 산재 처리는 시간이 많이 걸리는 작업이야. 그러니 신경 쓰지 않았으면 해. 아빠가 다 잘 처리할 수 있어.

그러니 유뎅이는 고요한 '휴식'과 편안한 '안식'과 아무 생각 하지 말고 '묵상' 같은 것을 하면 좋을 것 같아.

유뎅이는 현재 절대적인 안정이 필요하거든.

어제(17일 일요일)는 유뎅이가 유독 전화를 많이 해서 아빠가 많이 걱정이 되었어. 기분이 많이 좋아 보였거든. 유뎅이 병은 기분이 너무 좋아도 걱정, 너무 안 좋아도 걱정이 되는 병이야. 아빠의 느낌에는 유뎅이가 정말로 많이 좋아져 보이는데….

그래도 조금이라도 남아 있을 너의 '잔 병증(잔불)'을 유뎅이 스스로 찾고 물리치려는 노력이 매우 중요하단다.

유뎅이 병의 전 치료 과정 중에서 중요한 것은 '약'과 더불어 유뎅이가 병을 이겨내려는 강렬한 너의 '의지'가 가장 중요하거든.

아빠는 우리 유뎅이가 병을 이겨내려고 노력하고, 병을 물리치려는 의지가 매우 강렬해서 병이 많이 호전되었다고 보는데, 아빠의 착각은 아니겠지!

그리고 할머니한테는 전화를 안 했으면 해! 연세가 많으시고, 유뎅이를 사랑하는 마음이 비단 같아서, 유뎅이가 입원한 것을 아시면 얼마나 놀라실까?

조금만 있으면 퇴원할 수 있는데, 그때 할머니 댁에 가서 뵈면 되지 않을까? 할머니는 연로하셔서 절대 안정이 필요하단다. 조금만 참자!

오늘(18일, 월요일)은 갑자기 천둥과 비가 내렸다.
그래도 유뎅이와 약속을 지키기 위해 ○○○ 선생님과 면담을 하였다.
우리 유뎅이와는 미리 상담을 하였다고 하면서 병증이 매우 좋아졌다고 말씀을 하셨다. 매번 느끼지만 나날이 호전되는 것이 새롭게, 새롭게 느껴졌다.

그래서 아주 조심스럽게 "언제쯤이면 우리 유뎅이 집에서 요양을 해도 될까요?" 하고 물어보았다. 선생님은 흔쾌히 말씀하셨다. "요양할 집의 환경, 분위기가 어때요?" 하고 물어보았다.

나는 자신 있게 말을 하였다. "잘할 수 있습니다."

우리 유뎅이는 1차 퇴원 때도 외출도 하지 않고, 약도 잘 먹었으며, 집에는 노래방까지 설치되어 있어서 요양하는 것에는 아무런 지장이 없다고 말씀드렸다. 그랬더니 선생님께서 그러면 잔병이 조금 남아 있으니, 조금만 더 치료를 받고 6월이면 가능하다고 말씀을 하셨다. 정말로 고귀한 말씀이다.

6월이 되면 유뎅이의 상태를 진단하고 점검하여 의사 선생님과 간호사 선생님, 그리고 보호자 등과 상의해서 퇴원 날짜를 결정하게 될 거야.

유뎅아! 지금처럼 조금만 더 참고 노력해서 6월을 안 넘기고, 6월 중에는 꼭 퇴원할 수 있도록 노력했으면 좋겠다.

참으로 반가운 말씀이었다.

2020. 5. 18.

49. 후기

많이 망설였다.

고통도 고통이고, 아픔도 아픔이지만 당사자나 보호자에게 과연 가
치가 있는 책일까? 혹여 다른 문제점이 없는 것은 아닐까? 전문 의학
지식도 없고, 해박한 지혜는 더더욱 없는 무지렁이가 쓰는 글이 무슨
의미가 있을까?

처음에 정신질환이 찾아왔을 때, 정신질환에 대하여 아는 상식이
전혀 없었고, 어떻게 대처해야 할지 방법도 모르고, 어느 병원으로
가야 하는지, 어느 선생님에게 진찰을 받아야 하는지도 몰라 우왕좌
왕하고 있던 그 순간의 내 미련한 모습을 떠올리면서 분명 누구에게
는 필요한 경험이라는 것을 알고 있는데, 이렇게 자신감이 사라져버
리는 이유는 무엇일까?

길거리에 나가 우리 딸의 모습과 같은 다른 사람을 마주치게 되면
남의 일로 치부하기엔 가슴이 너무 아파오고, 예전엔 아무런 생각 없
이 지나가버리거나, 나와는 아무런 상관없는 남의 일이라고 애써 외
면하며 관심도 별로 없는 방관자였는데, 지금은 너무 안쓰러워 보이
고, 가슴 한편으로 슬픔이 쌓이고, 흐르는 눈물이 앞을 가리는 것은

어떻게 된 일일까?

　정신질환의 경우 그 발병 경위가 어찌 되었든 간에 처음 발병하면 최소 3년, 길게는 수십 년씩 치료하고 있는 경우가 많고, 방심으로 인한 재발의 경우도 매우 흔하고, 예후가 안 좋아 열심히 치료를 하여도 증상의 호전은 몇 배 이상 힘들고, 병증도 오래 진행된다고 하는 사실을 알고 나니, 내 마음 한 구석에서 안쓰럽게 느껴지는 이 안타까운 심정은 무엇일까?

　지금 쓰고 있는 진심어린 이 한 편의 글이 혹여 그 누구에게는 도움으로 다가가지는 않을까?
　어떤 이에게는 희망으로 다가서지는 않을까?
　정말 필요로 하는 분에게는 용기로 다가오지 않을까?
　기우(杞憂)로 다가오고, 우리 딸의 발병 경위를 보면서, 치료하는 과정을 겪으면서, 병증의 변화와 약물의 작용과 부작용 등을 경험하면서, 작은 소망이 하나 있다면, 부디 쓸데없는 희망을 하나라도 주소서!

　어느덧 미숙한 한 권의 책이 나의 의무감으로 다가오고 있음을 예감할 수 있었으며, 정신질환은 나의 곁으로 운명처럼 다가왔다.
　치료하는 과정에서 '신의 한 수'가 기적처럼 나를 반겼듯이, 희망과 긍정적 사고 방식과 이해와 경청 등 12계가 무지의 뇌리에 떠올라왔듯이, 글을 쓰라는 사명감이 나의 가슴 한복판에서 요동치고 있음을 깨달았다.

요양하는 과정에서 삶이 고단하고, 흘린 눈물이 파도가 되어 가슴을 후려치고, 찌들고 만신창(滿身瘡)이 된 거울 속의 내 모습을 바라보며, 정신질환의 황망한 황무지에서 헤매다 한 줄기의 불빛으로 다가오는 희망이라는 끈을 놓치지 않기 위하여 몸부림치고 있는 나를 발견하게 되었다.

집필하는 과정에서 언뜻언뜻 보이는 당사자의 아픔과 옆에서 간호하면서 힘들게 고통받고 있는 보호자의 애처로움과 오랜 기간 동안 지쳐 쓰러지고, 한줄기 실오리 같은 파랑새의 발 끈조차 놓아버린 가족의 슬픔을 느끼게 되면서, 나는 나의 작은 소망 하나를 알게 되었다.

사명감! 미세하게 타오르는 이 정열, 미력하나마 보탬이 되고자 하는 이 혜안(慧眼).
내가 조금 더 힘들고, 고통이 나를 마중나온다 하더라도, 나의 발걸음에 천근만근 쇠사슬로 다가오고, 나의 자존심이 황폐해지고 아무런 이유나 어떠한 이득도 없이 헤매더라도, 지고지순(至高至純)한 초심으로 나의 길을 걸어가야 하겠다.

누가 이와 같은 사정을 알아주랴만은....
나는 할 수 있다.

나는 언제나 무릎을 꿇을 수 있다.
나는 어디서나 나를 나라고 외칠 수 있다.

처음엔 당혹스럽고, 막막하고, 칠흑같은 어둠속을 배회하는 낭인과도 같았는데, 회상해보니 긴 지하 터널을 벗어난 듯 새벽녘 햇살이 나를 비춰오니, 이제는 가슴이 후련하다.

감사합니다.

2021. 12. 31. 탈고하면서
권영모